정본 백석 소설·수필

정본 백석 소설·수필

백석
지음

고형진
엮음

문학동네

일러두기

1. 이 책은 1930년에서 1942년 사이에 발표된 백석의 소설과 수필의 정본을 확립한 것이며, 발표 당시의 표기를 살린 원본을 별도로 수록했다.
2. 작품은 수필과 소설을 나누어 발표 순서대로 배열했으며, 작품마다 낱말 풀이와 해설을 덧붙였다.
3. 정본의 표기는 이해를 돕기 위해 현행 맞춤법을 따랐으나, 방언과 조어 등 어감이 크게 달라지는 경우는 원본을 따랐다.

차례

책머리에 백석의 소설과 수필의 전개과정 9

1부 수필

해빈수첩海濱手帖 17
해설 삶의 세 가지 풍경과 새로운 문학의 신호탄 24

마포 30
해설 마포 포구의 근대와 반근대 33

편지 39
해설 편지로 쓴 사랑과 고향 풍속 44

가재미·나귀 48
해설 명시의 씨앗이 된 함흥의 두 벗 50

무지개 뻗치듯 만세교—정화릉 숲 위에 갈매기 날고 57
해설 함흥의 냉미冷味와 풍류와 토박한 아름다움 62

단풍 67
해설 아름답지만 사랑하기 싫은 것 69

동해 72
해설 동해의 흥취와 그리운 사람들 76

입춘 80
해설 달, 저녁, 음력, 그리고 겨울 사랑 84

소월과 조선생 87
해설 오산의 힘, 민족의 지도자 90

슬픔과 진실—여수 박팔양씨 시초詩抄 독후감 95
해설 시인의 자세와 인간의 품성 100

조선인과 요설—서칠마로 단상의 하나 105
해설 말에 담긴 인간의 품격과 광복의 전망 110

당나귀 115
해설 조용한 성품이 지닌 높은 품위 117

2부 소설

그 모母와 아들 123
해설 욕망의 서사와 소문의 활용 145

마을의 유화遺話 149
해설 장면의 서사적 구성 165

닭을 채인 이야기 171
해설 동화적 상상력과 우연한 일들의 연쇄 189

사생첩의 삽화 195
해설 그림과 이야기의 문학적 병치 206

원본

海濱手帖 213

麻浦 218

편지 221

가재미·나귀 224

무지개뻐치듯萬歲橋 226

丹楓 229

東海 230

立春 233

素月과曺先生 236

슬품과眞實 239

朝鮮人과饒舌 244

당나귀 249

그 母와아들 251

마을의遺話 271

닭을채인이야기 285

寫生帖의 揷話 300

백석 소설·수필 연보 309

백석 연보 310

낱말 풀이 참고서지 313

책머리에

백석의 소설과 수필의 전개과정

이 책은 백석이 쓴 여러 산문 가운데 소설과 수필을 추려 정본과 원본을 확립하고, 작품별로 해설을 한 것이다. 그동안 백석의 산문들을 소개한 책들이 있었지만, 일정한 기준 없이 소설, 수필, 평문, 기타 잡문들을 모아놓기만 하고 정작 문학성 짙은 산문은 빠뜨려 그의 산문문학의 정수를 제대로 느끼기 어려웠다. 또 작품의 일부 어절이 잘못 인식되거나 누락된 경우가 많고, 엄정한 기준 없이 발표 당시와 현재의 맞춤법을 자의적으로 적용하여 표기함으로써 작품의 의미가 온전히 전달되지 못한 아쉬움이 있었다.

이 책에서는 먼저 원본을 정확히 판독하여 싣고, 이를 바탕으로 이야기의 흐름이 잘 전달되도록 현재의 맞춤법에 맞춰 표기하되, 백석 고유의 방언과 고어는 살려서 그의 소설과 수필이 지닌 문학적 향기가 잘 전해지는 정본을 확립하였다. 그리고 방언과 고어와 이색적인 어휘에 대한 낱말 풀이를 하였고, 정본을 토대로 매 작품마다 해설을 시도하였다.

백석은 고등보통학교를 졸업한 이듬해인 1930년 1월 조선일보 현상문예에 소설 「그 모母와 아들」이 당선되면서 문단에 나왔다. 그는 그 직후 일본 유학을 떠나 도쿄의 아오야마靑山학원에서 영문학을 공부하고 1934년 초에 귀국하면서 자신이 속한 장학회의 간행물인 『이심회 회보』에 「해빈수첩海濱手帖」이란 독특한 수필을 실었다. 그후 1935년 7월 조선일보에 「마을의 유화遺話」라는 소설을 연재했고, 얼마 후 8월에는 같은 신문에 「닭을 채인 이야기」라는 소설을 연재했다. 백석이 그의 문학 초기에 주력한 것은 시보다는 소설이었던 것이다. 그는 세번째 소설을 발표하고 며칠 후인 1935년 8월 30일 조선일보에 「정주성定州城」이란 시를 발표하고 이듬해인 1936년 1월 시집 『사슴』을 간행하면서 본격적인 시인의 길로 나섰지만, 그사이에도 여러 편의 수필을 썼다.

백석은 1935년 11월 「마포」라는 수필을 발표하고, 1936년 2월에 「편지」라는 수필을 발표했다. 그러고 나서 얼마 후 함흥으로 건너가 그곳의 영생고등보통학교에서 영어교사 생활을 하며 지냈는데, 이때 「가재미 · 나귀」 「무지개 뻗치듯 만세교」 「단풍」 「동해」 등의 수필을 조선일보와 『여성』, 동아일보 등에 게재했다. 그는 함흥에 머무는 이 년 동안 스물여덟 편의 시를 발표하는 등 열정적으로 작품을 썼는데, 주목되는 것은 함흥에 가서 처음 발표한 작품이 시가 아니라 「가재미 · 나귀」라는 수필이란 점이다. 이 수필은 그뒤에 음식을 친구로 설정한 독특한 착상의 시 「선우사膳友辭」와 그의 대표작 중 하나로 꼽히는 시 「나와 나타샤와 흰 당나귀」의 바탕이 되었다. 「나와 나타샤와 흰 당나귀」는 「무지개 뻗치듯 만세교」란 수필과도 연관되어 있다.

백석은 1938년 함흥 생활을 마치고 다시 서울로 돌아와 『여성』지의 편집 일을 하며 지냈다. 그는 귀경 이듬해인 1939년 2월에 「입춘」이란 수필을, 5월에 「소월과 조선생」이란 수필을 발표했으며, 그해 말경 만주의 신경으로 떠나 만주국 국무원에서 일했다. 몇 달 후인 1940년 5월에는 만주의 지역신문인 만선일보에 이틀에 걸쳐 「슬픔과 진실」이란 수필을 게재했고, 며칠 후 역시 이틀에 걸쳐 같은 신문에 「조선인과 요설」이란 수필을 실었다.

백석은 1942년경 만주의 안동으로 거처를 옮겨 안동 세관에서 일했는데, 이 무렵인 1942년 2월 『매신사진순보』에 「사생첩의 삽화」란 소설을 발표했고, 8월에는 「당나귀」란 수필을 발표했다. 이 수필은 백석이 해방 전에 발표한 마지막 작품이다. 시에서는 1941년 4월 『조광』과 『문장』 『인문평론』에 발표한 여섯 편이 해방 전의 마지막 작품인데, 그뒤에 『매신사진순보』를 통해 소설과 수필을 한 편씩 더 발표한 것이다.

백석은 분단 이후 계속 북쪽에 머무르면서 일정 기간 작품활동을 이어갔다. 그중에도 산문이 몇 편 있지만 모두 특정한 목적을 가지고 쓴 보고문이나 격문의 성격이 짙다. 문학사를 문학성을 지닌 예술작품의 역사라고 볼 때, 백석의 소설과 수필 창작의 여정은 「당나귀」에서 일단락되었다고 볼 수 있다.

「그 모와 아들」부터 「당나귀」에 이르기까지 백석은 모두 네 편의 소설과 열두 편의 수필을 발표했다. 비슷한 기간에 발표한 시의 양에 비하면 미흡하지만, 결코 적은 편수는 아니다. 특히 처음으로 쓴 문학작품이 소설이었고 해방 이전에 마지막으로 발표한 작품이 수필이었다는 점은 두 산문 장르에 대한 백석의 강한 애착을 엿볼 수 있게 한다. 그리고 이보다 더 중요한 것은 이 작품들의 문학적인 성취이다.

그가 남긴 소설과 수필은 한 편 한 편이 모두 강한 개성을 지니고 있다. 그의 데뷔작인 「그 모와 아들」은 고등보통학교를 갓 졸업한 나이로서는 이색적으로 중년 남녀의 성적 일탈과 가족애를 다루며, 평안도 방언으로 구사되는 소문의 활용이 눈길을 끈다. 두번째 소설인 「마을의 유화」는 인물 간의 갈등이 아닌 몇 가지 행동만으로 서사를 이끌어가면서 한 노부부가 처한 삶의 애환을 시적이고 생동감 있게 전한다. 세번째 소설인 「닭을 채인 이야기」는 사람과 동물과 무생물이 모두 동등한 자격으로 사건을 이끌어가며, 사건의 인과적 연결 대신 우연적 사건들의 연쇄를 통해 다양한 의미를 전해준다. 네번째 소설 「사생첩의 삽화」는 그림과 그에 얽힌 삽화 두 쌍을 병렬하여 자연이 지닌 두 가지 본능과 죽음의 의미를 돌아본다. 이처럼 네 편의 소설은 저마다 구성도 주제도 모두 다른 다채로움을 보여준다.

열두 편의 수필도 각기 독특한 개성을 지니고 있다. 수필은 시와 소설에 비해 형식에 제약이 없는 자유로운 장르이지만, 백석은 수필에서도 형식적 미학을 갖춰 주제를 효과적으로 드러낸다. 작품의 무대나 주제도 중복되는 것이 없이 모두 다르다. 상당수의 수필이 신문사의 기획에 맞춰 청탁된 것인데도 그때마다 다른 형식을 구사하며 개성이 물씬 묻어나는 작품을 써낸 점도 주목된다.

그의 첫 수필인 「해빈수첩」은 형식과 문체가 서로 다른 세 조각의 글을 묶어 시와 이야기의 성격을 한 편의 작품에 함께 담아낸다. 이어서 「마포」는 「여우난골족」이나 「고야古夜」 같은 초기 이야기 시와 유사한 형식으로 마포라는 공간의 여러 풍경을 보여주고, 「편지」는 편지 형식을 빌려 자신의 사랑과 고향 풍속을 전하며, 「가재미 · 나귀」는 자신의 기호에 대한 소회를 상징적으로 드러내고 있고, 「무지개 뻗치듯 만세교」는 함흥의 명소와 그곳의 풍류를 감각적으로 소개한다. 또 「동해」는 동해의 매력을 흥겨운 어조에 실어 전하며, 「입춘」은 고향의 소문과 자신의 어릴 적 체험을 자유로운 형식으로 진술한다. 그리고 「단풍」과 「당나귀」는 시적인 형식 속에서도 자신의 감정을 마음껏 드러내고 있다.

한편 「소월과 조선생」 「슬픔과 진실」 「조선인과 요설」은 다른 수필과 성격이 조금 다르다. 「소월과 조선생」은 소월의 시작 노트에 있는 시 한 편을 소개하며 소월과 그 스승이었던 조만식 선생의 인품을 돌아보는 짤막한 회고이고, 「슬픔과 진실」은 박팔양의 시집에 대한 서평이며, 「조선인과 요설」은 만주에 거주하는 조선인의 행실을 비판하는 논설조의 글이다. 이 세 편의 글은 비평 또는 논설의 성격을 지니고 있지만, 경험을 바탕으로 한 날카로운 통찰을 보여주고 있어 문학적인 향기가 짙게 우러난다.

백석은 시와 마찬가지로 소설과 수필에서도 허투루 쓴 작품이 단 한 편도 없다. 소설은 물론이고 수필에서도 문학적 형식을 중시해 한 편 한 편을 단 하나뿐인 독립적인 예술작품으로 완성해낸 그의 소설과 수필은 초창기 우리 산문문학의 폭과 수준을 크게 드높인 것이었다.

1부
수필

해빈수첩海濱手帖

개

저녁물이 끝난 개들이 하나둘 기슭으로 모입니다. 달 아래서는 개들도 뼈다귀와 새끼 똥아리를 물고 깍지 아니합니다. 행길에서 걷던 걸음걸이를 잊고 마치 밑물의 내음새를 맡는 듯이 제 발자국 소리를 들으려는 듯이 고개를 쑥— 빼고 머리를 쳐들고 천천히 모래장변을 거닙니다. 그것은 멋이라 없이 칠월 강변의 칠게를 생각게 합니다. 해변의 개들이 이렇게 고요한 시인이 되기는 하늘에 쏘구랑별들이 자리를 바꾸고 먼바다에

해빈海濱 바닷가.
저녁물 저녁 여물. '물'은 '여물'의 평북 방언.
새끼 똥아리 새끼를 꼬아 만든 똬리. '똥아리'는 '똬리'의 평안 방언.
깍지 '뜯지'의 뜻으로 짐작된다.
모래장변 모래사장.
칠게 달랑겟과의 게. 해변의 진흙 바닥에 구멍을 파고 산다.

뱃불이 물길을 옮는 동안입니다.

산탁 방성의 개들은 또 무엇에 놀라 짖어내어도 이 기슭에 서 있는 개들은 세상의 일을 동딸이 짖으려 하지 아니합니다. 마치 고된 업고를 떠나지 못하는 족속을 어리석다는 듯이 그리고 그들은 그 소리에서 무엇을 찾으려는 듯이 무엇을 생각하는 듯이 우뚝 서서 고개를 들고 귀를 기울입니다. 그들은 해변의 숭엄한 철인들입니다.

밤이 들면 물속의 고기들이 숨구막질을 하는 때이니 이때이면 이 기슭의 개들도 든덩의 벌인 배 위에서 숨구막질을 시작합니다.

그들은 그들의 일이 끝나도, 언제까지나 바닷가에 우둑하니 서서 주춤거리며 기슭을 떠나려 하지 아니합니다. 저 달이 제집으로 돌아간 뒤에야 올 조금의 들물에게 무슨 이야기나 있는 듯이.

가마구

바람 부는 아침에는 기슭에 한불 가마구가 앉습니다. 그들은 먼 촌수

쏘구랑별 볼품없이 작은 별.
산탁 산턱. 산기슭으로 바싹 올라붙은 땅.
방성 방성防城, 즉 성곽을 뜻하는 것으로 짐작된다.
숨구막질 숨바꼭질.
든덩 '둔덕'의 평북 방언.
조금 조수潮水가 가장 낮은 때를 이르는 말.
들물 '밀물'의 평북 방언.
가마구 '까마귀'의 평안, 함남, 강원 방언.

의 큰아버지의 제사에 쓸어 모인 가난한 일가들입니다.

겨울 바다의 해가 올라와도 바람이 멎지 않는 아침과 고깃배들이 개포를 나지 못하는 비바람 설레는 저녁은 가마구들이 바다의 승둥을 물려받는 때이니 그들은 이리하여 바다의 당손이 됩니다.

아침이면 밤물에 떠들어온 강아지의 송장을 놓고 욕심 많은 제관인 가마구들은 고개를 주억주억 제사를 드립니다. 마치 먼 할아버지의 성묘를 하는 정성 없는 자손같이.

바닷사람들이 모래장변에 왕구새의 자리를 펴고 참치를 말리는 시절엔 참대 끝에 가마구의 송장을 매어 달아 그 자리 가에 세웁니다. 이는 죽음의 사자인 가마구들에게 죽음의 두려움을 가르치려는 어리석은 지혜입니다.

제 종족의 송장 아래서 가마구들은 썩은 송장 파던 그 쥐두미를 덩싯거리며 무서운 저주를 사특한 이웃인 이 바닷사람들에게 뱉는 것입니다. 그러다도 그 영리한 지혜가 말하기를 바닷사람들의 이러한 버릇이 그들을 두려워하고 위하는 표이리라고 그리하여 바닷사람들은 그들의 죽은 종족

한불 하나 가득.
개포 '개'의 평북 방언. 강이나 내에 바닷물이 드나드는 곳.
설레는 이리저리 움직이는.
당손 장손.
밤물 밤에 들어오는 밀물.
떠들어온 떠받들려 들어온.
왕구새의 자리 왕골을 엮어 만든 자리. '왕구새'는 '왕골'의 함남 방언.
쥐두미 주둥이.
표表이리라고 표시이리라고.

을 높이 받들어 참치를 제물로 괴이고 졸곡제를 지내는 것이라고 하면 그 때엔 바닷가의 제사장인 가마구들은 제 종족의 죽음을 우러러 받드는 이 바닷사람들을 까욱까욱 축복하면서 먼 소나무 가지로 날아가 앉습니다. 이는 제 종족이 죽어 제사를 받는 때 그 제터에 가까이하지 않는 것으로 죽은 종족의 명복을 비는 그들의 예절과 풍속을 지키는 까닭입니다.

그러나 가마구들은 바닷사람들과 원수질 것을 까욱까욱 울며 맹세하였습니다.

어느 때에 바닷사람들은 대 끝에 죽은 가마구 대신에 마치 닭이채같이 검은 헝겊을 매어 달았습니다. 또 민지 없는 낚시코에 피도 같지 않은 가마구의 죽지 하나를 꿰어 달기도 하였습니다.

그 뒤로 가마구들은 늙은 사공이 사랑하는 부둑 개가 기슭으로 나오면 그 모진 쥐두미로 개의 등어리와 엉덩이를 쿡쿡 쪼아 울려놓고야 맙니다. 바닷사람들의 참치 자리 위에 묽은 횃대똥을 찔— 하고 싸 깔기며 시원하다 합니다.

그리하여 이 노염 많은 사자들이 농신의 사당에 부지런히 조사를 보러 나아가서는 바닷사람들을 잡아오란 구신의 영을 그렇게도 감감하니 기

괴이고 '괴고'(쌓아올리고)의 평안, 강원 방언.
닭이채 닭 채.
헝겊 '헝겊'의 평안, 함경 방언.
민지 미늘. 낚시 끝에 있는 작은 갈고리.
같지 않은 가시지 않은.
등어리 등.
횃대똥 '활개똥'의 황해 방언. 힘차게 내깔기는 물똥.
조사 주사主祀. 조상의 제사를 받들어 모심.

다리는 것입니다.

어린아이들

바다에 태어난 까닭입니다.

바다의 주는 옷과 밥으로 잔뼈가 굵은 이 바다의 아이들께는 그들의 어버이가 바다로 나가지 않는 날이 가장 행복된 때입니다. 마음놓고 모래장변으로 놀러 나올 수 있는 까닭입니다.

굴깝지 위에 낡은 돛대를 들보로 세운 집을 지키며 바다를 모르고 사는 사람들을 부러워하며 자라는 그들은 커서는 바다로 나아가여야 합니다.

바다에 태어난 까닭입니다.

흐리고 풍랑 센 날 집안에서 여울의 노대를 원망하는 어버이들은 어젯날의 뱃놀이를 폭이 되었다거나 아니 되었다거나 그들에게는 이 바다에서는 서풍 끝이면 으레이 오는 소낙비가 와서 그들의 사랑하는 모래텀과 아끼는 옷을 적시지만 않으면 그만입니다.

구신 '귀신'의 평안 방언.
굴깝지 굴깍지. 굴의 껍데기.
노대 바다에서 바람이 사납고 물결이 크게 이는 일.
으레이 '으레'의 평북 방언.
모래텀 모래톱.

*

밀물이 쎄는 모래장변에서 아이들은 모래성을 쌓고 바다에 싸움을 겁니다.

물결이 그들의 그 튼튼한 성을 허물지 못하는 것을 보고 그들은 더욱 승승하니 그 작은 조마구들로 바다에 모래를 뿌리고 조악돌을 던집니다. 바다를 시멸시키고야 말 듯이.

그러나 얼마 아니하여 두던의 작은 노리가 그들을 부르면 그들은 그렇게도 순하게 그렇게도 헐하게 성을 비우고 싸움을 벌입니다.

해 질 무리에 그들이 다시 아버지를 따라 기슭에 몽당불을 놓으러 불가로 나올 때면 들물이 성을 헐어버린 뒤이나 그때는 벌써 그들이 옛 성과 옛 싸움을 잊은 지 오래입니다.

*

바다의 아이들은 바다에 놀래이지 아니합니다.

바다가 그 무서운 헤끝으로 그들의 발끝을 핥아도 그들은 다소곤이 장

쎄는 '써는'의 평북 방언. 밀물이나 밀린 물이 물러나가는.
조마구 작은 주먹.
시멸澌滅시키고야 없애고야.
두던 '언덕'의 평안 방언.
노리 '노루'의 평남, 강원 방언.
무리 무렵, 시기.

변에 앉아서 꼬누를 둡니다.

지렁이같이 그들은 고요히 도랑 치고 밭 가는 역사를 합니다.

손가락으로 많은 움물을 팠다가는 발뒤축으로 모다 메워버립니다.

바닷물을 손으로 움켜내어서는 맛도 보지 않고 누가 바다에 소금을 두었다고 동무를 부릅니다.

바다에 놀래이지 않는 그들인 탓에 크면은 바다로 나아가여야 하는 바다의 작은 사람들입니다.

헤끝 혀끝. '헤'는 '혀'의 평안, 함경, 강원 방언.

다소곧이 다소곳이.

꼬누 '고누'의 평북 방언. 땅이나 종이 위에 말밭을 그려놓고 상대의 말을 따거나 말길을 막아 승부를 겨루는 놀이.

움물 '우물'의 평북 방언.

삶의 세 가지 풍경과 새로운 문학의 신호탄

이 수필은 1934년 3월 22일 『이심회以心會 회보』 창간호에 실린 것으로, 백석이 발표한 최초의 수필이자 일본 유학에서 돌아와 처음으로 발표한 작품이다. 먼저 이 작품이 수록된 『이심회 회보』에 대해 살펴볼 필요가 있다. '이심회'는 당시 조선일보사를 경영하던 방응모의 장학금을 받은 학생들이 만든 모임이고, 그들이 만든 간행물이 '이심회 회보'이다. '마음으로써 모임'이란 뜻의 '이심회'는 1933년 12월 12일에 결성되었다. 이심회의 규약에는 "본 회의 자격은 춘해장학회의 보조를 수하는 자"라고 명기되어 있고, 모임의 목적은 "회원의 친목과 학문의 연구"라고 되어 있다. '춘해'는 방응모의 호이다. 『이심회 회보』 창간호에는 이런 내용과 함께 회원의 명단과 사진, 프로필이 수록되어 있다. 이채로운 것은 사진과 프로필엔 백석의 이름이 '白奭'으로 명기되어 있는데 작품엔 '白石'으로 쓰여 있는 점이다. 백석은 문단 등단작인 소설 「그 모와 아들」에서도 '白石'이란 이름을 사용하였다. '白奭'이란 이름이 쓰인 것은 이 지면이 처음이다. 그의 본명은 백기행白夔行이다. 프로필엔 "소화 9년 3월 동경 청산학원 고등학부 영어사범과 졸업 예정"이라고 되어 있고, 주소는 "경성부 운니동 19"라고 적혀 있어 백석이 적어도 이 간행물이 출판된 1934년 3월 22일 이전에 일본에서 귀국해 경성에 거처를 정했음을 알 수 있다. 또 이 작품이 실린 지면의 말미에는 '남이두시기해빈南伊豆柿崎海濱'이란 말이 부기되어 있어 작품의 배경이 어디인지 뚜렷이 알려주고 있다. '남이두南伊豆'는 일본에 있는 이즈반도의 남쪽 지역을 가리키며, '시기柿崎'는 그곳에 있는 항구 마을인 가키사키를 말한다. 이즈반도는 도쿄 사람들이 즐겨 찾는 휴양지로, 일본의 문인들도 이곳을 많이 방문하여 곳곳에 그 흔적이 남아 있다. 가와바타 야스나리川端康成의 유명한 소설 「이즈의 무희伊豆の踊子」가 이곳을 배경으로 한 작품이다. 이 소설은 1926년 『분게이지다이文藝時代』에 발표되었고 1933년 고쇼 헤이노스케五所平之助 감독에 의해 영화화되기도 하여 이 지역을 더욱 유명하게 만들었다. 백석이 이곳을 여행한 것도 이와 무관하지 않으리라 짐작해볼 수 있다. 백석은 이곳을 배경으로 「시기柿崎의 바다」와 「이두국주가도伊豆國湊街道」란 시 두 편을 쓰기도 했다.

가와바타 야스나리의 소설 「이즈의 무희」는 '여로 구조'를 지닌 작품이다. 이 소설에서 주인공 고등학생과 유랑극단의 무희 사이에서 벌어지는 만남과 이별의 서사는 이즈반도 중부에 있는 아마기산天城山에서 시작해 남쪽으로 내려가 시모다下田 항에서 주인공이 배를 타고 떠나며 끝난다. 백석의 「해빈수첩」과 「시기의 바다」의 배경인 가키사키는 바로 시모다에 있는 마을이다. 백석이 「이즈의 무희」의 여로를 따라 이즈반도를 여행했고, 그 경험을 바탕으로 작품을 썼을 것으로 짐작할 수 있는 대목이다. 하지만 백석의 작품은 「이즈의 무희」와 배경만 겹칠 뿐 그 성격과 내용과 분위기가 완전히 다르다. 「이즈의 무희」는 스무 살의 고등학교 청년이 무희를 만나 느끼는 풋풋한 연정과 그와 연관된 인간 내면의 여러 감정을 다룬 작품인 반면, 「해빈수첩」은 어촌의 풍경을 다룬 작품이다. 그리고 무엇보다 주목되는 것은 「이즈의 무희」에는 일본의 전통 복식과 온천 문화 등 일본적인 색채가 짙게 드러나 있는 데 반해, 「해빈수첩」에선 그러한 점을 찾아보기 어렵다는 점이다. 「해빈수첩」은 백석의 고향인 평안북도 정주의 바다와는 다른 이국적인 풍물을 제시하고 있음에도 일본의 독특한 색채가 아닌 어촌 마을의 보편적인 생활방식과 풍경이 두드러진다.

이 수필은 '해빈수첩'이란 하나의 제목 아래 세 개의 서로 다른 바닷가 풍경이 묶여 있다. 각 풍경의 초점이 되는 대상은 첫째는 개, 둘째는 까마귀, 셋째는 어린아이들이다. 개와 까마귀와 어린아이들은 일상에서 흔히 접하는 평범한 소재이다. 그런데 일상에서 익숙하던 개, 까마귀, 어린아이들이 바닷가에서 활동할 때 그들의 모습은 특별한 풍경으로 다가온다.

먼저 '바닷가의 개'. 어촌 마을의 개들은 저녁밥을 먹고 바닷가로 모여든다. 썰물이 되어 바닷가는 넓은 공터가 되었다. 바닷가 마을의 개들에게는 바다 기슭의 넓은 공터가 그들의 산책로이고 놀이터일 것이다. 더 이상 나아갈 곳 없는 그 땅끝에서 개들은 동네 마을에서처럼 달려갈 일도 없이 그저 바다 기슭을 어슬렁거린다. 해 저문 한적한 바닷가에서는 소리 내어 짖을 일도 없다. 그들은 산턱 방성에서 다른 개가 짖어도 따라 짖지 않는다. 바닷가의 개들은 세속으로부터 떨어져서 조용히 자기만의 세계를 구축하고 있는 것이다. 밤이 새도록 개들이 바닷가를 떠나지 않는 이유를 백석은 달이 지고 난 후 찾아올 밀물에게 전하고 싶은 말이 있어서일 것이라고 생각한다. 백석은 이런 바닷가 개를 시인과 철인에 빗댄다. 그것은 백석의 마음이 투영된 비유일 것이다. 백석은 이즈반도 남단 가키사키의 바닷가에서 밤늦은 시간까지 어슬렁거리는 개들을 보며 자신을 돌아보고 있다.

두번째 '바닷가 까마귀'의 풍경은 이와는 상반된다. 바람 부는 아침이면 지난밤 밤하늘의 별과 함께 시인이 된 개들이 거닐던 해변 기슭에 까마귀가 가득 내려앉는다. 까마귀들은 밤사이 밀물에 떠밀려온 강아지의 사체를 쪼아댄다. 바닷가 사람들은 참치를 말릴 때가 되면 참치를 노리는 까마귀들에게 보란 듯이 대나무 창에 죽은 까마귀를 꽂아놓는다. 비바람 치는 하늘과 까마귀가 장식하는 이 풍경은 온통 어두운 빛이다. 이 짤막한 글에는 '송장'이란 말이 네 번이나 구사된다. 죽고, 죽은 것을 먹고, 죽인 것을 전시하는 이 죽음의 풍경을 백석은 '제사'의 이미지로 그리고 있다. 까마귀는 제관으로, 죽은 강아지 송장을 쪼는 것은 제사를 지내는 모습으로, 대나무 끝에 까마귀를 꽂아 매단 것은 졸곡제에 빗대진다. 그 이미지는 이 어두운 풍경을 더욱 무겁고 숙연하게 만든다. 이 풍경에서 죽음은 먹이 찾기와 종족 보존이라는 본능에서 기인한 것이다. 그것은 동물과 인간에게 피할 수 없는, 살아 있는 자들의 처절한 운명과도 같은 것이다. 인간은 그 슬픈 운명을 조금이라도 위로하기 위해 '제사'라는 의식을 만들었다. 백석은 바닷가 까마귀들의 풍경에서 산 자들의 바탕에 깔려 있는 본능과 의식을 투시하고 있다.

세번째 '바닷가의 아이들'이 환기하는 풍경은 다시 이와 상반된다. 시인이 된 개와 죽음의 까마귀가 차지하던 그 바닷가가 이번엔 아이들 차지가 된다. '아이'는 죽음의 반대편에 있는 이들이다. 그들은 천진하고 활기차며 미래가 열려 있다. 그런데 바닷가에 사는 아이들의 삶은 좀 특별하다. 그들에겐 바닷가가 놀이터이고, 바다가 장차 그들의 삶의 터전이다. 바닷가 놀이터는 육지와는 달라서, 그곳에선 바다가 늘 아이들을 간섭한다. 바다는 아이들이 쌓은 모래성을 금세 헐어버리곤 한다. 그래서 그들은 항상 바다와 겨룬다. 바다 물결을 피해 모래성을 쌓고, 바다에 힘차게 돌을 던지고, 바다 물결이 발끝까지 와도 아랑곳하지 않고 고누놀이에 집중한다. 아이들은 바다를 피하고, 바다와 싸우고, 바다를 겁내지 않으면서 논다. 그들은 그렇게 바다에 단련되면서 커나간다. 그것은 장차 생업을 위해 바다에 나가야 하는 바닷가 아이들의 생활방식이고 운명이다. 백석은 그런 바닷가 아이들의 모습을 사생화처럼 그려낸다.

백석이 전시한 이 세 가지 바닷가 풍경은 가키사키라는 일본의 특정한 어촌의 생활 풍경인 동시에 인간 삶에 내재한 세 가지 모습을 가리킨다. '개'가 상징하는 시적, 철학적 명상, '까마귀'가 상징하는 죽음과 생존 본능, '어린아이'가 상징하는 삶의 단련은 우리 모두에게 적용되는 세 갈래의 삶의 방식이자 의식이다. 인간은 시적이고 철학적인 형이상학과 동물적 형이하학의 양면성을 지니고 있고, 그러면서 삶을 헤쳐나가기 위해 어린 시절부터 자신을 단련한다. 백석은 어촌의 풍경을 그리면서 인간 삶의 본질과 숙명을 돌이켜보고 있는 것이다.

이 글의 독특한 양식에 대해서도 언급하지 않을 수 없다. 이 글은 세 조각의 글이 저마다 다른 형식과 문체적 특징을 지닌다. 첫번째 글은 대상에 대한 묘사에 치중하고 있고, 두번째 글은 대상을 묘사하면서도 그것을 인격화하여 이야기를 만들고 있으며, 세번째 글은 대상을 서술하는 가운데 운율에 대한 고려가 두드러진다. 짤막한 수필이면서도 다양한 문학적 양식을 세 개의 꼭지로 나누어 자유롭게 펼침으로써 시와 이야기의 매력을 동시에 선사하고 있는 것이 이 작품의 큰 특징이다. 인물의 욕망과 갈등을 끈적끈적한 문체로 서술한 그의 첫 작품 「그 모와 아들」과 비교하면 두번째 작품인 「해빈수첩」은 같은 작가가 쓴 것이라고 믿기 어려울 정도로 큰 차이를 보인다. 일본 유학 사 년 만에 발표한 이 작품은 대상에 대한 인식과 형상화 방식과 문체 면에서 현저하게 시적인 경향을 드러내고 있다. 이처럼 그는 정식으로 시를 발표하기 전부터 시와 수필, 시와 이야기의 경계에 놓인 독특한 형식의 작품을 선보였다. 이것은 재래의 형식을 답습하지 않겠다는 새로운 문학 의식의 발로이다. 이러한 장르 혁신 의식은 향후 그의 문학 활동에 그대로 나타난다. 그는 이야기가 뚜렷하게 드러나는 시를 선보이는가 하면(「여우난골족」 「고야古夜」), 시적인 형식을 수용한 소설을 발표하였으며(「마을의 유화」), 시적인 수필이나(「단풍」 「당나귀」) 소설과 수필의 경계에 놓인 작품을 시도하기도 했다(「사생첩의 삽화」). 「해빈수첩」은 이러한 문학 혁신의 선두에 선 작품으로서 귀국 후 백석의 새로운 문학 여정을 알리는 신호탄인 것이다.

마포

사장沙場은 물새가 없이 너무 너르고 그 건너 포플러의 행렬은 이 개포의 돛대들보다 더 위엄이 있다. 오래 머물지 못하는 돛대들이 쫓겨 달아나듯이 하구河口를 미끄러져 도망해버린다. 나무 없는 건넌산들은 키가 돛대보다 낮다. 피부 빛은 사공들의 잔등보다 붉다. 물속에 들어간 닻이 얼마나 오래 있나 보자고 산들은 물 위를 바라보고들 있는 듯하다.

개포에는 낮닭이 운다. 기슭 핥는 물결 소리가 닭의 소리보다 낮게 들린다. 저 아래 철교 아래 사는 모터보트가 돈 많은 집 서방님같이 은회색 양복을 잡숫고 호기 뻗친 노라리 걸음으로 내려오곤 한다. 빈 매생이가 발길에 차이고 못나게 출렁거리며 운다.

건넌산 건넛산. 건너편에 있는 산.
잡숫고 입고. '잡숫다'는 궁중에서 옷을 입음을 이르던 말이다.
노라리 건달처럼 빈둥거리는 짓. 또는 그런 사람.
매생이 마상이. 돛이 없는 작은 배.

커다란 금 휘장의 모자를 쓴 운전수들이 빈손 들고 내려서는 동둑을 넘어서 무엇을 찾는 듯이 구차한 거리로 들어간다. 구멍 나간 고의를 입은 사공들을 돌아다보지 않는 것이 그들의 예의이다. 모두 머리를 모으고 몸을 비비대고 들어선 배들 앞에는 언제나 운송점의 빨간 트럭 한 대가 놓여 있다. 때때로 퐁퐁퐁퐁……거리는 것은 아마 시골 손들에게 서울의 연설을 하는지 모른다.

여의도에 비행기가 뜨는 날 먼 시골 고장의 배가 들어서는 때가 있다. 돛대 꼭두마리의 팔랑개비를 바라보던 버릇으로 뱃사람들은 비행기를 쳐다본다. 그리고 돛대의 흰 깃발이 말하듯이 그렇게 하늘이 무서운 것이 아니라고 생각한다. 이럴 때에 영등포를 떠나오는 기차가 한강철교를 건넌다. 시골 운송점과 정미소에서 내는 신년 괘력掛曆의 그림이 정말이 되는 때다.

"마포는 참 좋은 곳이여!" 뱃사람의 하나는 반드시 이렇게 감탄한다.

흰 수염 난 늙은이가 매생이에서 낚대를 드리우지 않는 날을 누가 보았나? 요단강의 영지靈智가 물 위에 차 있을 듯한 곳이다. 강상江上에 흐늑이는 나룻배를 보면 「비파행琵琶行」의 애끊는 노래가 들리지 않나 할 곳이다.

동둑 크게 쌓은 둑.
꼭두마리 '꼭대기'의 평북 방언.
괘력掛曆 벽 따위에 거는 달력이나 일력.
흐늑이는 느리고 부드럽게 흔들리는.
비파행琵琶行 중국 당나라의 시인 백거이가 지은 88구의 칠언고시. 비파를 타는 한 여인의 영락한 삶을 감상적으로 읊은 노래이다.

뗏목이 먼저 강을 내려와서 강을 올라오는 배를 맞는 일이 많다. 배가 떠난 뒤에도 얼마를 지나서야 뗏목이 풀린다. 뗏목이 낯익은 배들을 보내고 나는 때에 개포의 작은 계집아이들이 빨래를 가지고 나와서 그 잔등에 올라앉는다. 기름 바른 머리 분칠한 얼굴이 예가 어덴가 하고 묻고 싶어할 것이 뗏목의 마음인지 모른다.

뱃지붕을 타고 먼산바라기를 하는 사람들은 저 산 그 너머 산 그 뒤로 보이는 하이얀 산만 넘으면 고향이 보인다고들 생각한다. 서울 가면 아무데 산이 보인다고 마을에서 말하고 떠나온 그들이 서울의 개포에 있는 탓이다.

배들은 낯선 개포에서 본本과 성명을 말하기를 싫어한다. 그들은 머리에다 커다랗게 붉은 글자로 백천百川, 해주海州, 아산牙山…… 이렇게 빼젓한 본을 달고 금파환金波丸, 대양환大洋丸, 순풍환順風丸, 이렇게 아름답고 길상吉祥한 이름을 써붙였다. 그들은 이 개포의 맑은 하늘 아래 뽈사납게 서서 흰구름과 눈빨기를 하는 전기공장의 시꺼먼 굴뚝이 미워서 이 강에 정을 못 들이겠다고 말없이 가버린다.

빼젓한 '버젓한'의 센말.
뽈사납게 볼썽사납게.
눈빨기 '눈 흘기기'의 평북 방언.

해설

마포 포구의 근대와 반근대

마포는 지금은 현대화된 도심으로 탈바꿈하였지만 예전에는 중부 지역의 수운을 담당한 한강의 하류에 위치한 포구로서 물길을 통해 서울로 들어서는 중요한 교통로 역할을 했다. 또 구릉 아래에 호수처럼 아늑하게 들어앉은 천혜의 지형에 주변의 풍광도 뛰어나 예부터 여러 문인들이 이곳의 아름다움을 예찬하였다.

이 작품은 1935년 『조광』 창간호에 "자연의 전당 대경성 풍광"이라는 기획 아래 세 편의 다른 글과 함께 수록된 것으로, 백석이 문예지에 발표한 최초의 수필이다. 나머지 세 작품은 「청량리淸涼里」 「둑도纛島」 「창의문彰義門」이다. 청량리는 서울의 동쪽, 둑도 즉 뚝섬은 동남쪽, 창의문은 북서쪽, 마포는 남서쪽에 위치해 있으니 『조광』 편집자가 당시 경성의 동서남북 네 지역에서 자연 풍광이 좋은 곳을 하나씩 골라 수필을 기획한 것임을 알 수 있다. 청량리는 지금의 홍릉 수목원 지역에 당시 일제가 임업시험장을 만들어놓아 숲이 우거져 있었으며, 뚝섬에는 일제가 조성한 유원지가 있었다. 서울 성곽의 북소문北小門인 창의문 바깥 지역에는 당시 과일나무가 많았다. 네 지역 중 두 곳은 숲, 두 곳은 강가인 점으로 보아 편집자가 자연 지역을 골고루 안배했음도 짐작할 수 있다. 이 네 곳을 소재로 삼은 네 편의 글은 해당 지역의 자연에 대한 글쓴이의 단상이 자유롭게 펼쳐져 있는데, 그중에서도 백석의 글은 자연에 대한 소회 이상의 깊은 사유를 담고 있으며 감각적인 문체에 정교한 형식까지 갖추고 있어 단연 주목된다.

이 작품은 총 여덟 개의 단락으로 구성되어 있으며, 각 단락마다 마포의 풍경과 그에 투영된 백석의 생각이 분명한 의미 단위를 이루고 있다. 여러 조각의 장면 묘사와 서술의 조합으로 짜인 이러한 형식은 「여우난 골족」이나 「고야」 같은 '이야기 시'의 그것과 유사하다.

첫 장면은 포구 주변의 자연을 중심으로 한 전체 풍경의 묘사이다. 이 묘사에서 두드러지는 것은 의인법과 색채 감각의 구사이다. '위엄 있는 포플러' '물 위를 내려다보는 산들' '달아나는 돛단배들' 등은 포구 주변의 경관을 생동감 있게 드러내며, 사물들에 인간의 호흡과 숨결을 부여하여 정겨운 느낌을 준다. 색채 감각은 그 풍경에 더 깊은 정서를 부여한다. 건너편 산의 붉은빛은 그곳이 민둥산임을 알려주며, 붉게 탄 사공들의 잔등에 비유되어 마포가 사공들의 힘겨운 노동 현장이기도 하다는 점을 일깨운다.

둘째 장면에선 포구 안의 모습이 묘사된다. 먼저 갯가의 풍경이 소리 감각으로 묘사된다. 포구 주변에 울려퍼지는 낮닭의 울음소리는 근처 인가의 존재를 드러내며, 그보다 낮게 울리는 물결 소리는 그곳이 고요하고 한적한 곳임을 환기시킨다. 그 아름답고 한적한 수면 위로 철교 밑에 있던 모터보트가 등장한다. 모터보트는 "은회색 양복"을 입고 "호기 뻗친 노라리 걸음"을 걷는 "돈 많은 집 서방님"으로 비유된다. 반면 그 곳에 정박해 있던 "빈 매생이"는 그 발길에 차이고 우는 것으로 묘사된다. 이 비유를 통해 모터보트는 포구의 아름다움과 고요와 평화를 깨는 건방진 침입자, 매생이는 그에게 밀려난 못난 피해자가 된다. 근대와 전통이 공존하는 그 풍경에서 백석은 근대의 거만함과 전통의 초라함을 느낀다.

셋째 장면은 부둣가의 풍경이다. 근대와 전통의 차별적 공존이 이곳에서도 이어진다. "커다란 금 휘장의 모자를 쓴 운전수들"과 "구멍 나간 고의를 입은 사공들"의 대비가 그것이다. 옷차림의 차이에서 비롯된 양자의 차별은 색감을 통해 극명히 드러난다. 모터보트와 운전수의 외관은 각각 은색과 금색으로 묘사된 반면, 매생이와 사공의 옷차림은 색채감이 누락되어 있다. 수려한 색감은 근대적 문물의 존재감을 부각시키고, 색감의 부재는 전통적 문물의 존재감을 희미하게 만든다. 은과 금은 귀금속의 의미도 함축하여 그 물질적 가치를 강조한다. 배들 앞에 주차되어 있는 "빨간 트럭"도 근대적 문물의 하나이다. 이 강렬한 색상은 도시적 이미지를 강화하며, 이것은 청각적 이미지로 다시 한번 구체화된다. 트럭이 내는 일정한 리듬의 엔진 소리를 "시골 손들"에게 하는 "서울의 연설"에 빗댄 것이 그것이다.

넷째 장면에서는 배와 비행기와 기차가 동시에 교차한다. 그것은 마포라는 특정한 공간에서만 포착되는 진풍경이다. 당시 여의도에는 비행장이 있어 마포에서도 이착륙하는 비행기를 볼 수 있었고, 멀리 한강철교를 지나가는 기차도 볼 수 있었다. 이 대목에서 백석은 풍경을 바라보는 시선을 타지에서 온 뱃사람에게로 옮긴다. 그 시선에 의해 이 진풍경은 더욱 경이로운 장면으로 승화되고, 마포의 장소성도 한층 극대화된다. 그 절경을 달력의 사진으로만 봐왔던 시골의 뱃사람은 이제 마포에 와서 사진 속의 현장을 직접 목격하며 놀란다. 타지인의 시선으로 그려낸 근대 문물에 대한 감탄이자, 근대적 절경을 품은 마포라는 장소에 대한 예찬이다.

다섯째 장면에서 마포의 풍경은 근대 문물의 첨단에서 아득한 고전의 풍경으로 급격히 전환된다. 강물 위의 나룻배에서 낚대를 드리우고 있는 "흰 수염 난 늙은이"는 여유롭고 평화로운 느낌을 준다. 마치 시간이 정지된 것 같은 그 모습은 신선의 경지마저 연상시킨다. "요단강의 영지"가 차 있을 것 같다는 표현은 그러한 느낌에서 나온 감상일 것이다. 「비파행」은 백거이의 시를 가리키는데, 이 시에서 백거이는 한밤 심양강 가의 나룻배에서 들리는 한 여인의 애절한 비파 소리에 사로잡히고 그 여인의 슬픈 사연에 마음을 빼앗긴다. 마포의 나룻배에서 백거이의 시에 등장하는 음악소리를 연상하는 것은 다소 과장된 비유이긴 하나, 그만큼 마포 포구가 전통적이고 낭만적인 분위기를 간직하고 있음을 극적으로 전해준다.

여섯째 장면에서는 뗏목의 모습이 묘사된다. 뗏목은 오랜 기간 목재의 운송 수단이었다. 포구 안에 정박한 뗏목은 멀리는 강원도부터 한강 물길을 따라 마포로 들어온 것이다. 뗏목이 들어오면 갯가의 작은 계집아이들은 그 위에서 빨래를 한다. 통나무로 엮은 널따란 뗏목은 빨래터로 안성맞춤이었을 것이다. 반면에 뗏목의 입장에선 머리와 얼굴을 단장하고 빨래를 하러 나온 계집아이의 모습이 낯설기만 하다. 마포로 흘러온 뗏목과 그 위에서 빨래하는 작은 계집아이들의 모습이 정겨운 그림을 만들어낸다.

일곱째와 여덟째 장면은 여섯째 장면의 연장선상에서 타지에서 마포로 들어선 배들의 모습을 묘사한다. 마포로 들어선 뱃사람들은 배 지붕에 올라가 산너머 고향 쪽을 바라본다. 자기 고장에 대한 뱃사람들의 애착은 뱃머리에 붙인 '백천' '해주' '아산' 등의 이름에서도 뚜렷이 확인된다. 마포는 자기 고장의 전시장이기도 한 것이다.

마포에 당도한 배들은 임무를 마치면 고향으로 돌아갈 것이다. 이 글은 그들의 귀향으로 끝을 맺어 고향 의식을 다시 한번 드러내는데, 백석은 그 위에 또하나의 사유를 펼친다. 그것은 자연을 해치는 공장 건물에 대한 거부감이다. 이 글의 마지막 대목에 나오는 "전기공장"은 1930년에 건설된 당인리발전소(서울화력발전소)를 가리킨다. 백석은 석탄 화력발전소의 시커먼 굴뚝과 하얀 구름을 대비시켜 그 공장 건물의 흉측함을 선명하게 전해준다.

이 수필은 1930년대 중반 마포 포구와 그 주변의 모습을 구석구석 보여주면서 오늘의 독자들에게 지금은 사라져 볼 수 없는 지난 시절의 풍경을 되돌아보게 한다. 그 시절 마포는 자연과 인간, 물과 육지, 전통과 근대, 시골과 서울이 교차, 공존하는 매력적인 포구였다. 백석은 마포 거주자와 타지인의 시선을 오가면서 마포의 풍광이 지닌 양면적 특성을 뛰어난 비유를 통해 극적으로 보여주고 있다. 백석이 두 개의 시선으로 그려낸 마포 풍광기는 마포의 옛 정취와 함께 자연, 전통, 근대, 고향에 대한 그의 의식을 뚜렷이 전해준다.

편지

이 밤 이제 조금만 있으면 닭이 울어서 구신이 제집으로 가고 육보름날이 오겠습니다. 이 좋은 밤에 시꺼먼 잠을 자면 하이얗게 눈썹이 센다는 말은 얼마나 무서운 말입니까. 육보름이면 옛사람의 인정 같은 고사리의 반가운 맛이 나를 울려도 좋듯이 허연 영감 구신의 호통 같은 이 무서운 말이 이 밤에 내 잠을 쫓아버려도 나는 좋습니다. 고요하니 즐거운 이 밤 초로초롱 맑게 고인 샘물 같은 눈으로 나는 지금 당신께서 보내주신 맑고 고운 수선화 한 폭을 들여다봅니다. 들여다보노라니 그윽한 향기와 새파란 꿈이 안개같이 오르고 또 노란 슬픔이 냇내같이 오릅니다. 나는 이제 이 긴긴밤을 당신께 이 노란 슬픔의 이야기나 해서 보내도 좋겠습니까.

남쪽 바닷가 어떤 낡은 항구의 처녀 하나를 나는 좋아하였습니다. 머

육보름날 음력 열엿샛날.
냇내 '연기'의 평북 방언.

리가 까맣고 눈이 크고 코가 높고 목이 패고 키가 호리낭창하였습니다. 그가 열 살이 못 되어 젊디젊은 그 아버지는 가슴을 앓아 죽고 그는 아름다운 젊은 홀어머니와 둘이 동지선달에도 눈이 오지 않는 따뜻한 이 낡은 항구의 크나큰 기와집에서 그늘진 풀같이 살아왔습니다. 어느 해 유월이 저물게 실비 오는 무더운 밤에 처음으로 그를 안 나는 여러 아름다운 것에 그를 견주어보았습니다— 당신께서 좋아하시는 산새에도 해오라비에도 또 진달래에도 그리고 산호에도…… 그러나 나는 어리석어서 아름다움이 닮은 것을 골라낼 수 없었습니나.

총명한 내 친구 하나가 그를 비겨서 수선이라고 하였습니다. 그제는 나도 기뻐서 그를 비겨 수선이라고 하였습니다. 그러한 나의 수선이 시들어갑니다. 그는 스물을 넘지 못하고 또 가슴의 병을 얻었습니다. 이 이야기는 이만하고 나의 노란 슬픔이 더 떠오르지 않게 나는 당신의 보내주신 맑고 고운 수선화의 폭을 치워놓아야 하겠습니다.

밤이 아직 샐 때가 멀고 또 복밥을 먹을 때도 아직 되지 않았습니다. 이제 나는 어머니의 바느질그릇이 있는 데로 가서 무새 헝겊이나 얻어다가 알룩달룩한 각시나 만들면서 이 남은 밤을 당신께서 좋아하실 내 시골 육보름밤의 이야기나 해서 보내도 좋겠습니까.

패고 파이고.
호리낭창하였습니다 키가 크고 날씬하였습니다.
해오라비 '해오라기'의 방언.
그제는 그때에는.
복밥 복을 가져다주는 밥.
무새 물을 들인 천.

육보름으로 넘어서는 밤은 집집이 안간으로 사랑으로 웃간에도 맏웃간에도 루방에도 허텅에도 고방에도 부엌에도 대문간에도 외양간에도 모두 째듯하니 불을 켜놓고 복을 맞이하는 밤입니다. 달 밝은 마을의 행길 어데로는 복덩이가 돌아다닐 것도 같은 밤입니다. 닭이 수잠을 자고 개가 밤물을 먹고 도야지 깃을 들썩이는 밤입니다. 새악시 처녀들은 새 옷을 입고 복물을 긷는다고 벌을 건너기도 하고 고개를 넘기도 하여 부잣집 우물로 가서 반동이에 옹패기에 찰락찰락 물을 길어 오며 별 같은 이야기를 자깔자깔하는 밤입니다. 새악시 처녀들은 또 복을 가져오노라고 달을 보고 웃어가며 살기같이 여우같이 부잣집으로 가서는 날쌔기도 하게 기왓골의 기왓장을 벗겨 오고 부엌의 솥뚜껑을 들어 오고 곱새담의

안간 안쪽에 있는 방. 보통 안방을 가리킨다.
웃간 웃방. 안방 다음에 있는 방.
맏웃간 맏웃방. 웃방 다음에 있는 방.
루방 다락방.
허텅 '헛간'의 평북 방언.
고방 광.
째듯하니 빛이 선명하고 뚜렷하니.
수잠 깊이 들지 않은 잠.
밤물 밤 여물.
깃 외양간에 까는 마른풀.
복물 복을 가져다주는 물.
반동이 보통 동이의 절반 정도 되는 자그마한 동이.
옹패기 '옹배기'(옹자배기)의 평북 방언.
자깔자깔하는 여럿이 모여서 조금 낮은 목소리로 떠들며 이야기하는.
살기 '살쾡이'의 평안, 함남, 강원 방언.
곱새담 짚으로 엮은 이엉을 얹은 담.

짚날을 뽑아 오고…… 이렇게 허물없는 즐거움 속에 끼득깨득하는 그들은 산에서 내린 무슨 암짐승이 되어버리는 밤입니다. 그러다는 집으로 들어가서 마음 고요히 세 마디 달린 수숫대에 마디마다 콩 한 알씩을 박아 물독 안에 넣는 밤인데 밝은 날 산골이라는 웃마디, 중산이라는 가운데 마디, 해변이라는 밑마디의 그 어느 마디의 콩이 붇는가를 보고 그 어느 고장에 풍년이 들 것을 점칠 것입니다. 그러다는 닭이 울어서 새날이 되면 아홉 가지 나물에 아홉 그릇 밥을 먹으며 먹으면 몸 솔쐐기가 쏜다는 김치와 먹으면 김맬 때 비가 온다는 물을 자꾸 먹고 싶어하는 밤입니다. 이렇게 해서 육보름의 아침이 됩니다. 새악시 처녀들은 해 뜨기 전에 동리 국수당의 수무나무 가지를 쪄 오래서 가시가시에 하이얀 솜을 피우고 그 솜밭 속에 며칠 앞서부터 스물이고 서른이고 만들어놓은 울긋불긋한 각시와 새하얀 할미를 세워서는 굴통담에 곱새담에 장독담에 꽂아놓는데 이렇게 하면 이해에는 하루갈이 목화밭에서 천 근 목화가 난다고 믿는 그들이 새 옷의 스적이는 소리도 좋게 의좋은 짝패들끼리 끼리끼리 밀려다니며 담장마다 머물러서는 목화 따는 할미며 각시와 무슨 이야기

짚날 짚으로 짠 물건의 세로줄.
끼득깨득하는 '끼득끼득하는'의 변형. 웃음을 참지 못해 새되게 자꾸 웃는 소리를 내는.
솔쐐기 '송충이'의 평안 방언.
국수당 '서낭당'의 평안 방언.
수무나무 스무나무.
쪄 베어.
굴통담 굴뚝담. 굴뚝에 인접한 담.
하루갈이 소를 데리고 하룻낮 동안 갈 수 있는 밭의 넓이.
스적이는 비비거나 스치는 소리가 나는.

나 하는 듯이 즐거워하는 것입니다.

(닭이 우나?) 아 닭이 웁니다. 나는 이만 이야기를 그치고 복밥을 기다리는 얼마 아닌 동안 신선과 고사리와 수선화와 병든 내 사람이나 생각하겠습니다.

해설

편지로 쓴 사랑과 고향 풍속

이 글은 제목에 명시된 것처럼 편지 형식으로 쓴 작품이다. 편지는 자신의 속 깊은 이야기를 전달할 수 있는 내밀한 글이어서, 편지 형식의 글은 글쓴이의 내면을 엿듣는 것 같은 느낌을 준다. 그래서 편지 형식의 글은 강한 흡인력을 지닌다. 또 편지는 한밤에 쓸 때 더 깊고 진솔해진다. 사방이 조용하고 홀로 깨어 있을 때 나는 내 속을 더 잘 들여다보고, 내면의 이야기를 더 생생히 길어올리게 된다. 이 편지는 정월 대보름날 밤에 쓴 것이다. 우리 풍속에 이날 밤 잠을 자면 눈썹이 하얗게 센다는 말이 있는데, 백석은 그 말을 따라 육보름날이 밝도록 잠을 자지 않고 마음 속 이야기를 편지로 옮긴다.

이 편지는 '당신'으로 지칭되는 인물을 향한 것이다. '나'는 '당신'에게 "맑고 고운 수선화 한 폭"을 받았고, 그에 대한 답례로 이 편지를 쓴다고 서두에 밝히고 있다. '나'가 받은 수선화는 신석정의 시 「수선화」를 가리킨다. 그 시에는 "눈 속에 사슴을 보내주신 백석 선생께 드리는 수선화 한 폭"이란 부제가 붙어 있다. 백석이 시집 『사슴』을 신석정에게 증정하였고, 그에 대한 답례로 신석정이 백석에게 「수선화」란 헌시를 썼으며, 백석이 다시 그에 대한 답례로 이 편지글을 쓴 것이다. 그런데 이 '편지'에는 신석정이란 이름은 나타나 있지 않고 '수선화'도 마치 수선화를 그린 그림처럼 제시되어 있다. 편지 상대의 익명화는 글의 대상을 확장시킨다. 이 편지의 수신자는 신석정이면서 이 글을 읽는 독자 모두가 되는 것이다. 시에 대한 언급 없이 제시된 "수선화 한 폭"이란 말도 수선화에서 연상되는 청초한 이미지를 도드라지게 한다. 이 글은 그러한 꽃의 이미지에 대한 연상으로부터 시작된다.

'당신'을 향한 이 '편지'에서 백석은 두 가지 이야기를 전한다. 하나는 수선화에서 촉발된 자신의 사랑 이야기이다. 백석은 자신이 수선화 같은 한 여인을 사랑하였다고 말한다. 남쪽 바닷가의 낡은 항구에 산다는 그녀는 통영의 박경련을 가리킨다. 그리고 그녀를 수선화에 빗댄 "총명한 내 친구"는 신현중을 지칭한다. 신현중은 통영 출신의 조선일보 기자로 박경련과 백석의 만남에 계기를 마련해준 인물이다. 그런데 백석은 이 사랑 이야기에서 연인과 주변 인물들을 모두 익명으로 처리함으로써 그녀와 그녀와의 만남에 대한 정보들을 사실의 전달을 넘어 시적 이미지를 환기하는 문학적 도구로 기능하게 한다. '남쪽 바닷가' '낡은 항구' '까만 머리, 큰 눈, 높은 코, 깊이 팬 목, 호리낭창한 키' '그늘진 풀' '실비 오는 여름밤' '가슴의 병' 등이 그 사랑의 질감과 온기를 전하는 이미지들이다. 그리고 그녀와의 사랑은 가녀리고 청초한 수선화의 이미지에 맞닿아 있다.

편지의 두번째 이야기는 정월 대보름 밤의 고향 풍속이다. 보름날 밤이면 집집마다 복을 맞기 위해 곳곳에 불을 밝히고, 하늘엔 탐스러운 보름달이 환하게 떠 있다. 색시 처녀들은 복을 가져오기 위해 새 옷을 입고 부잣집 우물에 가서 물을 길어오고, 부잣집 기왓장과 솥뚜껑과 곱새담의 짚날을 훔쳐 오기도 한다. 집으로 돌아가서는 수숫대 마디마다 콩을 박아 물독 안에 넣고 어느 고장에 풍년이 들지를 점치고, 새날이 되면 아홉가지 나물에 아홉 번의 밥을 먹으며 식사중에는 김치와 물을 삼간다. 또 동네 서낭당의 스무나무 가지를 베어다 가시마다 솜뭉치를 씌우고는 그 위에 울긋불긋한 각시와 하얀 할미 인형을 세워 담장 여기저기에 꽂아놓고 인형들과 이야기하는 것처럼 즐겁게 떠들며 논다.

백석이 이처럼 상세하게 소개하는 고향의 대보름 풍속을 단순히 전통문화의 계승이나 속신의 가치에 대한 환기로만 봐서는 안 될 것이다. 백석이 자신의 언어로 재구성한 이 풍속에서 눈여겨봐야 할 것은 고향 사람들의 집단적 움직임 속에 서려 있는 삶의 기운이다. 새 옷을 차려입은 색시 처녀들은 환한 불빛 아래 함께 어울려 온 동네를 휘저으며 다니고, 웃고, 떠들고, 만들고, 기원하고, 풍성한 아침을 먹는다. 그들의 삶은 활기차고 싱그럽고 풍성하며 꼼꼼하고 차분하다. 이 풍속엔 빛과 소리의 아름다움이 어려 있다. 집집마다 밝힌 등불과 환한 보름달, 하얀 솜과 울긋불긋한 각시 인형과 하얀 할미 인형, 색시 처녀들의 새 옷은 마을을 화려한 색채로 물들인다. 여기에 싱그럽고 청량한 소리가 울려퍼진다. 반동이와 옹배기에 담겨 찰랑거리는 물소리와 색시 처녀들의 재잘거림 등이 그것이다. 백석은 “찰락찰락” “자깔자깔” “끼득깨득” 등과 같은 섬세

한 의성어로 그 소리의 질감을 생생히 살려낸다. 빳빳한 새 옷이 서로 스치며 내는 마찰음의 포착도 신선한 느낌을 더해준다. 이러한 소리들은 모든 소음이 가라앉은 한밤에 일어나는 것이기에 그 공명이 더 크고 아름답다.

이 두 가지 이야기는 여러 면에서 대조적이다. 전자가 개인적인 삶의 이야기라면 후자는 공동체적인 삶의 이야기이다. 또 전자가 병약하고 애처롭고 가슴 아픈 이야기라면, 후자는 건강하고 밝고 흥겨운 이야기이다. 이 둘은 우리 삶의 양면과도 같다. 우리는 사적인 사랑과 공동체의 행복, 그리고 슬픔과 활력을 동시에 안고 산다. 백석은 현재의 개인적 경험과 과거의 집단적 경험을 편지 형식을 빌려 섬세하고 감각적인 언어로 진술함으로써 인간 삶의 두 가지 국면을 아름답게 전해주고 있다.

가재미 · 나귀

동해 가까운 거리로 와서 나는 가재미와 가장 친하다. 광어, 문어, 고등어, 평메, 횟대…… 생선이 많지만 모두 한두 끼에 나를 물리게 하고 만다. 그저 한없이 착하고 정다운 가재미만이 흰밥과 빨간 고치장과 함께 가난하고 쓸쓸한 내 상에 한 끼도 빠지지 않고 오른다. 나는 이 가재미를 처음 십 전 하나에 뼘가웃씩 되는 것 여섯 마리를 받아들고 왔다. 다음부터는 할머니가 두 두름 마흔 개에 이십오 전씩에 사오시는데 큰 가재미보다도 잔 것을 내가 좋아해서 모두 손길만큼 한 것들이다. 그동안 나는 한 달포 이 고을을 떠났다 와서 오랜만에 내 가재미를 찾아 생선장으로 갔더니 섭섭하게도 이 물선은 보이지 않았다. 음력 팔월 초상이 되어서야 이내 친

가재미 가자미.
평메 평도미를 가리키는 것으로 짐작된다.
횟대 둑중갯과의 바닷물고기. 머리에 가시가 있고 입이 크다.
고치장 고추장.
물선 음식을 만드는 재료.

한 것이 온다고 한다. 나는 어서 그때가 와서 우리들 흰밥과 고치장과 다 만나서 아침저녁 기뻐하게 되기만 기다린다. 그때엔 또 이십오 전에 두어 두름씩 해서 나와 같이 이 물선을 좋아하는 H한테도 보내어야겠다.

묘지와 뇌옥牢獄과 교회당과의 사이에서 생명과 죄와 신을 생각하기 좋은 운흥리를 떠나서 오백 년 오래된 이 고을에서도 다 못한 곳 옛날이 헐리지 않은 중리로 왔다. 예서는 물보다 구름이 더 많이 흐르는 성천강이 가까웁고 또 백모관봉의 시허연 눈도 바라보인다. 이곳의 좌우로 긴 회灰담들이 맞물고 늘어선 좁은 골목이 나는 좋다. 이 골목의 공기는 하이야니 밤꽃의 내음새가 난다. 이 골목을 나는 나귀를 타고 일없이 왔다 갔다하고 싶다. 또 예서 한 오 리 되는 학교까지 나귀를 타고 다니고 싶다. 나귀를 한 마리 사기로 했다. 그래 소장 마장을 가보나 나귀는 나지 않는다. 촌에서 다니는 아이들이 있어서 수소문해도 나귀를 팔겠다는 데는 없다. 얼마 전엔 어느 아이가 재래종의 조선 말 한 필을 사면 어떠냐고 한다. 값을 물었더니 한 오 원 주면 된다고 한다. 이 좀말로 할까고 머리를 기울여도 보았으나 그래도 나는 그 처량한 당나귀가 좋아서 좀더 이놈을 구해보고 있다.

초상 초승. 음력으로 그달 초하루부터 처음 며칠 동안.

뇌옥牢獄 감옥.

성천강城川江 함흥의 서남부를 흘러 동해로 유입되는 강. 하류 유역에 함흥평야가 펼쳐져 있다.

백모관봉白帽冠峰 흰 관모 모양의 봉우리. 정상에 흰 눈이 덮인 산의 모습을 가리키는 말로, 백석이 함흥에서 쓴 다른 수필 「무지개 뻗치듯 만세교」에 이 산이 백운산을 가리키는 것으로 나온다.

회灰담 석회를 바른 담.

좀말 아주 작은 말.

해설

명시의 씨앗이 된 함흥의 두 벗

1

이 수필은 백석이 함흥으로 이주한 이후에 발표한 첫번째 작품이다. 백석은 1934년 일본에서 귀국한 후 조선일보사에서 근무하다 1936년 중반 함흥으로 건너가 영생고등보통학교에서 영어 교사를 하며 이 년 정도 거주했다. 함흥 생활은 백석의 삶과 문학에 많은 영향을 끼쳤다. 함흥은 함흥만에 인접해 있는데, 함흥의 앞바다는 백석의 고향인 정주의 그것과는 분위기가 크게 다르다. 서해인 정주 앞바다엔 많은 섬들이 옹기종기 모여 있고 펄이 넓게 조성되어 있지만, 동해인 함흥만은 그렇지 않다. 정주 앞바다에서 백석이 안온하고 서정적인 느낌을 받았다면, 함흥 앞바다에선 청량하고 웅혼한 느낌을 받았을 것이다. 또 정주와 함흥은 공히 넓은 평야를 거느리고 있지만, 함흥은 외곽으로 험준한 산들이 고원을 이루고 있다. 역사적으로도 함흥은 조선왕조를 세운 이성계와 그의 선조

들이 살던 곳으로 그와 관련된 유적이 많고, 또 한때 신라가 진출했던 곳이기도 하여 같은 북방이면서도 정주와는 다른 문화를 갖고 있다. 백석은 이곳에서 지낸 이 년간 스물여덟 편의 시와 네 편의 수필을 발표했다. 「가재미 · 나귀」는 함흥에서의 그의 폭발적인 문학 생산을 알리는 신호탄인 셈이다.

이 수필은 1936년 9월 3일자 조선일보의 '나의 관심사'란 기획란에 실렸다. 백석이 자신의 관심사로 꼽은 '가자미'와 '나귀'는 각각 음식과 탈것으로 생활의 정취를 물씬 풍긴다. 가자미는 17세기 우리나라 각지의 별미를 소개한 허균의 『도문대작屠門大嚼』에 명태와 함께 함경도의 특산물로 기록되어 있는데, 백석도 함흥 시절 명태를 소재로 한 「멧새 소리」란 시를 쓴 적이 있다. 가자미는 통영 시편에도 등장하지만, 그가 이 음식의 맛을 제대로 느낀 것은 함흥에서일 것이다. 그는 이곳에서 여러 생선을 먹어봤지만 가자미만이 질리지 않고 "가난하고 쓸쓸한" 자신의 상에 매일 오른다면서 자신은 가자미 중에서도 잔 것을 좋아한다고 적는다. 그는 그렇게 조그만 가자미를 흰밥에 고추장과 함께 먹는 소박한 밥상에서 기쁨과 행복을 느낀다. 흰밥과 가자미는 둘 다 소박하고 담백해서 오래가는 음식이다. 백석은 그런 가자미를 가리켜 "착하고 정다운" 것이라고 부른다. 음식에 인격을 부여하는 흥미로운 문학적 발상이다. 백석과 마찬가지로 가자미를 좋아한다는 H는 평북 용천 출신의 소설가로 백석의 가장 친한 벗인 허준을 말한다. 절친한 친구에게 좋아하는 음식을 보내는 것이야말로 정다운 우정의 표시이니, 가자미와 흰밥과 백석과 벗 모두 소박하고 한결같으며 한없이 착하고 정다운 존재들이다. 이 글은 이듬해 10월 『조광』지에 다음과 같은 시로 승화되어 발표된다.

낡은 나조반에 흰밥도 가재미도 나도 나와 앉어서
쓸쓸한 저녁을 맞는다

흰밥과 가재미와 나는
우리들은 그 무슨 이야기라도 다 할 것 같다
우리들은 서로 미덥고 정답고 그리고 서로 좋구나

우리들은 맑은 물밑 해정한 모래톱에서 하구 긴 날을 모래알만 헤이며 잔뼈가 굵은 탓이다
바람 좋은 한벌판에서 물닭이 소리를 들으며 단이슬 먹고 나이 들은 탓이다
외따른 산골에서 소리개 소리 배우며 다람쥐 동무하고 자라난 탓이다

우리들은 모두 욕심이 없어 희여졌다
착하디착해서 세괃은 가시 하나 손아귀 하나 없다
너무나 정갈해서 이렇게 파리했다

우리들은 가난해도 서럽지 않다
우리들은 외로워할 까닭도 없다
그리고 누구 하나 부럽지도 않다

흰밥과 가재미와 나는
우리들이 같이 있으면
세상 같은 건 밖에 나도 좋을 것 같다

—「선우사膳友辭」 전문

수필에 적었던 이야기를 거의 그대로 시로 옮기고 있다. 가자미에 인격을 부여했던 백석은 시에선 한 발 더 나아가 그 음식을 삶의 처지와 가치를 공유하는 친구로 간주하고 있다. 시의 제목인 '선우사膳友辭'의 '선膳'은 반찬 또는 음식이란 뜻이다. 음식을 친구로 대하는 생각이 만들어낸 기발한 시어라고 할 수 있다. '해정한 모래톱이 있는 물밑' '바람 좋은 벌판' '외따른 산골' 같은 청량한 공간은 맑은 바다와 넓은 벌판과 높은 산을 동시에 지닌 함흥에 와서 백석이 얻은 무욕의 세상일 것이다. 이 시는 '함주시초咸州詩抄'라는 큰 제목 아래 다른 네 편의 시와 함께 묶여 있다. 백석은 함흥에 와서 가자미 맛에 빠지고 청정한 무욕의 공간을 경험하였다. 그리고 거기서 가난하고 쓸쓸하고 소박하고 한결같고 착하고 정답고 욕심 없는 마음의 소중한 가치를 얻었다.

2

백석의 또하나의 관심사인 '나귀'도 가자미의 연장선상에 있다. 그가 이사한 중리는 고도古都인 함흥의 옛 모습이 그대로 남아 있고 아름다운

산수를 가까이서 볼 수 있는 곳이다. 이 마을이 지닌 장소적 특징도 가자미와 흰밥, 그리고 「선우사」의 시적 공간과 다르지 않다. 소박하고 한결같으며 착하고 정다운 무욕의 공간이다. 백석은 그 마을에서도 회담이 맞물고 늘어선 골목이 좋다고 말한다. 회담의 질감과 분위기 역시 소박하고 정갈하다. 회담의 흰색은 그런 느낌을 고스란히 반영한다. 백석이 좋아하는 것들은 모두 흰색을 띠고 있다. 가자미, 흰밥, 회담이 모두 그렇다. 그리고 그 골목의 공기를 적시는 밤꽃도 흰색이다. 그 빈 빛깔은 무욕의 색상이다.

백석은 그토록 마음에 드는 공간에서 나귀를 타고 일없이 왔다갔다하고 싶다고 한다. 회담의 골목이 무욕의 공간이라면 그곳에서의 여유로운 나귀 타기는 무욕의 행동이라고 할 수 있다. 그런데 백석은 왜 꼭 나귀를 고집할까? 나귀는 힘이 세면서도 성격이 세심하고 성질이 매우 온순해 예부터 짐을 나르는 역할을 도맡았다. 이효석의 「메밀꽃 필 무렵」엔 장돌뱅이 포목상 허생원의 짐꾼으로 평생을 주인과 함께 늙어가는 나귀의 모습이 잘 그려져 있다. 이 글의 마지막 대목에서 백석이 나귀에게 "처량한"이란 수식을 붙인 것은 그런 동물에 대한 짙은 연민의 표시이다. 백석은 그런 나귀와 하나가 되고 싶은 것이다. 이 글에서 밝힌 나귀에 대한 간단한 소회는 이태 후에 「나와 나타샤와 흰 당나귀」란 시로 승화되어 나타난다.

가난한 내가
아름다운 나타샤를 사랑해서

오늘밤은 푹푹 눈이 나린다

나타샤를 사랑은 하고
눈은 푹푹 날리고
나는 혼자 쓸쓸히 앉어 소주燒酒를 마신다
소주燒酒를 마시며 생각한다
나타샤와 나는
눈이 푹푹 쌓이는 밤 흰 당나귀 타고
산골로 가자 출출이 우는 깊은 산골로 가 마가리에 살자

눈은 푹푹 나리고
나는 나타샤를 생각하고
나타샤가 아니 올 리 없다
언제 벌써 내 속에 고조곤히 와 이야기한다
산골로 가는 것은 세상한테 지는 것이 아니다
세상 같은 건 더러워 버리는 것이다

눈은 푹푹 나리고
아름다운 나타샤는 나를 사랑하고
어데서 흰 당나귀도 오늘밤이 좋아서 응앙응앙 울을 것이다

—「나와 나타샤와 흰 당나귀」 전문

흰 눈 내리는 날 나타샤와 함께 흰 당나귀를 타고 산골로 들어가는 꿈을 꾸는 것이 이 시의 정황이다. 산골 "마가리"는 회담 골목과 같은 맥락에서 아주 맑고 깨끗한 무욕의 공간을 가리킨다. '나'와 나타샤는 똑같이 그런 세상을 꿈꾸고 있으며, 여기에 당나귀도 좋다는 듯이 앙증맞게 울어댄다. '나'와 나타샤와 흰 당나귀는 서로가 서로의 분신이자 거울인 것이다. 이들이 꿈꾸는 아름다운 이상향은 흰 눈으로 뒤덮여 순백의 공간을 이룬다. 백석이 그동안 추구했던 흰색의 이미지가 이 시에서 '흰 눈'과 '흰 당나귀'로 나타나 절정을 이룬다. 이 시는 연시戀詩이면서 동시에 백석이 추구하는 숭고한 삶의 가치를 담은 작품으로, 백석이 함흥에서 얻은 최고의 절창 가운데 하나라 할 수 있다. 그 명시의 바탕에 바로 「가재미 · 나귀」란 수필이 놓여 있다.

무지개 뻗치듯 만세교
—정화릉 숲 위에 갈매기 날고

함마 천 평 넓은 벌이 툭 터진 곳에 동해 좋은 바다가 곁들이고 신흥, 장진 선선한 바람이 넘나들고…… 함흥은 서느럽게 태어난 고장이다. 아카시아, 백양목의 그늘이 좋고 드높은 하늘에 구름이 깨끗하고 샘물이 차고 달고…… 함흥은 분명히 서느럽게 태어난 고장이다.

이 서느러운 도시에 성천강 좋은 물이 흘러 더욱 좋다. 강은 한번 마음대로 넓어보아서 북관北關 놈의 마음씨같이 시원한데 산 빗물 불은 이 강

만세교萬歲橋 성천강을 가로지른 다리로 함흥의 명승 가운데 하나. 조선시대의 가장 긴 목교였으나 1905년 러일전쟁중에 소실된 것을 1908년 일본군이 다시 세웠고, 1928년 대홍수로 유실되자 1930년 철근콘크리트로 건설했다.

정화릉定和陵 함흥에 있는 옛 왕릉. 조선 태조의 아버지 환조의 능인 정릉과 태조의 어머니 의혜왕후의 능인 화릉으로 이루어져 있다.

함마 함흥마루, 즉 함흥평야를 가리키는 것으로 짐작된다.

신흥新興 함경남도 신흥군. 함흥의 북쪽에 위치해 있다.

장진長津 함경남도 장진군. 함흥의 북서쪽에 위치해 있다.

서느럽게 서늘한 느낌이 있게.

에 백운산 하이얀 뭉게구름이 날리고 정화릉 백구白鷗새 날리고 신흥 골통바람이 내리는 때 함흥 사람도 같이 뛰어들어 천하의 서느러움을 얻으며 자랑웃음을 웃는다. 강은 해정한 사주沙洲를 어루만지며 날아가고 푸르른 동둑은 강을 따라 한없이 벋는데 동둑을 걸으면 걷는 몸이 온통 푸르르고 눈을 들어 쳐다보면 관모冠帽, 백운白雲에 흰 눈이 애애하여 몸속에 찬기가 오싹하는 것은 함흥 사람이다. 강이 넓으니 다리가 길어 만세교인데 난간에 기대이면 함흥벌 변두리가 감감 쇠리하여 태고같이 아득하고 장진산 골 내려멕이 바람이 강물을 스쳐 와 희이한 선미仙味가 구름 위에 떴구나 하고 생각게 하는데 낮보다도 낮이 기울고 개밥바래기 별이 떠서부터 모작별이 넘어가는 밤 동안 그 위를 지중지중 거니는 것은 함흥 사람이 서울 사람의 경복궁과도 바꾸지 않을 것인 것이다.

그러나 함흥은 강과 다리에 그 냉미冷味를 다하지 않는다. 진산 반룡산

북관北關 함경도의 다른 이름.
백운산白雲山 함흥 서쪽에 있는 해발 1077미터의 산.
백구白鷗새 갈매기.
골통바람 골바람. '골통이'는 '골짜기'의 평북 방언.
해정한 깨끗하고 맑은.
사주沙洲 모래사장.
백운白雲 백운산.
애애하여 서리나 눈 따위가 내려 희디희어.
감감 쇠리하여 감감하고 새리새리하여. 아득하고 희미하여.
내려멕이 내려오는.
개밥바래기 별 개밥바라기. 저녁 무렵 서쪽 하늘에 보이는 금성을 이르는 말.
모작별 모제기. '금성'의 평북 방언.
지중지중 천천히 걷는 모양을 나타내는 말.

의 조망과 바람에서 얻는 냉미! Y여학교의 뒤로 서양인 선교사들의 집을 지나 공자묘의 뒷담벽을 대어 이 산마루로 올라타면 벌써 날아날 듯한 바람이 휙휙 마주 내받고 눈을 들면 신흥 장진의 컴컴하니 그늘진 체모가 함주 연산連山의 수장秀壯한 모습이며 동해의 말쑥하고 새틋한 양자樣姿가 모두 오장육부의 더위를 몰아내는데 이제 이 산마루 어데바루 낙엽송이나 적송 그늘 좋은 밑에 함흥 소주 잔을 기울이는 냉미는 반천년 고도古都의 심장이 아니면 알지 못할 것이다.

함흥의 서느러움은 그래도 또 동해를 두고는 없다. 서함흥역에서 한 이십 분 가면 구룡리 해수욕장이다. 동해의 맑은 물에도 맑은 물인데 십 리에 넘는 기나긴 모래사장이 테를 쭉 두르고 앞에는 눈길을 가로막는 것이 없이 쪽빛 같은 바다가 뱅글뱅글 돌아간다. 물결이 좀 높으나 높은 대로 또 시원한 맛이 있고 그리 멀리 열지 못하나 그런대로 또 물은 정해서 좋다. 발뒤꿈치로 물밑을 쑤시면 대합조개 명주조개 고초조개 같은

진산鎭山 도읍이나 고을의 뒤에서 그곳을 지키는 큰 산을 이르는 말.
반룡산盤龍山 함흥 북쪽에 있는 해발 319미터의 산. 1977년 동흥산으로 개칭되었다.
Y여학교 함흥의 영생여자고등보통학교를 가리킨다.
날아날 사방으로 날아서 흩어질.
함주咸州 연산連山 함주군에 죽 잇대어 있는 산. 당시 함흥부는 함주군 내에 위치해 있었다.
새틋한 새롭고 산뜻한.
양자樣姿 겉으로 나타난 모습.
어데바루 어디쯤. '바루'는 평북 방언으로 거리의 대략적인 정도를 나타내는 접미사이다.
구룡리九龍里 함주군 홍남읍 구룡리(현재 행정구역으로는 함흥시 홍남구역 금빛동 및 은빛동). 함흥의 남쪽 함흥만에 면해 있다.
정해서 깨끗해서.

것이 집히고 세모래가 보드라워서 모래찜이 간지럽게 좋고—

어쩐지 엑조틱한 정서가 해조海藻 내음새같이 떠도는 이 해빈海濱에서 까닭 없이 알짝하니 가슴을 앓는 것은 나뿐이 아닐 터이지만 지난여름 어느 날 백계로인白系露人의 어여쁜 처녀들을 이 해변에서 만난 뒤로 나는 이 구룡을 생각하는 마음이 아주 간절해졌다.

흥남, 천기리의 조질계 공장들이 가까운 곳인데도 구룡은 바다에 기름이 뜨지 않고 더러운 쇠배가 뜨지 아니하고 해서 그보다 좋은 서호진이 예서 멀지 않으나 서호는 제대로 행세하는 탓에 함흥 사람들은 가까운 이 구룡을 내 것같이 여기고 다니는 것이다.

납량이면 다시 더없을 것이나 또 납량의 풍류를 함흥이 모른대서는 아니다. 만세교를 건너는 낚시질꾼들의 멋들어진 체모를 보고는 얼만하지 않은 풍류가 서상리의 늪에 개울에 그 늪에 그 개울에 드리운 낚싯대에 그 낚싯대에 달려 나오는 은빛 비늘에 얻는 것을 알 것이다. 벼 푸른 논 가운데 작은 삿갓의 그늘을 신세 지고 서서 낚는 손바닥 같은 늪고기 붕

엑조틱exotic한 이국적인.

알짝하니 알짝지근하니. 알알하니.

백계로인白系露人 1917년 러시아혁명 때 국외로 망명한 러시아인.

천기리天機里 함주군 흥남읍 천기리(현재 행정구역으로는 함흥시 흥남구역 천기동). 구룡리의 동북쪽에 위치해 있다.

조질계朝窒系 공장 1930년 일제가 건설한 조선질소비료주식회사 흥남공장을 가리킨다.

서호진西湖津 함주군 서호면 서호리(현재 행정구역으로는 함흥시 흥남구역 서호동). 천기리의 동쪽, 함흥만 동북쪽 끝부분에 위치한 큰 어항으로 해수욕장으로도 유명하다.

서상리西上里 함주군 주북면 서상리(현재 행정구역으로는 함흥시 서흥동). 함흥의 서쪽에 위치해 있다.

어 수양버들 늘어진 아래 자리 깔고 앉아 낚는 개울고기 천에, 버들치,

이렇게 해서 천렵이 벌어지는 서느러움을 십리계十里計에 두고 사는 함흥 사람들은 함흥이란 데만큼 살기 좋은 고장이 없다고 좀 야무지나마 토박한 사투리로 말하는 줄 아십니까.

늪고기 늪에 사는 물고기.
천에 '피라미'의 평북 방언.
토박한 거친.

함흥의 냉미冷味와 풍류와 토박한 아름다움

이 글은 백석이 함흥에서 발표한 두번째 수필이다. 함흥에서의 첫 수필에서 자신의 관심사를 중심으로 근황을 밝힌 그는 두번째 수필에서 이곳의 명소를 자세히 그린다. 이 글은 한마디로 '함흥 예찬사'이다. 백석은 함흥 외에도 이곳저곳을 많이 여행하였다. 통영을 중심으로 한 남해 일대와 평안도 일대, 만주 일대를 여행하거나 그곳에서 거주하였으며, 일본 유학 시절에는 도쿄 근처의 이즈반도를 여행하였고, 함흥에서 지낼 때에는 함경도의 구석구석을 돌아보았다. 그는 여행지의 풍경과 풍물을 소재로 많은 시와 수필을 썼지만, 이 작품만큼 특정 지역의 명소를 하나하나 상세히 짚은 글은 없다. 백석이 그만큼 함흥의 매력에 깊이 빠졌음을 말해주는 것이리라.

이 글의 첫 단락은 함흥 일대의 지형을 소개하고 있다. 한반도 동북쪽의 함흥만 연안에 위치한 함흥은 남쪽으로 광활한 함흥평야가 펼쳐져 있고 그 끝에 동해가 있다. 북쪽으론 부전령산맥이 있는 고원지대인 신흥

군과 장진군이 면해 있다. 탁 트인 벌판에 바다가 이어진 지형은 시원한 시야를 제공하고, 주변의 산악은 숲의 냉기와 선선한 산바람을 전해준다. 청정한 산골에서 솟아난 샘물의 맛은 상상만으로도 짜릿하다. 백석은 이런 함흥을 가리켜 "서느럽게 태어난 고장"이라고 말한다. 이 글에서 '서느럽다'라는 형용사는 여섯 번이나 구사된다. 백석은 그에 더해 함흥의 명소가 지닌 낭만과 풍류를 다양한 감각으로 독자들에게 체감하게 한다.

백석은 먼저 성천강과 만세교를 소개한다. 성천강은 함흥의 서남부를 흐르는 강이다. 넓고 긴 강이 숲과 고원과 만년설 아래로 흐르는 이곳의 경치가 역동적으로 묘사되고, 백석의 손끝에 의해 성천강 주변의 모든 사상事象이 성천강을 향해 모여든다. 그 이미지는 성천강 복판으로 불어오는 산바람을 연상시킨다. 성천강의 '해정한' 사주, 백운산 정상의 '애애한 흰 눈', 동둑을 거니는 사람들의 '푸르른 몸' 등에서 구사되는 흰색과 푸른색의 이미지도 이 풍경을 한층 맑고 상쾌하게 비춰준다.

그 성천강을 동서로 가로지르는 만세교의 난간에 서면 멀리 함흥평야가 아득하게 바라다보이고 산바람이 강물을 스치며 불어와 마치 신선이 된 듯한 느낌을 받는다. 만세교 위에서의 신선놀음은 날이 저물면서 더 깊어진다. 밤하늘의 별들은 청정한 대기 속에서 선명하게 빛나며 드넓은 성천강과 무연한 벌판 위를 장대하게 뒤덮을 것이다. 그때 만세교 위를 천천히 걸어가는 발걸음은 천상을 거니는 것과 같을 것이다. 함흥 사람들이 그곳을 경복궁과도 바꾸지 않으리라는 것은 그곳이 왕의 거처보다 더 좋다는 말이니, 그 아름다움이 지상의 어느 곳과도 비교할 수 없다는 뜻이리라.

두번째로 소개하는 반룡산은 함흥의 진산으로 그 정상에 서면 서늘한 산바람이 몰아치면서 주변의 장대한 풍광이 한눈에 들어온다. 백석은 오장육부를 시원하게 만드는 그 느낌을 "냉미"라고 표현한다. 그 미각 이미지가 환기하는 차가운 쾌감은 다시 반룡산의 서늘한 정상에서 마시는 함흥 소주의 냉미로 이어져 함흥의 서느러움을 도락적이고 낭만적인 정서로 승화시킨다.

세번째로는 구룡리 해수욕장을 소개한다. 백석은 맑은 물과 탁 트인 시야, 십 리가 넘는 긴 모래사장이 인상적인 동해 해수욕장의 시원한 풍경을 제시한 다음 곧바로 그곳에서 느껴지는 낭만적인 정서를 감각적으로 드러낸다. 물밑의 젖은 모래가 발뒤꿈치에 닿을 때의 탄력적인 느낌, 조개껍질의 단단하면서 매끄러운 느낌, 또 백사장 고운 모래가 피부에 닿을 때의 부드럽고 훈훈한 느낌은 그 낭만을 촉각적으로 극대화한다.

이 낭만적 정서는 그 해수욕장에서 만난 어여쁜 러시아 처녀에 대한 그리움으로 이어진다. 1917년 러시아혁명 때 연해주 지역에 있던 백계러시아인들이 혁명을 피해 블라디보스토크에서 배를 타고 원산항으로 들어오기도 했는데,[1] 그들 중 일부는 다시 타국으로 떠나고 일부는 한반도에 정착하였다. 백석은 함흥의 구룡리 해수욕장에서 만난 러시아 여인에게 눈을 빼앗기고, 그녀에 대한 생각으로 그곳이 가슴에 사무친다. 러시

1) 황동하, 「식민지 조선의 백계 러시아인 사회」, 『향토서울』 83호, 서울특별시사편찬위원회, 2013. 2.

아 여인의 숨결이 어린 구룡리 해수욕장은 이국적인 정서를 풍기고, 그 느낌은 해조 냄새에 빗대진다. 함흥의 낭만적 정서는 여기서 절정을 이룬다.

이 수필이 발표된 이듬해에 백석은 「나와 나타샤와 흰 당나귀」란 시를 발표하였다. 백석의 이전 시에 등장하는 여성의 이름은 '난'과 '금'으로 둘 다 「통영」이란 시에 나온다. '나타샤'란 러시아 이름은 이 시에만 나타난다. 백석이 러시아 여인을 구룡리 해수욕장에서 처음 본 것은 아닐 것이다. 그들은 1930년대 경성에도 있었으므로 조선일보 기자로 근무할 때 보았거나 일본 유학 시절에 만났을 수도 있다. 하지만 동해의 쪽빛 바다와 맑은 대기, 곱고 하얀 모래사장이 끝없이 펼쳐진 구룡리 해수욕장을 배경으로 등장한 흰 피부의 슬라브 여인은 전과는 다른 풍경으로 시인의 눈과 마음을 사로잡았을 것이다. 구룡리 해수욕장과 러시아 여인이 결합되어 형성된 순백의 이국적인 이미지가 '눈'과 '나타샤'의 이미지로 변용되어 「나와 나타샤와 흰 당나귀」란 시를 탄생시킨 것이 아닌가 짐작된다.

함흥 명소들의 매력에 대한 감각적 체험은 구룡리 해수욕장에서 절정을 이루곤, 이내 그 장소에 대한 사회적 성찰로 전환된다. "흥남, 천기리의 조질계 공장"은 일제가 당시 함흥평야의 벼 생산을 촉진하기 위해 세운 조선질소비료주식회사의 흥남공장을 가리킨다. 구룡리 해수욕장은 그 공장에서 멀지 않은 곳에 있지만 바다에 기름이 뜨지 않고 쇠배도 뜨지 않아서 함흥 사람들이 좋아한다는 것이다. 또 근처에 있는 서호진 해수욕장이 더 유명하고 좋지만 서호의 행세가 싫어 함흥 사람들이 구룡 해수욕장을 더 좋아한다고도 한다. 서호진은 규모가 크고 소진도와 대진도가 파도를 막아주어 해면이 잔잔하고 간만의 차가 적은 천혜의 해수욕장인데다 교통도 편리하여 사람들이 많이 찾는 유명 관광지이다. 여기서 백석의 위세와 권세에 대한 거부, 고요한 아름다움에 대한 애착을 볼 수 있다. 그는 「마포」에서도 마포의 풍경을 일그러뜨리는 당인리발전소의 몰골에 대한 거부감을 드러낸 바 있다.

이어서 백석은 서상리의 늪과 개울과 논에서의 천렵이 주는 즐거움을 소개한 다음, 함흥 사람들이 함흥 자랑을 "야무지나마 도빅한 사투리"로 한다면서 서늘한 풍토가 낳은 그곳 사람들의 기질과 언어의 결을 환기시키면서 글을 맺는다. 백석은 함경도의 장터 풍경을 다룬 「석양」이란 시에서도 북관 사람들의 인상을 투박한 사투리를 통해 드러낸 바 있다. 그 거칠지만 인공적이지 않은 순수한 풍토와 언어가 백석의 기질과 정신에도 부합했던 것이고, 그래서 그는 함흥을 더욱 사랑했을 것이다.

백석은 이 글에서 함흥이 지닌 서늘한 맛과 풍류의 멋뿐만 아니라 그곳 사람들의 기질과 더불어 그곳이 원시의 순수한 아름다움을 간직한 곳임을 내비치고 있다. 이 작품은 함흥 예찬사이자, 백석의 꿈과 낭만과 이상을 고스란히 전하는 글인 것이다.

단풍

빨간 물 짙게 든 얼굴이 아름답지 않으뇨 빨간 정情 무르녹는 마음이 아름답지 않으뇨. 단풍 든 시절은 새빨간 웃음을 웃고 새빨간 말을 지줄댄다.

어데 청춘을 보낸 서러움이 있느뇨. 어데 노사老死를 앞둘 두려움이 있느뇨.

재화가 한끝 풍성하여 시월 햇살이 무색하다. 사랑에 한창 익어서 살찐 따몸이 불탄다, 영화의 자랑이 한창 현란해서 청청 하늘이 눈부셔한다.

시월 시절은 단풍이 얼굴이요, 또 마음인데 시월 단풍도 높다란 낭떠러지에 두서너 나무 깨웃듬이 외로이 서서 한들거리는 것이 기로다.

지줄댄다 지절댄다. 낮은 목소리로 자꾸 지껄인다.

한끝 한껏.

따몸 땅의 몸.

깨웃듬이 조금 갸운 듯이. '갸우듬히'의 평북 방언인 '깨우둥히'의 변형.

시월 단풍은 아름다우나 사랑하기를 삼갈 것이니 울어서도 다하지 못한 독한 원한이 빨간 자주로 지지우리지 않느뇨.

지지우리지 내리눌리지. '지지르지'의 피동형.

해설

아름답지만 사랑하기 싫은 것

이 글은 『여성』 1937년 10월호 '가을의 표정' 난에 실린 작품이다. 이 기획란에는 일곱 명의 문인들이 쓴 글이 묶여 있다. 나머지 여섯 편의 제목은 '코스모스' '낙엽' '갈꽃' '들국화' '기러기' '귀뚜라미' 등이다. 가을을 상징하는 대표적인 소재가 망라된 것으로 보아 편집부에서 가을의 대표적인 자연물을 미리 선정해 작가들에게 청탁한 것으로 보인다.

이 작품은 길이가 매우 짧아 시로 간주하는 경우가 있지만, 수필로 보는 것이 적절하다. 우선 '가을의 표정'이란 기획 아래 실린 다른 글들도 모두 수필 형식으로 쓰여 있다. 또한 이 작품은 당시 그가 발표한 시들의 일반적인 경향에서도 크게 벗어나 있다. 이 글은 시종일관 화자의 감정이 문면에 노출되어 있는데, 이렇게 자기 감정을 직접적으로 드러낸 예를 백석 시에선 찾아보기 어렵다. 또 이 글에서는 '-으뇨' '-느뇨'와 같이 상대에게 반문하거나 스스로 감탄하는 태도의 종결어미가 여러 차례 구사되고 있는데, 이것은 백석의 시에선 볼 수 없는 특징이다. 게다가 이 글이 단풍에 대한 묘사보다는 그에 대한 자신의 느낌과 생각을 드러내고 그 이유를 설명하는 서술방식을 취하고 있는 것도 백석이 이 글을 수필로 의도하고 썼음을 방증하는 것이다.

단풍은 일곱 가지 가을 소재 가운데서도 가장 강렬한 느낌을 준다. 백석은 빨갛게 물든 얼굴과 마음이 아름답지 않으냐고 반문하며, "새빨간 웃음" "새빨간 말"이라는 표현으로 모두가 단풍에 사로잡힌 가을의 분위기를 전한다. 단풍의 붉은색을 초록의 청춘이 지난 후의 서러움이나 죽음을 앞둔 이의 두려움으로 여기기도 하지만, 백석은 짙은 빨간빛만을 마냥 뽐내는 단풍잎에서 그런 모습 대신 풍성한 재화와 영화, 한창 익어 불타오르는 사랑의 화려함과 강렬함을 본다.

백석은 특히 낭떠러지에 비스듬히 서 있는 나무에서 한들거리는 단풍에서 그런 느낌을 받는다고 진술한다. 낭떠러지 뒤로는 가을 하늘이 펼쳐져 있고, 그 빈 공간을 배경으로 일렁이는 단풍잎은 눈부신 가을 햇살을 고스란히 반사해 평지의 나무 군락에서의 그것보다 한결 아름답고 강렬한 빛을 뿜어낸다.

그런데 백석은 마지막 대목에서 그런 시월 단풍이 아름답기는 하나 사랑하는 것은 삼가겠다고 말한다. 단풍이 더 짙어져 빨간 자줏빛이 되는 것이 울어서도 다하지 못한 독한 원한 때문이라는 것이다. 가을을 대표하는 단풍이 아름답기는 하지만 그 단풍을 사랑하지는 않는다는 것이 이 글의 핵심인 셈이다.

사실 단풍은 백석이 좋아하는 존재나 가치와는 거리가 먼 자연물이다. 백석은 「흰 바람벽이 있어」에서 하늘이 가장 귀해하고 사랑하는 것들로

'초생달'과 '바구지꽃' '짝새' '당나귀'를 꼽는다. 모두가 작고 소박하고 겸손하며 한결같은 것들이다. 이것들은 모두 흰빛을 띠고 있다. 그런가 하면 「야우소회夜雨小懷」라는 시에서는 비 오는 날 밤 떠오르는 정다운 것들로 '가지' '명태' '노루' '메추리' '질동이' '노랑나비' '바구지꽃' '모밀국수' '남치마' '자개짚새기' '천희라는 이름' 등을 든다. 이것들도 모두가 작고 소박하며 한결같은 것들이다.

백석은 아마도 단풍의 짙은 붉은색이 주는 강렬한 느낌에 호감을 느끼지 못했을 것이다. 화려하고 압도적인 색채에서 연상되는 '재화'와 '영화'는 그가 일찍이 거부했던 것들이다. 오히려 그는 부와 권력을 멀리하는 자가 느끼는 쓸쓸함과 가난함을 높이 기렸다. 「흰 바람벽이 있어」의 저 유명한 구절, "가난하고 외롭고 높고 쓸쓸하니"가 그것을 시적으로 드러낸다. 화려한 것은 시간이 지나면 변하기 마련이다. 단풍의 빨간색은 짙어지면서 더 화려해지고, 더 짙어지면서는 자줏빛으로 변해 암울한 느낌으로 전락한다. 백석은 모두가 가을 단풍의 아름다움에 빠져 있을 때, 화려함이 지닌 필연적인 변질과 속물성과 타락성을 돌아보고 있는 것이다.

동해

동해여— 오늘밤은 이렇게 무더워 나는 맥고모자를 쓰고 삐루를 마시고 거리를 거닙네. 맥고모자를 쓰고 삐루를 마시고 거리 거닐면 어데서 닉닉한 비릿한 짠물 내음새 풍겨오는데 동해여 아마 이것은 그대의 바윗등에 모래장변에 날미역이 한불 널린 탓인가본데 미역 널린 곳엔 방게가 어성기는가 또요가 씨양씨양 우는가 안마을 처녀가 누구를 기다리고 섰는가 또 나와 같이 이 밤이 무더워서 소주에 취한 사람이 기우듬히 누웠는가. 분명히 이것은 날미역의 내음새인데 오늘 낮 물기가 쳐서 물가에

맥고모자 밀짚모자.
삐루 맥주.
닉닉한 '느끼한'의 평북 방언.
방게 바위겟과의 게. 바다 가까운 민물 바닥에 산다.
어성기는가 한가하게 천천히 다니는가. 하는 일 없이 한가하게 지내는 사람을 '어성꾼'이라고 한다.
또요 도요새.
기우듬히 조금 기운 듯이.

미역이 많이 떠들어온 것이겠지.

이렇게 맥고모자를 쓰고 삐루를 마시고 날미역 내음새 맡으면 동해여 나는 그대의 조개가 되고 싶습네. 어려서는 꽃조개가 자라서는 명주조개가 늙어서는 강에지조개가. 기운이 나면 혀를 빼어 물고 물속 십 리를 단숨에 날고 싶습네. 달이 밝은 밤엔 해정한 모래장변에서 달바래기를 하고 싶습네. 궂은비 부실거리는 저녁엔 물 위에 떠서 애원성이나 부르고 그리고 햇살이 간지럽게 따뜻한 아침엔 이남박 같은 물바닥을 오르락내리락하고 놀고 싶습네. 그리고 그리고 내가 정말 조개가 되고 싶은 것은 잔잔한 물밑 보드라운 세모래 속에 누워서 나를 쑤시러 오는 어여쁜 처녀들의 발뒤꿈치나 쓰다듬고 손길이나 붙잡고 놀고 싶은 탓입네.

동해여— 이렇게 맥고모자를 쓰고 삐루를 마시고 조개가 되고 싶어하는 심사를 알 친구란 꼭 하나 있는데, 이는 밤이면 그대의 작은 섬—사람 없는 섬이나 또 어느 외진 바위 판에 떼로 몰켜 올라서는 눕고 앉았고 모두들 세상 이야기를 하고 지껄이고 잠이 들고 하는 물개들입네. 물에 살아도 숨은 물 밖에 대고 쉬는 양반이고 죽을 때엔 물밑에 가라앉아 바윗돌을 붙들고 절개 있게 죽는 선비이고 또 때로는 갈매기를 따르며 노는 한량인데 나는 이 친구가 좋아서 칠월이 오기 바쁘게 그대한테로 가여야 하겠습네.

애원성 함경도의 대표적 민요의 하나. 임과 이별한 슬픔이나 유랑민의 애환 등을 내용으로 한 것이 많다.

이남박 안쪽에 여러 줄로 고랑이 지게 만든 함지박. 쌀 따위를 씻어 일 때에 쓴다.

몰켜 한곳에 빽빽하게 모여.

이렇게 맥고모자를 쓰고 삐루를 마시고 친구를 생각하기는 그대의 언제나 자랑하는 털게에 청포채를 무친 맛나는 안주 탓인데 나는 정말이지 그대도 잘 아는 함경도 함흥 만세교 다리 밑에 님이 오는 털게 맛에 헤가우손이를 치고 사는 사람입네. 하기야 또 내가 친하기로야 가재미가 빠질겝네. 회국수에 들어 일미이고 식해에 들어 절미지. 하기야 또 버들개 통구이가 좀 좋은가. 횟대 생성 된장지짐이는 어떻고. 명태골국, 해삼탕, 도미회, 은어젓이 다 그대 자랑감이지. 그리고 한 가지 그대나 나밖에 모를 것이지만 굉메리는 아래 주둥이가 길고 꽁치는 위 주둥이가 길지.

이것은 크게 할 말 아니지만 산뜻한 청삿자리 위에서 전복회를 놓고 함소주 잔을 거듭하는 맛은 신선 아니면 모를 일이지.

이렇게 맥고모자를 쓰고 삐루를 마시고 전복에 해삼을 생각하면 또 생각나는 것이 있습네. 칠팔월이면 으레이 오는 노랑 바탕에 꺼먼 등을 단 제주 배 말입네. 제주 배만 오면 그대네 물가엔 말이 많아지지. 제주 배 아즈맹이 몸집이 절구통 같다는 둥, 제주 배 아맹인 조밥에 소금만 먹는다는 둥, 제주 배 아즈맹이 언제 어느 모롱고지 이슥한 바위 뒤에서 혼

청포채 녹두묵을 채 썰어서 양념에 버무린 음식.
식해 생선을 삭혀서 만든 음식. 가자미식해는 함경도 고유의 음식이다.
버들개 '버들치'의 함경 방언. 잉엇과의 민물고기.
횟대 생성 된장지짐이 횟대를 된장으로 양념해 지진 음식. '생성'은 '생선'을 가리킨다.
굉메리 '공미리'(학꽁치)의 함북, 강원 방언.
청삿자리 푸른빛이 감도는 삿자리. '삿자리'는 갈대를 엮어서 만든 자리를 말한다.
함소주 함흥 소주를 가리키는 것으로 짐작된다.
아즈맹이 '아주머니'의 방언.
아맹이 할머니. '할머니'의 함남 방언 '아마이'의 변형으로 보인다.

자 해삼을 따다가 무슨 일이 있었다는 둥…… 참 말이 많지. 제주 배 들면 그대네 마을이 반갑고 제주 배 나면 서운하지. 아이들은 제주 배를 물가를 돌아 따르고 나귀는 산등성에서 눈을 들어 따르지. 이번 칠월 그대한테로 가선 제주 배에 올라 제주 색시하고 살렵네. 내가 이렇게 맥고모자를 쓰고 삐루를 마시고 제주 색시를 생각해도 미역 내음새에 내 마음이 가는 곳이 있습네. 조개껍질이 나이금을 먹는 물살에 낱낱이 키가 자라는 처녀 하나가 나를 무척 생각하는 일과 그대 가까이 송진 내음새 나는 집에 아내를 잃고 슬피 사는 사람 하나가 있는 것과 그리고 그 영어를 잘하는 총명한 사년생 금이가 그대네 홍원군 홍원면 동상리에서 난 것도 생각하는 것입네.

모롱고지 '모롱이'의 평북 방언. 산모퉁이의 휘어 둘린 곳.

나이금 나이를 나타내는 금. 조개에 나타난 둥근 테를 지칭하기 위해 백석이 만든 말이다.

동해의 흥취와 그리운 사람들

이 글은 백석이 함흥에서 발표한 네번째 수필이다. 두번째 수필 「무지개 뻗치듯 만세교」에서 함흥의 명소들을 소개했던 백석은 네번째 수필에서 함흥과 인접한 동해의 매력을 전하며 낭만과 풍류의 정서를 더욱 밀도 있게 드러낸다. 이 수필은 백석의 문학에서 작가의 흥취가 가장 짙게 드러난 작품이기도 하다. 백석의 작품 중에는 「통영」 「북신北新」 「팔원八院」 「마포」처럼 지명을 제목으로 삼은 것들이 많지만 모두 육지에 있는 장소들이고, 바다를 제목으로 삼은 것은 이 수필이 유일하다. 백석이 유독 동해에 각별한 애정과 호감을 가졌음을 알 수 있는 대목이다.

이 글은 동해에 대한 감탄 어린 호명으로 시작하며 처음부터 화자의 감정을 전면에 드러낸다. 무더운 여름밤 맥고모자를 쓰고 맥주를 마시며 거리를 거니는 백석의 모습은 날아갈 듯 가볍고 흥겨운 느낌을 불러일으키고, '-ㅂ네'라는 종결어미로 끝나는 문장의 독특한 어조가 이러한 느낌을 고조시킨다. '-ㅂ네'는 '-어요'와 같은 뜻으로 쓰이는 함경 방언

'-ㅂ메'의 변형인데, 그보다 훨씬 밝고 경쾌한 느낌을 준다. 이렇게 종결어미를 다채롭게 구사하며 화자의 감정을 드러내는 것은 백석의 수필이 지닌 특징 가운데 하나라 할 수 있다.

"동해여"와 "이렇게 맥고모자를 쓰고 삐루를 마시고"라는 구절은 작품 내내 반복된다. 전반부에 집중적으로 구사되는 "동해여"라는 감탄의 호명은 동해라는 장소를 강조하고 그곳에 몰입해 있는 화자의 고조된 감정을 드러내며, 새로운 물상들을 떠올릴 때마다 반복적으로 구사되는 "이렇게 맥고모자를 쓰고 삐루를 마시고"라는 구절은 그의 들뜬 기분과 흥취를 드러내며 그의 마음속에서 촉진되는 생각의 연쇄를 효과적으로 전달해준다. 새로운 물상들이 제시되는 과정에서도 우리의 전통 민요에서 종종 나타나는 '꼬리따기'를 원용한 반복 어법이 활용된다. '꼬리따기'란 앞 구절의 말꼬리를 뒤 구절의 말머리에서 반복해 이어가는 양식을 가리킨다. 백석은 이를 통해 동해에서 연달아 촉발되는 마음속 물상들을 폭죽 터뜨리듯 흥겹게 쏟아낸다.

백석은 제일 먼저 동해에서 닉닉하고 비릿한 날미역 냄새를 맡는다. 그 강렬한 후각은 조개를 떠올리게 한다. 조개에 자신을 투영해 달밤에는 하얀 모래 위에서 달바라기를 하고 비 오는 저녁에는 물 위에 떠서 애원성을 부르겠다는 그의 마음은 더없이 서정적이며, 햇살 간지럽게 따뜻한 아침에는 물바닥을 오르내리며 노닐고 물밑의 가는 모래에 누워서 어여쁜 처녀의 발뒤꿈치의 감촉을 느끼겠다는 마음은 한없이 도락적이고 낭만적이다. 조개는 바다 생물 가운데서도 수동적이고 정적이며 연약한 생물이지만, 백석은 그런 조개를 자신의 분신으로 삼으며 그에게서 아름다운 모습을 읽어낸다.

조개에서 물개로 이어지는 연상도 이러한 의식의 연장선상에 있다. 물속과 물 밖을 오가며 지내면서 죽을 때엔 물밑에 가라앉아 바윗돌을 붙들고 죽는 물개를 가리켜 백석은 '절개 있는 선비' 같다고 말하고, 때로는 갈매기와 어울리기도 하는 모습을 가리켜서는 '한량' 같다고 말한다. 물개와 조개는 세속적인 욕심을 멀리하고 순수한 마음을 지니고 있다는 점에서 공통점을 지니고 있다. 그래서 조개가 되고 싶은 자신의 마음을 알아주는 친구는 물개밖에 없다고 백석은 말한다. 조개에서 물개로의 연상은 동지의식의 발로인 셈이다.

친구에 대한 생각은 술과 안주에 대한 연상을 낳는다. 이러한 미식주의 역시 도락적 정서의 연장선상에 있는 것이다. 백석은 이 대목에서 털게와 청포채 무침을 필두로 음식의 종류를 상세히 나열한다. 무침, 국수, 식해, 구이, 지짐이, 국, 탕, 회, 젓갈 등 각종 조리법을 망라한 동해의 안주에 대한 열거는 우리 음식 문화의 자랑이기도 하다. 공미리와 꽁치를 외양으로 구분하는 법을 소개하는 대목도 그 음식에 대한 강한 애착을 드러낸다.

동해의 안주에 대한 생각은 전복과 해삼을 거쳐 제주 배에 대한 연상으로 이어진다. 7, 8월이면 제주의 배가 동해 함흥까지 들어와 해녀들이 해삼과 전복을 딴다. 이색적인 정취의 타관 손님은 함흥 사람들의 호기심을 자극하고, 백석도 제주 색시와 함께 사는 꿈을 꾼다.

제주 배의 연상에서 비롯된 제주 색시에 대한 연정은 자신과 관계 있는 여러 지인들에 대한 생각으로 퍼져나간다. 그리고 백석은 이 모든 것을 품은 동해 자체를 자신의 친구로 상정하여 이 글을 쓴다. 동해에서 추구하는 화자의 흥취 속에는 친구와 그리운 사람을 생각하는 백석의 순정한 마음이 짙게 깔려 있는 것이다.

입춘

이번 겨울은 소대한 추위를 모두 천안 삼거리 마른 능수버들 아래 맞았다. 일이 있어 충청도 진천으로 가던 날에 모두 소대한이 들었던 것이다. 나는 공교로이 타관 길에서 이런 이름 있는 날의 추위를 떨어가며 절기라는 것의 신묘한 것을 두고두고 생각하였다. 며칠내 마치 봄날같이 땅이 슬슬 녹고 바람이 푹석하니 불다가도 저녁결에나 밤사이 날새가 갑자기 차지는가 하면 으레이 다음날은 대한이 으등등해서 왔다. 그동안만 해도 제법 봄비가 풋나물 내음새를 피우며 내리고 땅이 누국하니 밈이 들고 해서 이제는 분명히 봄인가고 했는데 간밤 또 갑자기 바람결이

푹석하니 따뜻하면서 푸석한 느낌이 들 정도로. '푹하니'와 '푸석하니'의 의미가 섞인 말이다.
날새 '날씨'의 방언.
으등등해서 으등으등해서. 을러메는 모양을 해서.
밈 미음. 봄철이나 가을철에 생나무의 껍질과 나무속 사이에 생기는 물기가 많고 진득진득한 물질.

차지고 눈발이 날리고 하더니 아침은 또 쫑쫑하니 날새가 매찬데 아니나 다를까 입춘이 온 것이었다. 나는 실상 해보다 달이 좋고 아침보다 저녁이 좋은 것같이 양력보다는 음력이 좋은데 생각하면 오고가는 절기며 들고 나는 밀물이 우리 생활과 얼마나 신비롭게 얼키었는가.

절기가 뜰 적마다 나는 고향의 하늘과 땅과 사람과 눈과 비와 바람과 꽃 들을 생각하는데 자연이 시골이 아름답듯이 세월도 시골이 아름답고 사람의 생활도 절대로 시골이 아름다울 것 같다. 이번 입춘이 먼 산 넘어서 강 넘어서 오는 때 우리 시골서는 이런 이야기가 왔다. 우리 고향서 제일가는 부자가 요즈음 저 혼자 밤에 남폿불 아래서 술을 먹다가 남포가 터지면서 불이 옷에 닿아 그만 타 죽었다 했다. 평소 인색하기로 소문난 사람인데 술을 먹되 누구와 같이 동무해 먹지 않았고 전등이나 켤 것이지 남포를 켰다가 변을 당했다고 하는 시비가 이야기에 덧묻어 왔다. 또 하나는 역시 우리 고향에서 한때는 남의 셋방살이를 하며 좁쌀도 되수리로 맡아 먹고 지내던 사람이 금광에 돈을 모고 얼마 전에는 자가용 자동차를 사들였다는 이야긴데 여기에는 또 어떤 분풀이 같은 기운이 말끝에 채이었다.

오는 입춘과 같이 이런 이야기를 맞으며 나는 생각했다. 내 시골서는

쫑쫑하니 짱짱하니.
매찬데 맵찬데. 맵고 찬데.
되수리 됫밀. 되가 찬 뒤에 조금 남은 분량.
맡아 먹고 외상으로 먹고. '맡다'는 물건을 외상으로 산다는 뜻의 함남 방언.
모고 '모으고'의 준말.

요즈음 누구나 다들 입을 빼치거나 솜씨를 써가며 이 이야기들을 할 것인데 그럴 때마다 돈과 목숨과 생활과 경우와 운수 같은 것에 대해서 컴컴하니 분명치 못한 생각들이 때로는 춥게 때로는 덥게 그들의 마음의 바람벽에 바람결같이 부딪치고 지나가는 즈음에 입춘이 마을 앞벌에 마을 어구에 마을 안에 마을의 대문간들에 온 것이라고.

이런 고향에서는 이번 입춘에도 몇 번이나 '보리 연자 갔다가 얼어 죽었다'는 말을 하며 입춘이 지나도 추위는 가지 않는다고 할 것인가. 해도 입춘만 넘으면 양지바른 둔덕에는 머리칼풀의 속움이 트는 것이다. 그러기에 입춘만 들면 한겨울내 친했던 창애와 설매와 발구며 꿩 노루 토끼에 멧돼지며 매 멧새 출출이 들과 떠나는 것이 섭섭해서 소년의 마음은 흐리었던 것이다. 높고 무섭고 쓸쓸하고 슬픈 겨울이나 그래도 가깝고 정답고 즐겁고 흥성흥성해서 좋은 겨울이 그만 입춘이 와서 가버리는 것이라고 소년은 슬펐던 것이다.

그런 소년도 이제는 어느덧 가고 외투와 장갑과 마스크를 벗기가 가까워서 서글픈 마음이 없듯이 겨울이 가서 슬퍼하는 슬픔도 가버렸다. 입

빼치거나 뺀치거나.
앞벌 마을 앞쪽에 있는 벌판.
어구 어귀.
보리 연자 갔다가 얼어 죽었다 입춘이 지나도 추위가 가지 않는다는 뜻.
머리칼풀 머리칼처럼 가는 풀의 일종으로 짐작된다.
창애 짐승을 꾀어서 잡는 작은 덫의 하나.
설매 '썰매'의 평북, 함경 방언.
발구 마소에 메워 물건을 실어나르는 큰 썰매.
출출이 뱁새.

춘이 오기 전에 벌써 내 설매도 노루도 멧새도 다 가버린 것이다.

입춘이 드는 날 나는 공일무휴空日無休의 오피스에 지각을 하는 길에서 겨울이 가는 것을 섭섭히 여기지 못했으나 봄이 오는 것을 즐거이 여기지는 않았다. 봄의 그 현란한 낭만과 미 앞에 내 육체와 정신이 얼마나 약하고 가난할 것인가. 입춘이 와서 봄이 오면 나는 어쩐지 까닭 모를 패부敗負의 그 읍울浥鬱을 느끼어야 할 것을 생각하면 나는 차라리 입춘이 없는 세월 속에 있고 싶다.

패부敗負 패배.
읍울浥鬱 걱정스러워 마음이 답답함.

해설

달, 저녁, 음력, 그리고 겨울 사랑

이 글은 백석의 수필 가운데 형식이나 문체의 특징이 가장 옅은 작품이다. 자신의 생각을 일정한 형식의 제약 없이 자유롭게 쓰는 수필의 장점을 잘 살린 이 글은 입춘이라는 절기에서 떠오른 생각의 꼬리를 이어 가며 별다른 수사적 장치 없이 평명한 언어로 서술하고 있다. 그래서 얼핏 동떨어진 이야기들을 두서없이 적은 것 같지만, 그 이야기의 조각들 사이에는 백석이 전하고자 하는 의미 있는 메시지가 흐르고 있다.

백석이 이 글을 쓴 것은 함흥 생활을 정리하고 서울로 돌아와 조선일보사에 재입사한 직후인 1939년 2월이다. 백석은 타관서 한겨울을 보내며 계절의 변화와 절기가 밀접하게 연관되어 있음을 몸으로 느낀다. 임시로 머무는 타지의 거처에선 평소보다 날씨와 자연의 변화에 민감하게 마련이다. 그 시기가 겨울이라면 더욱 그럴 것이다. 백석은 날씨가 갑자기 차지자 대한이 들고, 봄기운이 감도는가 싶다가도 찬 느낌이 나면서 어김없이 입춘이 드는 것을 보고 절기란 것이 참 신묘하다는 생각을 한다. 그러면서 자신은 해보다 달이 좋고 아침보다 저녁이 좋으며 양력보다 음력이 좋다고 말한다. 강하고 화려하며 자신의 존재를 과시하는 것보다 소박하고 겸손하며 외롭지만 높은 존재를 언제나 더 좋아하는 백석이 달과 저녁과 음력을 좋아하는 것은 매우 자연스럽다.

그리하여 절기와 생활에 대한 생각은 자연스럽게 고향 시골의 자연과 생활에 대한 생각으로 이어지고, 때마침 이번 입춘 때 소문으로 들은 고향의 두 가지 이야기로 이어진다. 하나는 고향서 제일가는 부자가 혼자 밤에 남폿불 아래서 술을 먹다 옷에 불이 붙어 타 죽었는데, 이를 두고 동네 사람들이 평소 그가 인색했던 탓이라고 시비한다는 것이고, 다른 하나는 한때 셋방살이를 하던 가난한 사람이 금광에서 돈을 벌어 벼락부자가 된 이야기를 동네 사람들이 분풀이하듯 한다는 것이다. 두 주인공의 상반된 삶을 좌우한 것은 운이었다. 백석은 「남신의주 유동 박시봉방南新義州柳洞朴時逢方」이란 시에서 "나는 내 뜻이며 힘으로, 나를 이끌어 가는 것이 힘든 일인 것을 생각하고, / 이것들보다 더 크고, 높은 것이 있어서, 나를 마음대로 굴려 가는 것을 생각"한다고 한 바 있다. 자신의 슬픔과 어리석음에 눌려 죽을 것 같은 마음이 들던 백석은 이런 생각을 떠올리며 어지러웠던 마음을 가라앉힌다. 백석이 전하는 고향의 이야기도 삶에 운명적인 요소가 크게 작용함을 보여주고 있다.

백석은 이어 자신의 어릴 적 체험을 덧붙인다. 여기서 어린 시절의 백석은 '소년'으로 전환되어 유년의 삶을 맑고 투명한 것으로 만든다. 소년은 입춘이 되어 겨울이 가버리는 것이 섭섭했다고 말한다. 겨울은 춥고 험한 계절이지만 썰매를 타고 놀 수 있고 산속의 온갖 동물들과 가까이

서 지낼 수 있다. 그래서 소년은 겨울이 "무섭고 쓸쓸하고 슬픈" 계절이지만 "가깝고 정답고 즐겁고 흥성흥성해서 좋은" 시간이라고 말한다. 자연의 놀이와 동물만으로 행복을 느끼는 것은 세속의 욕심이 없는 지극히 순수한 마음의 상태이다. 겨울을 좋아하는 것은 달과 저녁을 좋아하는 것과 다르지 않은 것이다.

성인이 된 백석은 이제 입춘이 든 휴일에도 출근을 하면서 겨울이 가는 것이 섭섭하지는 않지만 봄이 오는 것은 여전히 즐겁지 않다고 말한다. 그는 봄의 현란한 낭만과 미 앞에서 까닭 모를 '패부'와 '읍울'을 느낀다. 소년 시절을 벗어나 생활인이 되었지만, 그는 세속적 화려함에 거부감을 느끼는 순수하고 소박한 마음씨를 간직하고 있다. 모두가 반기는 입춘이 차라리 없었으면 좋겠다고 토로하는 백석은 여전히 소년 같은 마음으로 살아가고 있는 어른인 것이다. 이런 백석의 마음은 「단풍」에서 화려한 아름다움을 뽐내는 단풍을 사랑하지 못하는 것과도 같은 것이다.

소월과 조선생

나는 며칠 전 안서岸曙 선생님한테로 소월素月이 생전 손에서 놓지 않던 노트 한 책을 빌려 왔다. 장장이 소월의 시와 사람이 살고 있어서 나는 이 책을 뒤지면서 이상한 흥분을 금하지 못한다. 대부분이 미발표의 시요 가끔 그의 술회와 기원이 두세 줄씩 산문으로 적히고 가다가는 생각이 막혔던지 낙서가 나오고 만화가 나오고 한다. 줄과 줄 글자와 글자를 분간하기 어렵게 지우고 고치고 내어 박고 달아 붙이고 한 이 시들은 전부가 고향, 술, 채무, 인정 같은 것을 읊조린 것인데 그 가운데 이색異色으로 「제이 · 엠 · 에스」라는 시가 있다.

제이 · 엠 · 에스

평양서 나신 인격의 그 당신님 제이 · 엠 · 에스
덕 없는 나를 미워하시고

재조 있는 나를 사랑하셨다
오산 계시던 제이, 엠, 에스, 사오 년 봄 만에 오늘 아침 생각난다
근년 처음 꿈 없이 자고 일어나며
얽은 얼굴에 자그만 키와 여윈 몸맵시는,
달은 쇠 같은 타는 듯한 눈동자만이 유난히 빛나셨다
(1행 생략)
소박한 풍채, 인자하신 옛날의 그 모양대로
그러나, 아— 술과 계집과 이욕에 헝클어져 십오 년에 허주한 나를
웬일로 그 당신님,
맘속으로 찾으시노? 오늘 아침,
아름답다 큰 사랑은 죽는 법 없어 기억되어 항상 가슴속에 숨어 있어 미쳐 거칠은 내 양심을 잠재우리 내가 괴로운 이 세상 떠나는 때까지.

구심舊心 5, 26, 야서夜書라 하였는데 시방으로부터 육 년 전이다.

오산학교를 나온 이들은 제이 · 엠 · 에스라는 이니셜로 된 이름이 조만식 선생님이신 것은 알 것이다.

불세출의 천재 소월은 오산학교에서 사 년 동안 이 조선생님의 훈도를 입었는데 이 시인은 그 높게 우러러 존경하던 조선생님께서 하루아침 고요히 그 마음속으로 찾아오신 때 황공하여 쪼그리고 앉아 머리를 들지 못하고 호곡하였던 것이다. 소월은 이때 그 "정주 곽산 배 가고 차 가는

재조 재주.

곳"인 고향을 떠나 산읍 구성남시에서 돈을 모으려고 애를 쓰던 때다. 소월이 술을 사랑하고 돈도 모으려고 했으나 별로 남의 입사내에 오르도록 계집을 가지고 궂은 일은 없다 하되 그러되 이미 그 고요하고 맑아야 할 마음이 미쳐 거칠었던 탓에 그는 이 은사 앞에 엎드려 이렇게 호곡하는 것이다.

소월은 오산학교 때에 체조 한 과목을 내어놓고는 무엇에나 우등을 하였다. 조선생님은 이렇게 재조 있는 소월을 그 인자하신 웃음을 띠고 머리를 쓰다듬어 사랑하신 모양이 눈앞에 보이는 듯한데 오산을 다녀 나온자 누구에게나 그렇듯이 이 천재 시인도 그 마음이 흐리고 어두울 때 역시 얽으신 얼굴에 자그만 키와 여윈 몸맵시의 조만식 선생님을 찾아오시었던 것이다.

오산의 힘, 민족의 지도자

이 수필은 조선일보 1939년 5월 1일자에 실린 것으로 소월과 조만식 선생을 추억하고 그 자취를 기린 글이다. 백석은 「허준」이란 시에서도 실명을 제목으로 하여 그 인물의 생애와 성품을 그린 바 있지만, 수필 가운데 실명을 제목으로 삼은 것은 이 글이 유일하다. 허준은 평북 용천 출신의 소설가로 백석의 절친한 친구였다. 백석보다 십 년 연상인 소월은 백석과 동향으로[1] 정주 오산학교의 선배였다. 조만식은 3 · 1운동과 물산장려운동을 펼친 독립운동가로서 소월과 백석이 오산학교를 다니던 1910년대와 1920년대 중반에 오산학교 교사와 교장을 지냈다. 또 글의 서두에 나오는 안서는 시인 김억의 호로, 김억은 우리나라 최초의 번역 시집인 『오뇌의 무도』를 펴내고 현대적인 운율을 다양하게 실험하여 근대 초

1) 소월의 출생지는 외가인 평북 구성군 왕인동이지만 친가는 평북 정주군 곽산면 남단동이다. 소월은 백일이 지난 뒤 친가로 돌아가 그곳에서 자랐다. 이 글에도 나오듯 소월 자신도 '정주 곽산'을 고향으로 노래했다.

기 자유시를 개척한 시인이다. 그는 평북 정주 출신으로 오산학교를 졸업하고 일본의 게이오慶應의숙에서 공부한 후 귀국하여 오산학교에서 교편을 잡았는데, 그때 소월이 오산학교를 다니고 있었다.

이 수필에 등장하는 소월, 조만식, 김억, 그리고 백석은 정주 오산학교의 선후배이자 사제지간으로 많은 체험과 기억을 공유한 이들이다. 이 수필을 통해 근대 초창기 우리 문학과 역사에서 정주와 오산학교가 매우 큰 자리를 차지하고 있었음을 알 수 있다.

백석은 안서가 보관하고 있던 소월의 중요한 유품인 시작 노트를 빌려본다. 소월에게서 안서로, 다시 안서에게서 백석으로 건네진 유품은 세 인물이 인간적으로나 문학적으로 매우 친밀했음을 보여준다. 시작 노트는 시인의 시적 생애와 영혼이 담겨 있는 책이다. 소월의 시작 노트엔 그의 육필 원고가 있고, 초고와 개고의 과정이 있으며, 창작의 고민과 배경이 담겨 있다.

백석은 시작 노트에서 발견한 「제이 · 엠 · 에스」라는 시 한 편을 소개한다. 시는 소월이 지난 삶을 회한하며 자신을 아끼고 사랑해주던 조만식 선생을 그리워하는 내용으로 채워져 있다. 소월은 1925년 시집 『진달래꽃』을 펴낸 후 1926년경부터 평북 구성에서 동아일보 지국을 경영하는 일에 몰두하였으나 실패하였다. 이 시가 쓰인 1933년은 소월이 스스로 목숨을 끊기 일 년 전으로, 시쓰기를 멀리하고 사업에도 실패하여 참담한 시간을 보내던 때였다. 문학과 인생에서 가장 힘든 시간에 소월은 스승 조만식을 찾아 참회하고 그 앞에서 호곡하고 있는 것이다. 이 시는 일 년 후인 1934년 8월 『삼천리』에 다음과 같이 발표된다.

제이 · 엠 · 에스

평양서 나신 인격의 그 당신님 제이, 엠, 에스,
덕 없는 나를 미워하시고
재조 있던 나를 사랑하셨다,
오산 계시던 제이, 엠, 에스
십 년 봄 만에 오늘 아침 생각난다
근년 처음 꿈 없이 자고 일어나며.
얽은 얼굴에 자그만 키와 여윈 몸매는
달은 쇠끝 같은 지조가 튀어날 듯
타듯 하는 눈동자만이 유난히 빛나셨다,
민족을 위하여는 더도 모르시는 열정의 그 임,

소박한 풍채, 인자하신 옛날의 그 모양대로,
그러나, 아― 술과 계집과 이욕에 헝클어져
십오 년에 허주한 나를
웬일로 그 당신님
맘속으로 찾으시오? 오늘 아침.
아름답다, 큰 사랑은 죽는 법 없어,
기억되어 항상 내 가슴 속에 숨어 있어,
미쳐 거칠은 내 양심을 잠재우리,

내가 괴로운 이 세상 떠날 때까지

두 원고를 비교해보면 몇 군데 차이가 나는 것을 발견할 수 있다. '사오 년'이 '십 년'으로 바뀌었고, '지조가 튀어날 듯'이라는 구절이 추가되었다. 행갈이도 운율의 흐름에 맞게 변형되었고 전체적인 시의 형태도 단정하게 정돈되었다. 소월의 시작 노트는 그가 시의 운율과 형태를 얼마나 중시했는지를 확인시켜준다.

백석은 이 시에 대해 짤막한 논평을 가하면서 시 자체보다 소월의 삶에 더 초점을 맞추어 그의 인품과 능력, 그리고 그의 말년의 심경을 애정 어린 시선으로 바라보고 있다. 백석은 소월을 '불세출의 천재' '천재 시인'이라 부르며 그의 뛰어난 성적까지 소개하는데, 그가 한 사람에 대해 이렇게 상찬한 것은 매우 드문 일이다. 그것은 소월이 당대부터 그만큼 뛰어난 인물로 이름을 날렸음을 말해주는 것이다. 백석은 또 소월이 시에서 말한 것과는 달리 실제 그의 말년의 생활은 그렇게 타락한 것은 아니었음을 증언하기도 한다. 백석은 소월의 시가 진정 어린 자기성찰을 시도하는 것으로 평가하며, 그러한 자기반성이 조만식 선생 앞에서 이루어지고 있음에 주목한다. 그러면서 조만식 선생이 소월뿐만 아니라 오산학교를 나온 이 모두가 마음이 흐리고 어두울 때 찾게 되는 스승임을 전하고 조만식 선생에 대한 그리움과 존경으로 글을 끝맺는다.

이 글에서 인용한 「제이·엠·에스」에서 생략된 부분은 "민족을 위하여는 더도 모르시는 열정의 그 임"이다. 백석이 이 글에서 그 구절을 생략한 것은 1939년이란 시기가 그만큼 엄혹한 시기라는 점을 알려준다.

이 수필의 이면엔 가혹한 일제 말기 황폐해진 우리 민족의 마음을 위무하고 우리의 앞길을 밝혀줄 정신적 지도자로서 조만식 선생의 존재를 널리 일깨우고자 하는 의도가 깊이 배어 있는 것이다.

슬픔과 진실

—여수 박팔양씨 시초詩抄 독후감

사람이 한 일을 오래 두고 일삼는 것은 얼마나 어려운 일입니까 더욱이 그 일이 높고 참되고 아름다운 일일 때 얼마나 어려운 일이겠습니까.

일찍이 진실로 높고 귀한 것이 무엇인지를 알고 이것에 마음을 제사들이어 이것이 아니면 안심하지 못하고 입명立命하지 못하고 이것이 아니면 즐겁지 않은 때에 밖으로 얼마나 큰 간난과 고통이 오는 것입니까 속된 세상에서 가난하고 핍박을 받아 처량한 것도 이 때문입니다. 우리 시단의 존경하는 선배 여수麗水 박팔양씨는 이러한 혼입니다 그의 말마따나 "오래고 험한 고난의 길"을 그는 걸어오는 것입니다. 그는 「그 누가 저 시냇가에서」에서 노래합니다.

그 누가 저 시냇가에서

입명立命 천명天命을 좇아 마음의 안정을 얻음.

저렇게 쓸쓸한 휘파람을 붑니까
그도 나와 같이 근심이 많아
밤하늘 우러러보며 슬프게 우나봅니다

높은 시름이 있고 높은 슬픔이 있는 혼은 복된 것이 아니겠습니까. 진실로 인생을 사랑하고 생명을 아끼는 마음이라면 어떻게 슬프고 시름 차지 아니하겠습니까. 시인은 슬픈 사람입니다. 세상의 온갖 슬프지 않은 것에 슬퍼할 줄 아는 혼입니다. "외로운 것을 즐기는" 마음도 세상 더러운 속중俗衆을 보고 "친구여" 하고 부르는 것도 "태양을 등진 거리를 다 떨어진 병정 구두를 끌고 휘파람을 불며 지나가는" 마음도 다 슬픈 정신입니다.

이렇게 진실로 슬픈 정신에게야 속된 세상에 그득 찬 근심과 수고가 그 무엇이겠습니까. 시인은 진실로 슬프고 근심스럽고 괴로운 탓에 이 가운데서 즐거움이 그 마음을 왕래하는 것입니다. 이 시인은 「달밤」에서 노래합니다.

은쟁반 같은 보름달의 얼굴을 바라보는 오늘밤의 나는 행복스럽습니다. 나의 근심은 이제 근심답지도 아니하여지고 거리의 여러 수고스러운 일들이 또한 하잘것없이 가벼운 웃음거리가 되고 말았습니다.

나의 가슴속은 지금 티끌 하나 없이 깨끗하고 오직 가벼운 즐거움이 홀로 서 있는 나의 마음속을 왕래하고 있습니다

이 시인의 슬픈 마음에 즐거움이 왕래하는 까닭은 그것은 그가 진실한 것에 대하고 있는 탓입니다.

우리는 이제 이 시인이 얼마나 숭고한 진실 앞에서 울고 우는가를 볼 수 있습니다.

친구께서는 길을 가시다가
길가의 한 포기 조그마한 풀을
보신 일이 있으실 것이외다
(중략)
그대와 나는 목숨을 위하야
땅 위에 뒹굴고 또 뒹굴 것이외다.

—「목숨」

이렇게 어린아이처럼 뒹구는 이 시인의 눈가에는 뜨거운 것이 자꾸자꾸 괴어오를 것을 나는 생각합니다. 또

이맘때쯤 가난한 지붕 밑에 밤새어 앓는
어느 외로운 홀어머니 아들의 더운 머리도
싸늘하게 식고 비로소 정신을 차려 눈을 뜰 때다

—「가을밤」

이때 이 시인의 따사한 가슴에는 그 무슨 차디찬 것이 무거이 무거이

가라앉아 시인은 고요히 무릎을 꿇었을 것을 나는 생각한다.

이 시인은 이러한 진실을 "나즉히 참으로 나즉히 하여 우수수하는 나뭇잎 소리에도 날아나버릴 듯한 나즉한 목소리로" 노래도 부르고 휘파람도 불어보고 그러다는 "드릴 말씀이 없어" "아무 말씀도 아니하"고…… 하는 것입니다.

이러한 높고 참되고 겸손한 시인의 시집이 시인의 연세 사십을 거의 바라볼 때 나왔기로니 시집을 이룬 시품詩品이 겨우 마흔하고 일곱밖에 아니 된다기로니 이것이 무엇입니까 더럽고 낮고 거짓되고 겸손할 줄 모르는 우리 주위에서 시인 여수와 시집 『여수시초』에는 존경을 드릴 것밖에 없습니다.

『여수시초』는 나즉하여 오르기 좋은 산이요 맑고 정한 시내요 산허리의 불그레한 진달래요 여름 저녁이요 정다운 날벌레입니다.

여수는 그 이름같이 물을 그중에서도 시냇물을 좋아하는 시인입니다. 『여수시초』의 제1경 「시냇물」에 이르면—

시냇물은 여름의 황혼이 즐거운듯이
춤을 추며 풀 향기를 물우에 실고 흐르네
냇가에는 이름 모를 날벌레들이 날고
냇가에는 어린 동무들이 재재거리며 놀고
어려서는 냇가에서 밤 깊은 줄을 몰랐고

시품詩品 시의 품격.

자라서는 냇가에서 슬픈 노래를 배웠네

얼마나 좋습니까 느끼웁습니까 그윽합니까 하다못해 슬퍼지는 것입니까—

"어려서는 냇가에서 밤 깊은 줄을 몰랐고
자라서는 냇가에서 슬픈 노래를 배웠네"

우리 시단의 맑고 정한 시냇물인 『여수시초』로 발가벗고 기뻐 뛰며 올 여름입니다. 그리고 『여수시초』는 경성 종로 박문서관 발행으로 정가는 삼십전의 소단행본이다

느끼웁습니까 북받쳐 울음이 나게 합니까.

해설

시인의 자세와 인간의 품성

이 글은 박팔양의 첫 시집 『여수시초』(박문서관, 1940)에 대한 서평이다. 백석이 다른 시인의 시집에 대해 평한 것은 이 글이 유일하다. 여기에는 두 사람의 인연과 삶의 여정이 얽혀 있다.

박팔양은 1905년 경기도 수원에서 태어나 배재고등보통학교를 졸업하고 경성법학전문학교를 다니던 중 1923년 동아일보에 김여수라는 필명으로 시를 게재하면서 시인으로 활동하기 시작했으며, 정지용, 박제찬 등과 함께 등사판 문예지 『요람』을 창간하기도 하였다. 1926년 카프 회원으로 가입하였으며, 1934년에는 구인회에 가입하여 활동하였다.

박팔양은 시인이자 기자이기도 했다. 1924년 동아일보에 입사한 뒤로 조선일보, 중외일보, 중앙일보, 조선중앙일보 등에서 기자로 근무하였으며, 조선중앙일보가 1936년 손기정 일장기 말소 사건으로 자진 휴간하자 이듬해인 1937년 3월 만주의 신경으로 건너가 만몽일보에 입사하였다. 만몽일보는 그해 10월 용정에서 간행되던 간도일보와 통합하여 제호를 만선일보로 바꾸었는데, 박팔양은 계속 그곳에서 근무하며 이듬해엔 편집부장을 맡았다. 당시 만선일보에는 박팔양에 앞서 만주로 건너온 염상섭이 편집국장을 맡고 있었고, 간도 출신인 안수길도 기자로 일하고 있었다. 만선일보는 만주국의 기관지인 친일 신문이었지만, 만주에서 발행된 유일한 조선어 신문으로서 재만 동포의 생활과 정보의 길잡이 역할도 하였다. 박팔양은 1939년 말 관동군의 통제가 강화되자 신문사를 퇴사하고 만주국 협화회 중앙본부로 자리를 옮겼으며,[1] 1940년 3월에 첫 시집 『여수시초』를 펴냈다.

한편 백석은 1939년 말에서 1940년 초에 신경으로 건너가 3월부터 만주국 국무원 경제부에서 근무했다. 그는 신경에서 이 년 정도 머무는 동안 「수박씨, 호박씨」「북방에서」「허준」「『호박꽃 초롱』 서시」「귀농」「국수」「흰 바람벽이 있어」「촌에서 온 아이」「조당澡塘에서」「두보나 이백같이」 등의 주옥같은 시들을 썼는데, 그 작품들은 모두 경성에서 간행된 『인문평론』『문장』『조광』 등의 잡지에 발표되었다.

이 글 「슬픔과 진실」은 그 시들이 발표되기 전인 1940년 5월 9일과 10일 이틀에 걸쳐 만선일보 '일가언一家言' 난[2]에 실린 것이다.[3] 박팔양의

---

1) 박팔양의 이력에 대해서는 박용규, 「문인기자 박팔양의 생애와 언론활동—『동아일보』에서 『로동신문』까지」(『한국언론학보』 61권 6호, 한국언론학회, 2017)를 참조했다.

2) '일가언'은 만선일보에 거의 매일 연재된 고정란이다. 백석에 앞서 이 난에 이름을 올린 필자 중에는 이광수도 눈에 띈다. 이광수는 1940년 4월 5일부터 9일까지 4회에 걸쳐 글을 실었다.

3) 백석이 만선일보에 처음 이름을 올린 것은 1940년 4월 5일부터 11일까지 6회에 걸쳐 진행된 내선만문화좌담회(內鮮滿文化座談會)이다. 이 좌담회는 '본사측(本社側)'과 '내지인측(內地人側)' '만계측(滿系側)' '선계측(鮮系側)'에서 각각 여러 명이 참석하여 매회 주제를 정해 진행

시집 서평이 백석이 만주로 건너와 발표한 최초의 글인 셈이다. 그가 만주에 와서 가장 먼저 만선일보에 글을 발표한 것은 당시 이 신문의 편집국장이던 홍양명(본명 홍순기)의 영향이 작용했을 것으로 짐작된다. 홍양명은 조선일보 기자 시절 백석의 선배로 1931년부터 1937년까지 조선일보에서 근무했으며, 1937년 조선일보를 퇴사하고 1938년부터 만선일보로 옮겨 1940년 1월부터 편집국장을 맡고 있었다.[4] 그는 만주로 건너온 옛 직장 후배이자 유명 시인인 백석이 반가웠을 것이고, 곧바로 자신이 근무하는 신문에 그를 초대했을 것이다.[5]

백석에게 박팔양은 자신보다 앞서 만주로 건너와 첫 시집 발간이라는 뜻깊은 일을 맞은 선배 시인이었다. 더구나 백석이 만주로 건너온 지 두 세 달 뒤에 발간된 그 시집은 백석이 만주에서 만난 첫 시집이었을 것이니, 먼 타지에 와서 모든 것이 낯설고 힘들었을 백석에게 그 시집은 무엇보다 반갑고 고마운 친구와 같았을 것이다.

되었는데, 내지인, 즉 일본인들이 그들의 시각으로 좌담을 주도하였다. 백석은 여기서 만주인의 문단 상황이 어떠하냐는 질문 딱 하나만 던질 뿐이다. 백석이 이렇게 발언을 자제한 것은 낯선 만주 생활의 초입에서 보인 겸양일 수도 있지만, 일본인이 주도한 좌담회의 성격과 분위기에 대한 불만과 저항의 침묵일 가능성이 높다. 이와 관련하여 안도현이 비슷한 견해를 말한 바 있다. 안도현, 『백석 평전』, 다산책방, 2014, 229~239쪽.

4) 조선일보사 사료연구실, 『조선일보 사람들—일제시대 편』, 랜덤하우스중앙, 2004, 147~152쪽.

5) 「슬픔과 진실」이 실린 1940년 5월 9일자 만선일보 지면 말미에는 "필자 백석 군은 전 조선일보 기자로써 조선 시단의 최첨단에 서 있는 시인. 현재는 신경에 거주하야 경제부에 근무중"이라고 백석의 약력이 첨부되어 있다. 이 소개에서 옛 직장 동료이자 당대 최고의 시인인 백석을 신경에서 맞게 된 편집자의 반가움을 느낄 수 있다.

이 시집의 서평에서 백석은 우선 박팔양이 '높고 참되고 아름다운 일'을 오래 두고 일삼은 것을 높이 평가한다. 그가 1923년 문단에 나와 십칠 년 동안 한눈팔지 않고 꾸준히 시를 써서 마침내 첫 시집을 낸 것을 두고 말한 것이다. 이어서 「그 누가 저 시냇가에서」라는 시를 인용하며, 세상에 대한 근심과 슬픔을 간직하고 있다는 점에서 그를 복된 시인으로 상찬한다. 인생을 진실로 사랑하고 생명을 아끼는 사람은 늘 근심과 슬픔을 지닐 수밖에 없기 때문이다. 이어서 백석은 그러한 시적 태도를 드러내는 작품 몇 편을 소개한 다음, 그가 마흔이 다 되어 첫 시집을 내면서 묶은 작품의 양이 47편밖에 되지 않은 것을 또한 높이 평가한다. 박팔양이 첫 시집을 묶기까지 각종 지면에 발표한 작품은 모두 73편이었다.[6] 박팔양은 그중에서 스스로 완성도가 낮거나 자신이 추구하는 시적 방향과 맞지 않는다고 생각한 26편을 버리고 47편만을 시집에 실은 것이다. 백석은 이를 두고 그가 진실하고 겸손한 시인이라고 존경을 드러내는 것이다.

박팔양의 시집에 대한 백석의 서평은 작품 자체보다 시인으로서의 품성에 초점이 맞춰져 있다. 가난하고 외로운 시인의 한길을 오래도록 묵묵히 걸어온 삶의 태도, 인생을 진실로 사랑하고 생명을 아끼는 마음, 작품의 외형보다 오로지 그 완성도만을 최고의 가치로 여기는 정신 등을 높이 사고 있는 것이다. 이것은 시인의 올바른 자세이자 한 인간으로서의 높은 품성이기도 하다. 의미 있는 일을 오래도록 지키고, 진실한 마음으로 생명을 아끼며, 거짓과 허영을 멀리하고 진정한 것을 추구하며 겸

6) 박팔양, 『박팔양 시선집』, 유성호 엮음, 현대문학, 2009, 222~225쪽.

손한 마음을 갖는 것은 모두가 높이 사는 인간의 품성이다. 이 글은 시집에 대한 서평의 형식을 취하고 있지만, 그 안에 담겨 있는 진정한 전언은 올바른 시인과 인간의 품성에 대한 성찰이라고 할 수 있다.

조선인과 요설
—서칠마로 단상의 하나

그 무슨 요설인고. 허튼수작인고. 실없는 웃음인고. 그것은 코춤이요 구역嘔逆이다. 나는 눈을 가리고 귀를 막는다. 그리하지 않을 수 없는 것이다.

나는 조선인의 이 말 많은 것을 미워한다. 말은 정열이 아닐 것인가. 예지가 『논어』의 이른바 경제經濟가 아닐 것인가. 생산이 아닐 것인가. 말은 그러해야 옳을 것이다. 진실로 값있게 다변한 개인이나 민족은 다 이런 연원이 있는 것이다. 이 연원이 넘치고 흘러서 다변하지 않을 수 없는 것이다. 계몽이 이곳에 있고 총명이 이곳에 있고 비판이 예서 생기는 것이다. 생각하면 우리는 요설의 문명 속에도 있는 것이다.

그러나 다만 우연히 이런 문명 속에 있게 된 것으로 해서 말의 진실한

서칠마로西七馬路 만주국 신경시(현재는 지린성 창춘시)의 한 지명.
코춤 웃을 때 코를 쫑긋쫑긋 움직이는 짓.
경제經濟 경세제민經世濟民의 준말.

연원이 없이 있는 줄도 모르고 요설일 수도 있는 것이다. 까막까치처럼 지껄이고 출새 새끼같이 조잘댈 수 있는 것이다. 태평양회의의 모인 대표들도 요설일 수 있고 경상도의 무학無學한 여편네도 요설일 수 있는 것이다.

조선인의 무엇으로 말이 많을 것인가. 무엇을 그렇게 요설하지 않을 수 없는 것인가. 무엇이 그렇게 차고 넘치는 것이 있는가. 무엇이 그렇게 끓어오르는 것이 있는가. 조선인은 그 무거운 자성과 회오와 속죄의 염念으로 해서라도 오늘 누구를 계몽한다 할 것인가. 무엇을 천명하고 어떻게 비판한다 할 것인가. 조선인에게 진실로 침통한 모색이 있다면 이 요설이 헛된 수작과 실없는 웃음이 어떻게 있을 것인가. 더욱이 조선인이 진실로 광명의 대도大道를 바라본다면 이 큰 감격과 희열로 해서라도 어떻게 참으로 이렇게 요설일 수 있을 것인가.

조선인의 요설을 나는 안다. 그것은 고요히 생각할 줄 모르는 것이다. 생각하기 싫어하는 것이다. 가슴에 무거운 긴장이나 흥분이 없는 것이다. 또 무엇인가 분노할 줄 모르는 것이다. 또 무엇인가 적막을 느끼지 못하는 것이다. 또 무엇인가 비애를 가슴에 지닐 줄 모르는 것이다. 조선인에게는 이렇게 비애와 적막이 없을 것인가. 분노가 없을 것인가. 조선인은 이렇게 긴장과 흥분을 모르는 것인가. 그리고 생각하는 것까지도 잃어버린 것인가. 멸망의 구극究極을 생각하면 그것은 무감無感한 데 있을 것이다. 그것은 무감하여 나날이 지껄이고 밤낮으로 시시덕거리고 언제나 어디서나 실없는 웃음을 웃고 떠드는 데가 있을 것이다.

진실한 연원이 없는 말이란 사술詐術이다. 허튼수작이란 더욱 사술이다. 조선인이 허튼수작을 즐기는 것을 생각하고 한편 남이 조선인을 가리켜 사기적詐欺的이라 한 것을 생각하자. 이 남의 말을 긇다고만 할 수 있을 것인가. 요설이란 언제나 실천궁행實踐躬行이 아니다. 이것과는 멀리 떨어져 도는 것이다. 게으른 놈의 실행 대신의 호도糊塗다. 조선인이 요설인 것을 생각하고 남이 조선인을 말하여 게으르고 꾀피우고 무실행하다는 것을 생각하자. 이 남의 말을 탓할 수 있을 것인가. 허튼 웃음이란 아첨의 쟁기다. 그중에도 가장 비굴한 방편이다. 조선인이 실없는 웃음을 웃기를 雪無○쏭○리듯 하는 것을 생각하고 한편 남이 조선인을 욕하여 비굴하여 아첨에 능하다고 한 단견을 생각할 때 누가 감히 정색할 것인가. 정색할 수 있을 것인가.

그들이 만일 가향家鄕에 있다면 이 허튼수작이나 실없는 웃음이 가애로울 것이요 그들이 만일 난의포식煖衣飽食한다면 이것이 한없이 명랑할 것이다. 허나 굶주린 야견野犬이 있어서 실없이 꼬리를 저어 보는 사람마다 좋다 하고 헛되이 자꾸 입을 벌려 뜻 없이 짖는다면 이것은 가애롭고 명랑할 것인가. 불쾌하여 증오하지 않을 것인가. 참으로 그렇지 않을 것

긇다 '그르다'의 평북 방언.
가향家鄕 자기 집이 있는 고향.
가애可愛로울 사랑할 만한.
난의포식煖衣飽食 따뜻하게 입고 배불리 먹음.

인가.

민족의 경중을 무엇으로 달 것인가. 그 혼의 심천深淺을 나아가서 존멸의 운명까지도 무엇으로 재고 점칠 것인가. 생각이 이곳에 미칠 때 우리는 놀라 두렵지 않을 수 있을까. 우리는 동양과 서양을 가려본다. 그리고 서양보다 동양이 그 혼이 무겁고 깊은 것을 예찬하고 이것에 심취한다. 동양은 무엇을 가졌는가. 동양에 무엇이 있어 그리하는가. 조선은 동양의 하나는 무엇을 잃어버렸다. 잃어서는 아니 될 것을 잃고도 통탄할 줄 몰라한다. 무엇인가 묵默하는 정신을 잃은 것이다. 잃고도 모르는 것이다.

인도의 푸른빛을 바라보며 나는 이것이 무엇이고 어데서 오는가를 본다. 인도의 푸른빛은 항하恒河 만년의 흐름에 젖는 생명의 발광이다. 이 생명의 적멸에 가까운 숭엄한 침묵이다. 나는 몽골의 무게가 무엇인가를 안다. 일망무제의 몽고 초원이다. 몽고인의 심중에 놓인 일망무제의 초원이다.

이따금 꿩이 울어 깨어지는 그 초원의 적막이다. 이것이 몽고의 무게다. 조선인은 인도의 빛도 몽고의 무게도 다 잃어버렸다. 본래부터 없었는지도 모른다. 슬픈 일이다.

조선인이 스스로 말하여 천만 가지 자랑이 있다 한들 헛된 말이다. 먼저 있을 것은 자랑과 희망이 아니다. 무엇인가. 근신과 분노와 비애다. 심각한 고통이다. 이것들이 조선의 혼을 꽉 붙잡는 것이다. 조선인이 고

항하恒河 갠지스강.

난 속에 있다는 것은 거짓말이다. 그들이 요설인 동안 이것은 거짓말이다. 조선인에게는 광명이 조요照耀하는 것이다. 허나 이것에 감격하고 감사할 줄 모르는 것인지도 모른다. 그들이 요설인 동안 누가 이것을 거짓말이라 할 것인가.

비록 몸에 남루를 걸치고 굶주려 안색이 창백한 듯한 사람과 한 민족에 오히려 천근의 무게가 없을 것인가. 입을 다무는 데 있다. 입을 다물고 생각하고 노하고 슬퍼하라. 진지한 모색이 있어 더욱 그리할 것이요 감격할 광명을 바라보아 더욱 그리할 것이다.

조요照耀하는 밝게 비쳐서 빛나는.

말에 담긴 인간의 품격과 광복의 전망

백석이 만선일보에 두번째로 발표한 이 글은 첫번째 글과 성격이 판이할 뿐 아니라 그전까지 발표한 다른 모든 글과도 다르다. 그는 줄곧 문학적 형식을 갖추거나 문학적인 함축을 지닌 글을 써왔지만, 이 글에서는 자기주장을 직접적으로 드러내고 있다. 이 글은 만선일보의 '일가언一家言' 난에 실린 것인데, '일가언'이란 '자기가 독자적으로 주장하는 견해나 학설'을 뜻하므로 백석이 신문사의 편집 의도에 맞게 쓴 셈이긴 하다. 하지만 앞서 박팔양 시집에 대한 서평인 「슬픔과 진실」도 같은 난에 실린 것임을 염두에 두면, 이 논설조의 글은 그가 작심하고 의도한 것이라고 봐야 할 것이다.

이 글의 부제는 '서칠마로西七馬路 단상의 하나'이다. 서칠마로는 만주의 신경(오늘날의 창춘)에 있던 칠마로라는 도로의 서쪽 구역으로, 신경시의 중심부에서 동북쪽에 위치한 도심 지역이다. 당시 이곳에는 조선인들이 많이 살고 있었던 것으로 짐작된다.

백석은 첫 대목부터 아주 강한 어조로 조선인의 행태를 지적한다.

> 그 무슨 요설인고. 허튼수작인고. 실없는 웃음인고. 그것은 코춤이요 구역嘔逆이다. 나는 눈을 가리고 귀를 막는다. 그리하지 않을 수 없는 것이다.

쓸데없이 말이 많고, 허튼수작을 일삼고, 실없이 웃는 조선인들을 백석 특유의 열거법으로 강하게 비판하고 있다. '코춤'이나 '구역'과 같은 신랄한 조롱과 강한 거부의 말은 백석의 이전 글에서는 찾기 어려웠던 것이다. 그는 조선인들의 그런 행태가 침통한 모색이 결여되었기 때문이고, 생각할 줄 모르거나 생각하기 싫어서 나타난 것이며, 가슴속에 긴장과 흥분과 분노가 없어서 그런 것이라고 지적한다. 당시 조선인들에 대한 외부의 부정적인 평판들—게으르고 꾀를 피우고 무실행하며 비굴하고 아첨에 능하다는—을 가감 없이 전하면서, 그들의 말을 단견으로 치부하지 말고 스스로 그런 비난을 받을 짓을 하지 않았는지 반성할 것을 촉구한다.

조선인들이 자신의 고향에서 지내고 있는 것이라면 그런 허튼수작이나 실없는 웃음이 사랑스러울 수도 있겠지만, 외지에서 굶주리며 사는 떠돌이의 처지에서는 남에게 불쾌함을 줄 뿐이지 않겠느냐고 백석은 반문한다. 이어서 서양과 달리 동양엔 예부터 '침묵의 정신'이 있었음을 상기시키며, 조선인이 그것을 되찾아 입을 다물고 생각하고 노하고 슬퍼할 것을 다시 한번 촉구하면서 글을 맺는다.

백석의 이러한 격정적인 논조를 이해하기 위해서는 당시 만주에 거주하던 조선인들의 사정을 돌아볼 필요가 있다. 조선인의 만주 이주는 1931년 만주사변 이후로 크게 증가했으며, 1930년대 후반 일제는 조선에 대한 식민정책의 일환으로 조선인의 만주 이민 정책을 추진하였고[1] 조선 내부에서도 만주를 새로운 기회의 땅으로 여기며 이민을 장려하는 분위기가 형성되었다.[2] 그러다보니 아무런 준비 없이 막연한 희망만으로 만주로 건너오거나 단기간에 일확천금을 벌어 고향으로 돌아가려는 생각으로 온 사람들도 적지 않았는데, 그들 중 일부는 만주 생활에 적응하지 못하고 도심을 배회하며 각종 비위 사건에 연루되는 경우가 많았다.[3] 당시 만선일보에도 이와 관련한 사건이 자주 보도되었으며, 이는 조선인들에 대한 부정적 인식을 조성하는 데 한몫을 했다. 또한 만선일보에서는 1940년 3월 7일부터 4월 5일까지 총 16회에 걸쳐 '회고와 전망—만주 우리들의 생활'이란 제하의 기획기사가 연재되었는데, 기사의 상당수가 재만 조선인의 생활이 지닌 문제점, 특히 그들의 부랑적 삶과 경제적 무능을 지적하는 것이었다. 주로 만주의 행정기관이나 만주협화회에 소속된 인물들이 필자로 나선 그 기사들에는 조선인을 일방적으로 매도하고 악의적으로 비판하는 내용들도 많았다. 사실 재만 조선인들은 오랫동

1) 김도형은 1930년대 후반 조선총독부의 조선인에 대한 만주 이민정책의 추진을 만주의 병참기지화, 조선 내 농촌 과잉인구의 해소, 조선인의 불만에 대한 무마를 위한 방책으로 보고 있다. 김도형, 「한말·일제하 한국인의 만주 인식」, 김도형 외, 『식민지시기 재만조선인의 삶과 기억 1』, 선인, 2009, 103~105쪽.

2) 같은 글, 106~107쪽.

3) 이와 관련해서는 윤휘탁의 「〈만주국〉의 '2등 국(공)민', 그 실상과 허상」(『역사학보』 169집, 2001)이란 논문이 주목된다.

안 그곳에 터를 잡고 살아온 만주인과 그곳을 지배하고 있는 일본인 사이에 끼인 식민지인의 처지로서 그곳에 안착하기 어려운 불우한 운명이었다. 그들 일부가 보인 부랑적 삶은 불행한 시대의 산물이기도 한 것이다. 하지만 식민지 통치자의 관점에서 그들은 사회질서와 통제경제에 해를 끼치는 이들이었고, 만주인으로서도 조선인의 특수한 사정을 이해하기보다는 자신들의 삶의 터전이 위협받는 데 대한 불만이 더 클 수밖에 없었다.

이런 상황에서 백석이 재만 조선인의 행태를 강한 어조로 비판한 것은 그들이 그토록 가혹하게 손가락질받고 있는 것에 대한 울분의 표시이기도 하다. 백석은 재만 조선인들이 일제와 만주인 양쪽으로부터 일방적으로 매도당하는 현실이 안타까웠고, 그럼에도 불구하고 어쩔 수 없이 그렇게 살아가고 있는, 또는 그런 비난에 무감하게 살아가고 있는 그들의 생활 태도에 분노가 치밀었던 것이다. 그런 까닭에 재만 조선인들을 향한 외부인의 힐난을 강하게 환기시킴으로써 그들의 각성을 촉구하고 있는 것이다.

백석이 재만 조선인들에게 요구하고 있는 것은 말과 의식의 각성이다. 그는 만선일보의 다른 필자들처럼 그들의 비위나 경제적 무능, 허황된 꿈 등과 같은 사회경제적 행동의 문제를 나무라지 않는다. 그런 비난은 현존하는 식민지 체제의 사회, 정치, 경제 질서를 인정하는 전제 위에서 가능한 것이며, 일제 식민지하의 피지배인이라는 특수한 사정을 고려하지 않는 것이다. 백석은 보다 근본적으로 말에서 나타나는 인간의 품격과 말하는 태도에 담긴 의식의 깨어 있음을 겨냥한다. 그가 재만 조선인들의 '요설과 허튼수작과 실없는 웃음'에 격한 거부감을 보인 것은 그런 말과 행동이 인간의 품격을 떨어뜨리며 깊이 있는 생각의 부재를 드러내는 표시이기 때문이다. 어려운 시대일수록 말과 의식의 각성이 더욱 요구된다는 것이 백석의 생각에 깔려 있는 것이다. 백석은 말을 삼가고 생각을 하면 고통과 비애와 분노가 따르지 않을 수 없다고 했는데, 그 말은 일반적으로 자기성찰이 불러오는 반성의 아픔을 가리키는 것이면서 동시에 식민지 치하의 조선인의 아픔에 대한 각성을 가리키는 말이다. 그는 이 글의 마지막 대목에서 '감격할 광명'을 바라보아 입을 다물고 생각하고 노하고 슬퍼하라고 촉구한다. '감격할 광명'이 조선의 광복을 함축하는 것임은 새삼 말할 필요도 없을 것이다. 재만 조선인을 향한 백석의 비난과 충고는 기본적으로 말과 행동으로 나타나는 인간의 품격, 식민지 현실에 대한 치열한 인식뿐 아니라 조국의 광복에 대한 성찰을 강하게 촉구하는 말인 것이다.

당나귀

날은 맑고 바람은 따사한 어느 아침날 마을에는 집집이 개가 짖고 행길에는 한 물커니 아이들이 달리고 이리하여 조용하던 마을은 갑자기 흥성거리었다.

이 아침 마을 어구의 다 낡은 대장간에 그 마당귀 까치 짖는 마른 들메나무 아래 어떤 길손이 하나 있었다. 길손은 긴 귀와 꺼먼 눈과 짧은 네 다리를 하고 있어서 조용하니 신을 신기우고 있었다. 조용하니 그 발에 모양이 자못 손바닥과 같은 검푸른 쇠자박을 대이고 있었다.

그는 어느 고장으로부터 오는 마음이 하도 조용한 손이던가. 싸릿단을 내려놓고 갈기에 즉닙새를 날리는 그는 어느 산골로부터 오는 손이던가. 그는 어느 먼 산골 가난하나 평안한 집 훤하니 먼동이 터오는 으스스하

한 물커니 한 떼. '물커니'는 '떼'(무리)의 평북 방언.
마당귀 마당의 한쪽 귀퉁이.
쇠자박 쇳조각, 즉 쇠 편자를 뜻한다. '자박'은 '조박'('조각'의 평안 방언)을 가리킨다.

니 추운 외양간에서 조짚에 푸른 콩을 삶아 먹고 오는 길이던가. 그는 안개 어린 멀고 가까운 산과 내에 동네방네에 뻐꾸기 소리 닭의 소리를 느껍게 들으며 오는 길이던가.

마른나무에 사지를 동여매이고 그 발바닥에 아픈 못을 들여 백끼우면서도 천연하여 움직이지 않고 아이들이 돌을 던지고 어른들이 비웃음과 욕사설을 퍼부어도 점잖하여 어지러이 하지 않고 모든 것을 다 가엾이 여기며 모든 것을 다 받아들이며 모든 것을 다 허물하거나 탓하지 않으며 다만 홀로 널따란 빈 벌판에 있듯이 쓸쓸하나 그러나 그 마음이 무엇에 넉넉하니 차 있는 이 손은 이 아침 싸리 단을 팔아 양식을 사려고 먼 장으로 가는 것이었다.

날은 맑고 바람은 따사한 이 아침날 길손은 또 새로이 욕된 신을 신고 다시 싸릿단을 짊어지고 예대로 조용히 마을을 나서서 다리를 건너서 벌에서는 종달새도 일쿠고 늪에서는 오리 떼도 날리며 홀로 제 꿈과 팔자를 즐기는 듯이 또 설워하는 듯이 그는 타박타박 아지랑이 낀 먼 행길에 작아져갔다.

조짚 낟알을 떨어낸 조나 피 따위의 줄기.
예대로 예전과 같이.
일쿠고 일으키고.

해설

조용한 성품이 지닌 높은 품위

당나귀는 백석이 가장 좋아한 동물이다. 백석의 당나귀 사랑은 함흥 시절부터 본격적으로 드러나는데, 그는 함흥에서 쓴 첫 수필 「가재미·나귀」에서 나귀를 타고 회담 골목을 일없이 오가고 싶다는 바람을 술회하며 자신의 무욕을 나귀 타기에 투영한 바 있다. 또 백석은 「나와 나타샤와 흰 당나귀」에선 당나귀를 '나타샤'와 '흰 눈'과 함께 아름다운 시적 이미지로 승화시켰고, 「『호박꽃 초롱』 서시」에선 사랑하는 제자 강소천 시인을 당나귀에 빗대었으며, 「흰 바람벽이 있어」에선 '초생달' '바구지꽃' '짝새'와 함께 하늘이 가장 귀해하는 것으로 꼽았고, 소설 「사생첩의 삽화」에선 순수하고 따뜻한 성품을 지닌 인물의 상징으로 사용하였다. 이처럼 백석은 시, 소설, 수필을 통해 당나귀를 자신의 분신으로 여기거나 자신이 아끼는 인물을 그리는 문학적 이미지로 삼았다.

「당나귀」는 그러한 백석의 당나귀 찬사의 결정판이라고 할 수 있다. 백석은 이 글에서 당나귀의 외모와 성품과 일상을 자세히 그리면서 자신이 왜 당나귀를 좋아하는지, 어째서 당나귀를 자신의 소중한 문학적 이미지로 삼았는지를 잘 보여준다.

이 작품은 분량이 짧아 산문시처럼 보이기도 하지만 장르적으론 수필로 보는 것이 옳다. 당나귀가 상징적인 이미지로 구사되는 그의 시와 달리 이 글에선 그가 평소 당나귀에 대해 품고 있던 생각과 감정이 자유롭게 드러나 있기 때문이다. 특히 이 글의 세번째 문단처럼 감정과 정서를 직접적으로 드러내는 서술형 어미를 활용하는 것은 백석의 수필이 지닌 특징 가운데 하나이기도 하다. 백석은 당나귀의 모습과 생활을 자세하고 구체적으로 그리기 위해 수필 형식을 택한 것이다. 그러면서도 당나귀의 삶을 극적으로 보여주기 위해 생애 가운데 특정한 순간을 포착하고, 그 외모와 내면을 그리기 위해 함축적인 언어를 많이 구사하는 등 시적 성격을 많이 가미하고 있기도 하다.

이 글은 마을에 등장한 당나귀의 모습, 마을에 이르기까지의 당나귀의 여정, 당나귀의 성품, 마을을 떠나는 당나귀의 모습 등 네 개의 장면 또는 정황으로 구성되어 있다. 이러한 구성은 장돌림의 짐꾼으로 마을을 떠도는 당나귀의 고단한 삶을 압축적으로 보여준다. 백석은 당나귀를 '길손'에 빗대 인격을 부여하고 낭만적이고 탈속적인 느낌을 불어넣는다. 이는 마을을 들고 나는 당나귀의 여정에 대한 묘사에서 구체화된다. 당나귀가 어느 산골 마을과 마을을 떠돌 때, 그 길손은 항상 길 위의 자연에서 살아가는 작은 생명체들과 함께 호흡한다. 마을로 들어올 때 산과 내와 동네에서 울어대는 뻐꾸기와 닭의 소리에 귀를 기울이고, 다른 마을로 이동할 때에는 벌과 늪에서 사는 종달새와 오리와 함께한다. 당나귀는 뻐꾸기와 닭의 소리를 '느껍게' 들으며 작은 생명체들이 터뜨리는 내면의 소리를 가슴에 사무치게 받아들인다. 그가 마을을 나서서 다리를 건널 때 벌에서 종달새가 일어나고 늪에서 오리떼가 날아가는 장면은 자연의 생명체들이 연출하는 가장 아름다운 영상 가운데 하나일 것이다.

글의 첫 장면에선 당나귀의 외모가 묘사된다. 당나귀가 긴 귀와 검은 눈과 짧은 다리를 지녔다는 간명한 묘사는 그의 선한 인상과 볼품없는 체구를 잘 환기시키며, 당나귀의 발에 댄 '손바닥 같은 검푸른 쇠자박', 즉 편자는 그가 인간의 짐꾼으로 가혹하게 구속되어 있음을 알린다. 그 모습은 짙은 연민을 불러일으키지만, 백석은 대상과 거리를 두고 그 외양을 간명하게 묘사함으로써 당나귀의 처연함을 크게 부각시킨다.

백석은 셋째 장면에서 그처럼 안쓰러운 당나귀가 세상을 어떻게 대하는지를 보여주며 그의 품성을 전한다. 그는 자신의 발바닥에 편자의 못이 박혀도 아무렇지도 않은 듯 점잖게 지내고, 아이 어른 할 것 없이 자신을 괴롭히고 조롱해도 오히려 약자를 못살게 구는 그들을 가엾이 여기며, 오로지 짐꾼으로 자신에게 주어진 일을 묵묵히 수행할 뿐이다. 그런 그의 마음이 넉넉하게 차 있다는 것은 외부의 수모와 고통을 감내하며 자신의 일을 완수하는 이의 득의의 정신 상태일 것이다. 그래서 당나귀는 비록 쓸쓸하지만, '홀로 제 꿈과 팔자를 즐기는 듯이' 지낼 수 있는 것이다.

이 글에서 당나귀의 내면을 수식하는 말로 가장 많이 구사되는 것은 '조용하다'라는 형용사이다. 편자를 댄 당나귀의 발을 묘사할 때 쓰인 첫 번째 '조용하다'는 고통을 감내하는 인내심을, 두번째의 '조용하다'는 차분하고 넓은 마음씨를, 당나귀가 다시 짐을 싣고 마을을 나서는 모습을 묘사할 때 쓰인 세번째 '조용하다'는 겸손함을 함축한다. 온갖 고통을 당해도 넓은 마음으로 오직 인간에게 헌신하며 그런 자신의 삶을 과시하지 않고 겸손하게 지내는 상태를 백석은 '조용하다'라는 형용사로 나타내고 있는 것이다. '조용하다'는 말의 함의를 크게 늘린 이 글을 통해 우리는 '조용한' 성품이 지닌 생명체의 높은 품위를 돌아보게 된다.

이 수필은 이효석의 소설 「메밀꽃 필 무렵」(1936)과 김기림의 수필 「길」(1936)과도 겹쳐 읽힌다. 「메밀꽃 필 무렵」에서 장돌뱅이 허생원의 짐꾼으로 평생을 함께 지내는 나귀와 그 나귀를 골리는 아이의 모티브가 백석의 「당나귀」에 나타나며, 「길」의 시적 양식과 더불어 작품의 근간을 이루는 길과 길 위의 자연의 이미지가 백석의 「당나귀」에도 드리워져 있다. 백석의 「당나귀」는 이런 선행 작품을 딛고 탄생한 새로운 형식의 시적인 수필로서 우리 현대문학사의 어두운 끝자락을 환히 밝히고 있는 것이다.

2부

소설

그 모母와 아들

1

동리 우물터에선 이런 소문이 돌기 비롯하였다.

"아─니 데 집 대감이 엄매래 좀 다릇티? 바람이 났대─"

"늦바람이구만."

"건 또 누구하구."

"아─ 와 그전부터 그런 말이 있지 않았소. 양고새 말이야."

"젊어선 젊은 갑시지만 이젠 늙은 거이 무슨─ 원!"

"과부론 못 살겠는 게지."

"만날 쌈이래두만 그 집에서."

"누구하구."

갑시지만 '값이지만'의 뜻으로 짐작된다.

"아— 그 로친네하구 그러지."

"그 로친네두 불쌍하지."

"그러게 아들 생각이 더 난대."

"안 나겠소. 대감은 가만있나."

"에미 그러는 것을 어떻게 하겠소."

"대감이두 야단이야. 그러지 말구 시집을 탁 가버리지."

"그러게 그 로친네가 화가 나면 시집가라구 그래두 그건 안 간다는데 또 더— 성이 나서 해보잔대."

"그건 쌍송화로군."

"매— 장 장터에 셋습데다그려."

"아— 그러야 낫내지."

"맨젯번 장에두 광목을 반 통이나 끊어오드랩데다."

"그거 돈이 용쿠만. 돈이 어데서 났노."

"돈 나는 데 다 있지."

"나는 한 번 못 그랬지. 내래 민주야. 아니 그런 돈을 나는 한 번 못 받아봤지. 하…… 하 아이구 원."

"둥동의 엄맨 한번 못 그래봤소."

"아이구 나 같은 민준 원 광목이 어떻게 생겼는지."

동리 우물에 저녁물을 길으러 와서는 집에 갈 생각도 없이 팔짱들을

쌍송화 '쌍성화雙成火'의 평북 방언. 잇따라 생긴 성화.

민주 '바보'의 평안 방언.

끼고 이렇게 한바탕씩 벌여놓곤 하였다. 이래야 마음이 시원하였다. 한바탕 웃고 나면 물동이를 일 기운이 없어졌다.

이야깃거리가 끊어져가던 동리엔 새로운 이야깃거리가 생겨 왁자하였다. 젊은 사내들이 밤에 말돌이터로 모이면 또 이야기가 벌어졌다. 어떤 흉측한 사람은

"나두 엿이나 한 가락 사줄까부다" 하고 웃었다.

"좀 작히 그리지 않아두 건넌말 경세관(경세라는 사람과는) 맨 첫번 장날 장길에서 조루드래두만" 하고 말하는 이도 있었다.

"그래 어디켓 답당아" 하고 궁금해서 묻는 이도 있었다.

"경세 고 깍쟁이래 제 돈을 색에" 하면

"날과 그러지. 난 안케늬(엿커녕) 산삼두 사주겠슴메."

낄낄대고 흉측한 소리 잘하는 사람의 소리였다.

"거젱이 살았을 적보다 그 에미넨 입성 잘 입습데."

"상판두 밴둥밴둥 젊어갑데."

이렇게 서로 주고받고 하였다.

"양고새두 안된 놈이지. 아들이 당발한 과부를 건덜어가지고 그러노."

어떤 사람은 점잔을 빼고 이렇게 말해버렸다.

"아들이야 있건 없건 도왔으면 좋았으면 됐지."

긴긴 겨울밤을 닭 울 때까지 담뱃내 속에서 이런 이야기로 헤어질 줄

말돌이 마을돌이. 이웃으로 돌면서 노는 일.
입성 옷.
당발한 장발한. 다 큰.

을 몰랐다.

다른 어떤 말보다도 이런 말감은 더욱 재미있는 말이기 때문이다.

"과부 아 나믄 데 거 어디카갔소."

동려 첩정 영감이 걱정 비슷이 숭굴거리며 이야기하면

"아 안 낳는 법이 있관디" 하는 것은 오초시였다. 이렇게 동리는 이 과부 하나로 법석이었다.

나이 열어덟 된 떠꺼머리총각 키가 구 척이나 될 듯한 투실투실한 대감이란 아들을 이 과부는 두었다. 그 아래로 딸 둘 아들 하나 사 남매나 되었다. 대감은 이런 말을 들을 때마다 얼굴이 붉어졌다. 어미를 때려죽이지도 못하고 속으로 끙끙 앓았다. 농사라고 두어 섬지기를 얻어 부치는 것도 근년에 와서는 대감이 어린 누이 둘하고 다만 셋이서 부쳤다. 과부는 김맬 생각도 아니하였다. 집에 있는 적보다 없는 적이 많았다. 실상은 과부가 집에 있는 것보다 동리에서 이런 소문을 안 듣는 것보다 대감의 집 형편은 퍽 살기가 누그러워졌다. 밭 갈고 재 내는 긴긴 해 삼사월에도 전에 없는 점심을 먹게 되고 쌀이 떨어질 때가 없이 그득하니 채워지곤 하였다. 옷감도 가끔 끊어드렸다.

이것도 다 제 어미의 덕인 줄을 대감도 모르는 바가 아니었다. 그러나 슬그머니 알고 있는 대감의 가슴은 천 갈래 만 갈래 몇어 고요할 줄을 몰랐다.

숭굴거리며 숭얼거리며.
재 내는 재거름(재로 만든 거름)을 밭에 가져가는.

2

아비를 생각하는 마음 어미에게 대한 미움 이것은 그를 전 없이 파리파리 말리게 하는 연유이다.

다른 길을 취하여 꼴 놀리는 것을 안 보자 하나 늙은 할머니와 어린 동생이 있다. 이런 대감은 어미의 하는 짓을 가만히 모르는 체할 수밖에 없었다. 대감의 아비는 대감이 열다섯 때에 죽었다. 교탕부증으로 사 년 동안을 고생하다가 죽었다.

대감의 어미는 남편이 죽은 뒤로 어느 날 하루 평안한 기색을 가질 적이 없었다. 성이 통통히 나서는 공연히 늙은 시어머니에게 화풀이를 하였다. 대감의 할머니는 아무 소리가 없었다. 홀로 남 안 보는 곳에서 분함을 머금고 죽은 아들의 생각을 하고는 울 뿐이었다. 그뿐 아니라 과부댁은 누가 조금만 어떻게 깔깔한 말을 해도 샘을 할 듯이 달려붙고 하였다.

대감의 할머니가 참다못해 소리를 높여 한마디 대답만 하면 과부는 울며불며 죽이라고 달려들었다. 이렇게 과부 된 설움에 못된 생각을 가진 대감의 어미는 점점 더 요망스러워갔다. 어떤 때는 가장 정절이나 있는 듯이 남편 생각에 죽는다고 야단을 치기도 하였다. 대감의 어미는 나이 서른다섯 살이니 아직 그리 늙었다고는 못할 것이다. 그러나 때로는 과부 된 정말 설움이 메어 나왔다. 개가를 꿈꾸기도 하였다. 그러나 이것도 아니다

교탕부증 교통부증絞痛浮症. 비트는 것처럼 몹시 아프고 몸이 붓는 증상.
달려붙고 달라붙고.

하고는 어떻다 말할 수 없는 원한과 울분을 안고 쓰러지고 하였다.

대감의 어미가 양고새를 알아 흉측한 소문을 놓게 된 것은 대감의 아비가 죽은 뒤 이태가 지난 겨울부터이다.

양고새는 쌀장사하는 사람이었다. 돈냥이나 있는 것을 가지고 남의 집 며느리를 둘이나 바려주고 이곳으로 이사 온 지 일 년이 겨우 되었다. 고새는 이 과부에게 눈길이 갔었다.

과부 또한 사내를 싫어하지 않는 터이다. 만나면 남달리 마주보고 얼굴이 뚫어질 듯이 쳐다보고 하였다. 양고새가 집을 이 동리에 두고 오 리나 되는 영성장에서 장을 보고 하였다.

이사 온 후로 가장 살뜰히 양고새의 집을 다닌 사람은 대감의 어미였다. 고새의 마누라는 고새보다 칠 년이나 위였다. 그리하여 고새를 보고 그 마누라를 보면 어미 새끼 같았다. 고새에게는 딸 둘밖에 없었다. 고새는 노란 수염이 난 개름한 사람이었다. 나이 서른다섯 먹은 것이 있는 사람이라 늙어 보이지 않았다.

대감의 어미는 고새 마누라와 좋아하였다. 일도 도와주었다. 고새는 과부 다니는 것을 싫어하지 않았다. 빨래 같은 것이라도 그 마누라를 보고

"빨래는 건넌집 사람보구 좀 해달내지" 할 적이 많았다. 마누라를 생각하는 것보다 대감의 어미가 자주 다니는 것이 퍽 좋았다. 올 적마다 이 과부는 수건 하나나마 바로 쓰고 왔다. 고새는 과부를 볼 적마다 슬금슬금 웃는 빛을 보였다. 과부는 다른 동리 사람이 맡지 못하는 좁쌀을 그냥 맡아 갔다. 대감의 할머니는 젊은 과부 며느리가 낯선 집에 자주 다니는 것을 재미없이 알았다. 그러나 품팔이한다고 꼬장스럽게 대답하는 며느

리를 어떻게 할 수 없었다. 이때부터 동리에선 이 과부를 유심히 보았다. 과부는 이런 줄도 모르고 고새의 집에 자주 출입하였다. 동리 어떤 영감은 미리부터 고새란 간악한 놈인 것을 알고

"젊은 과부가 일이 날까보다" 하였다. 영성장은 하루 엿새에 섰다. 고새는 이른 아침 장에 가면 으레 뒤를 따라간 것은 과부였다. 장에 가면 쌀을 고르는 핑계를 하고 말도 하고 웃기도 하고 정이 들 대로 들었었다. 동리 장꾼은 미리부터 이런 꼴을 보고 수군수군 웃고 싱글거렸다.

고새가 이 동리로 이사 올 적에 그 마누라는 배가 불러왔었다. 이사 온 지 석 달이 되어 마누라가 몸을 풀게 되었을 때 고새는 으레 과부를 청했다. 산모의 뒤를 며칠 좀 보아달라고 부탁하였다. 고새가 부탁하지 않아도 나서서 일을 해주고 싶어하던 과부는 마음이 그뜩하였다.

고새는 동리 사람들이 자기나 과부에게 대하여 어떻게 생각하는지 모든 것을 잘 알고 있었다. 그러나 계집이란 마음이 한곳으로 쏠리면 으레 다른 곳은 돌보지 않는 법이다.

이 과부는 아직 동리 사람들이 수군대는 눈치를 눈치도 못 채었다. 언제인가 시어머니가

"굶어도 집에 있지 놈들 시비 듣기 싫다"고 말하고는 며느리가 성내는 꼴이 보기 싫어서 훌쩍 나가버렸다. 그 뒤로 대감이

"벌어야 몇 닢 벌겠소. 정참 집에 좀 있수." 이렇게 권하였다. 과부는 성이 통통 나서 대감을 잡아먹을 듯이 악을 썼다.

정참 점심때.

"응— 이놈아 새끼 너 잘 군다. 집에 있으라구 에미 밥술도 못 먹게 할 테냐 이놈아 새끼야."

3

대감은 미리 이럴 줄은 알았다. 그러나 얼굴을 들 수 없이 망신을 당하는 것을 생각하면 어미를 노끈으로 잡아매두고 싶었다. 대감은 어미가 금방 불덩어리가 치미는 듯이 펄펄 날뛰는 것을 보고는 훌쩍 나가버렸다. 과부는 더욱 분이 나서 저 혼자 악을 썼다. 성난 김이라 할 말 못할 말 되는대로 분을 풀려 하였다.

그러나 누구라 듣는 사람이 없었다. 근처 집에서는 과부의 야단치는 소리에 "떠데 과부 성이 났다" 하고 서로 비웃는 판이다. 과부는 성이 좀 풀린 뒤에 시어미와 대감의 말을 생각해보았다. 여태껏 저는 그러리라고는 생각지도 않았던 남의 시비란 소리에 가슴이 찔렸다. 그러나 이 찔린 것이 어찌할 수가 없었다. 이 소리는 이미 들은 고새의 정에는 그 힘이 미칠 수 없었다. "어린것 데리고 살아가노라면 시비 들을 적도 있지. 내 몸이나 바루 가졌으면 되지" 하는 것이 과부의 생각이다. 스스로 제 몸을 용서하는 과부의 마음은 무엇에나 조금도 눌릴 것이 없이 보였다. 그러나 양고새를 보고 서로 눈짓을 하며 웃던 것과 그 언제인가 고새가 제 손목을 잡던 것과 제가 이때껏 생각하여온 것과 모든 것이 이 얼굴에 내돋치는 천연한 그것과는 맞지 않았다. 그는 곧 기운이 없어지는 듯하였다.

그러나 양심도 시비도 다정에는 항복하고 마는 것이 과부였다.

과부는 더욱더욱 그 행동이 혼골어져갔다. 이럴 적마다 동리 시비는 더 커갔다. 그러나 이 과부는 바로잡을 시비는 못 되었다. 그런 힘을 가지지 못하였었다. 대감의 할머니는 제 며느리 꼴이 틀려가는 것을 보고는 일절 며느리와 말을 하지 않았다. 대감도 제 어미더러 이렇다니 저렇다니 말이 없었다. 과부는 그 꼴이 오늘과 내일이 달라졌다. 예전 대감의 어미는 아니었다. 거젱이 살았을 때의 대감의 어미는 아니었다. 점점 남의 사내하고 막 농을 하였다.

동리에서는 "이제야 팔난봉인데 난봉이야."

"삼십 과부 난봉나면 야단이지."

이런 소리로 과부의 상판에 침을 뱉을 듯이 놀렸다. 흉측한 사내들은 이 과부의 궁둥이를 따라다니게 되었다. 과부는 저도 내놓은 난봉인 것을 알게 되었다. 이럭저럭 내놓은 걸음을 돌이킬 힘을 얻지 못했다. 고새의 마누라는 또 딸을 낳았다. 고새는 마음이 좋을 리 없었다. 이번 해산에는 한 번도 들여다보지 않은 것만 해도 고새가 좋지 않았던 것을 알 수 있다. 고새는 슬그머니 아들 없이 죽을 생각을 하면 더욱이 과부를 생각하였다. 딸을 셋이나 본 고새는 아들 볼 생각이 와락와락 났었다.

아들 볼 생각에 풀어지지 않는 것은 과부였다. 이러한 고새는 드디어 마음을 정하였다. 이 과부를 후려넘기기에는 아무 힘도 들 것이 없을 것을 안 고새가 하지 못할 말을 입에 내어 뜻을 과부에게 알린 것은 고새

팔난봉 온갖 난봉을 부리는 사람.

마누라가 몸 푼 지 사흘째 되는 날 밤이었었다. 고새는 이런 일에 능숙한 사람이라 꽃 같은 젊은 색시를 홀려 넘기던 고새는 이제 제 맘을 두고 다니는 과부 하나 같은 것은 아무것 힘들 것이 없었다.

고새 마누라가 진자리에서 잠든 틈을 타서 이 일을 저줄더로 놓았다. 물론 과부는 조금도 꺼리기는 멋이 없었다. 마땅히 할 짓을 하는 듯이 그는 태연하였다. 그들은 하지 못할 짓을 이루어놓고도 천연하였다. 고새는 과부에게 그의 마음에 있는 것은 모두 이야기해주었다. 과부의 마음이 더 고새에게 들도록 함이었다. 아들 하나만 낳아주면 논을 베어준다거니 좋은 집을 지어준다거니 대감의 먹을 것도 넉넉히 주고 집이 넉넉히 살도록 해준다거니 여러 말을 다 하였다. 과부는 이런 말을 듣고 나서는 천하나 얻은 듯이 좋아하였다. 사람이란 먹고만 사는 동물이라면 이 위에서 더 좋은 것이 이 과부에게는 없을 것이었다. 이날 밤에 서로가 그러한 일을 해놓은 뒤로는 본부 본처 그와 같이 그들은 사흘이 멀다 하고 한자리에서 즐겨 하였다. 고새 마누라가 눈치를 채지 못할 한도에서 그들은 짐승같이 장난을 하였다. 과부에게는 그럴 것이었다. 대감의 아비가 죽은 지 삼 년이 되었음에 그동안 일어나는 성욕의 충동은 그야말로 생명을 갈아먹는 듯이 안타까운 적이 많았다.

진자리 아이를 갓 낳은 그 자리.
꺼리기는 거리끼는.
멋 꼭 그렇게 할 흥미나 필요성.

4

삼 년 동안이나 사내 맛을 모르던 과부는 한번 허락한 것이라 남이 있는 것 없는 것 가리지 않고 불을 본 풍뎅이같이 덤벼 이 성적 만족을 찾았다. 고새도 남의 젊은 과부를 데리고 그러는 것이 얼마큼 그에게는 향락을 주었다. 아들 보자는 그 생각보다도 향락이 더 큰 목적이었다. 고새와 이 과부에게는 이런 기회는 많았다. 많은 것보다 지어낼 수가 얼마든지 있었다. 고새 마누라가 이것을 알면 큰일이었다. 그러나 이것은 몰랐었다. 고새 마누라는 이런 것을 알려고 할 사람이 아니었다. 안다 해도 그대로 보고 지낼 사람이었다. 더욱이 딸을 셋이나 낳고부터는 고새를 볼 낯이 없는 것이 그는 더 숙어졌다. 저도 이제는 어린애 낳을 때는 다 된 듯이 생각되어 남편의 일에 아무 말을 할 사람이 아니었다. 동리에서는 이런 일이 있으리라고는 짐작했겠지만 정말로 이런 일을 알아 들추어낸 사람은 없었다. 전부터라도 동리에서는 과부를 고새의 작은마누라 격으로 생각 안한 것이 아니었으나 고새의 마누라가 해산할 적에 진자리를 차려 이 과부가 닷새나 고새의 집에서 자고 먹고 하였다는 말을 듣고는 그들은 더욱이 이 과부를 달리 보았다. 어드런 경험 있는 사람의 눈으로 본다면 이 과부에게 어떤 전과 다른 변화가 있었을는지도 몰랐다.

과부도 처음 고새에게 그 몸을 허락할 때만 하여도 이 일을 어떻다고

숙어졌다 기세가 약해졌다.
어드런 어떤.

하고 어이할 바를 몰라한 적이 한두 번 아니었다. 그리고 처음에 있어서는 퍽 마음의 가책도 있었다. 남들을 생각하여 문득 자기 행동이 죄 되는 줄도 모름이 아니었다. 고새를 자기의 정절을 깨트린 사내를 밉게 생각한 적도 없지 않았다. 그러나 이것도 회를 거듭함에 점점 식어갔다. 동리에서는 이 과부 하나를 두고 그 우수수 떠듦이 여간이 아니었다. 이러는 안에서도 과부와 고새의 향락을 위한 그들의 모임은 끊이지 않았다. 고새는 이 과부를 두고 생각한 것이 있었다. 이것은 벌써 과부의 몸에 제 씨가 들어갔을 것을 미리 짐작한 것이었다. 그리하여 이 과부를 어느 남 모르는 다른 곳으로 보내고 먹을 것을 당해주는 것이다. 그러나 고새의 생각에는 이 과부를 결코 첩으로나 살리자고는 한 것이 아니었다. 고새는 영리한 사람이다. 이 되고 해되는 것을 다 알고 있는 사람이었다.

고새와 과부와의 새에 그들의 부둥켜안음이 비롯된 후로 넉 달이 지날 때에는 과부는 과부가 아닌 것을 저 스스로도 알았다.

이때까지라도 그들은 그들의 남모르는 재미를 계속하여왔던 것이었다. 대감이와 대감이의 할머니도 제 며느리가 제 어미가 벌써 집에 과부 어미 과부 며느리로 있지 못할 것을 짐작하였다. 그러고는 남이 숭하다 하고 그들은 한탄할 뿐이었다. 더 어떻게 할 재조를 알 수 없었다. 어서 하루라도 이 과부가 집을 떠나 숫제 남의 종이 되든 첩이 되든 제 아비 제 아들의 죽은 이름을 들추지 않기를 바랐었다. 과부는 입맛이 달라진 것을 남이 알까보아 두려워하였다. 그 밖에도 제 몸에 하나씩 둘씩 일

당해주는 대주는.

어나는 변화를 남이 알까봐 두려워하였다.

이런 일은 남모르게 지나갔으면 좋으련만 세상이란 그런 것이 아니었다. 동리에서는 벌써 눈치를 밝히고 어느 누가 먼저 말했는지 알 수도 없이 많이 떠도는 구름같이

"저 집 과부는 아이 가졌다더라" 하는 소문이 떠돌기 시작하였다. 고새도 과부도 대감이도 대감의 할머니도 다 이 말을 한 번이라도 들었을 것이었다. 그러나

"이놈들아 누구래 어드래 아가리에 똥 들어간다"

소리를 칠 사람들이 못된 것은 곡절이 숨었었다. 고새는 영리한 사람이다. 오랜 일을 끌어가지고 움질거리는 것보다 하루바삐 세상에 알리는 것이 나은 줄을 았았다. 이런 소문이 돌기 시작한 때 고새는 종용한 틈을 타서

"이제 여기 있지 말구 개천다리 내 집을 하나 얻어두었으니 거기 가 있게 하지" 하였다. 과부는 다 안다는 데에는 가슴이 능큼 뛰었다. 과부는 혼자 생각에는 "세상 사람들이 다 알겠지" 하였으나 고새의 입에서 이런 말이 나오고 제가 하여온 일을 사람 앞에 내어놓게 된 것을 생각함에 놀라지 않을 수 없었다. 놀라는 것보다도 무섭고 진저리가 끼쳤다. 살짝 없어지는 재간이 있었으면 하였다. 그러나 인제는 내놓은 판에 할 수가 없었다.

"그렇게 합세다그려. 아이-구."

종용從容한 고요하고 조용한.

그는 한숨을 쉬었다.

"내 한 당거리에 쌀이나 한 말씩 갖다주지. 그렇게 하구."

말을 못 맺고 그만두었다.

과부도 더 할말이 없었다.

이런 소문은 과부와 고새와 대감이와 대감이의 할머니를 머리를 못 들게 하였다. 그들은 마치 죽으러 가는 양 모양으로 세상에 고개를 들고 있지 못하였다. 그래도 고새만은 빤둥빤둥하니 굴었다. 이런 소문이 동리에 퍼진 지 열흘이 못 되어 그리고 고새가 과부더러 개천다리로 가라는 말을 한 지 닷새가 될락 말락 하여 과부는 이 동리를 떠나버렸다. 남 하나 아는 사람 없이 제집 인간들도 모르게 이 동리를 떠나버렸다.

고새를 내놓고는 며칠 동안을 그가 죽었는지 살았는지도 몰랐다. 동리에서는

"과부래 도망갔대." 이런 소문이 뒤를 이었다. 대감이도 과부 어미를 찾으려고 하지 않았다. 있는 것이 없는 것만 못하였다. 헴이 든 대감이가 제 어미의 그 더러운 시비를 듣는 것보다 차라리 깨끗이 없어진 것이 나았었다.

한 가지는 이런 소문이 들자 고새 마누라의 귀에도 이 말이 가지 않을 수 없었다.

한 당거리 장이 설 때 한 번씩 걸러서. '당'은 '장'의 평북 방언.
빤둥빤둥하니 아무 일도 하지 않고 놀며 염치없이.
인간 '식구'의 평북 방언.
헴 '철'의 함북 방언.

고새 마누라는 아무 말이 없었다. 계집의 마음으로는 말다툼이라도 하였을 것이다. 그러나 누가 이 고새 마누라의 말썽 높이는 것을 들은 사람이 없었다. 동리는 흥에 겨워 시비하던 말거리가 우숭숭한 수수께끼가 되어버렸다.

과부가 달아난 지 엿새가 되어 동리 한 사람이 과부를 보았다는 말을 하였다. 이 말은 동리 사람의 귀를 기울게 하였다. 대감이네도 이런 말을 듣게 되었다. 동리 사람들은 하나둘 건너가 과부가 개천다리에 있다는 것을 다 알게 되었다. 개천다리는 이 동리에서 이십 리 나가면 있는 장모임하는 조그마한 거리였다. 고새가 이곳에 과부를 갖다두었었다.

그 후론 동리 사람들이 하나둘 과부를 보고 와서는 "배가 앞 남산만 합데." 더러는 "아들이나 낳겠나." 또 어떤 사람은 "고새네 아들이 태우나." 고새를 미워하는 사람도 있었다. 동리 여편네들이 무명이나 장소물을 가지고 개천다리 장에 갔다가 와서는

"과부 봤지. 바로 입성두 잘 입었습데" 하고 자랑삼아 말하였다. 어떤 노친네는 "들어가봤습마" 하고 빙긋이 물었다. "암마 동짓달 쯤은 막달이 되겠습데다." 이렇게 그들은 과부의 말을 입에 내리지 않았다.

이럴 때는 여름이었다. 전 같으면 대감이 있으나 없으나 한자리에서 같이 밥을 먹던 어미가 살아 이별을 했거니 하면 누구에게 돌이켜야 될지 알 수 없는 원통한 것과 울분한 것이 치밀어 슬그머니 눈물이 고이곤 하였다. 대감의 할머니도 아들 생각 그리고 집 생각 뒤섞여 나는 생각의 비애에 울어 늙은 얼굴이 부은 적이 한두 번이 아니었다. 대감의 아래로 어린것들이 울고불고하였을 것도 말할 것이 없었다. 대감의 아래로 누이

둘이 있어서 밥은 지었다.

과부는 개천다리로 온 뒤부터는 늘 울었다. 안 나는 전남편 거젱이 생각이 나고 집안 생각이 나고 맛 못 본 비애가 복받쳐 그리 시원한 살림을 못했다. 밥도 혼자 잠도 혼자 남한테 손구락질—이 모든 것은 과부의 살을 내리게 하였다. 이상한 것은 고새가 이곳 온 뒤로 하룻밤이라도 온 적이 없었다. 먹을 것은 주었다. 그러나 와서 같이 밥 먹은 적이 없었다.

과부는 여름 더운 때에 땀을 붓다가도 집에 돌아기 시이미니하고 아들들 데리고 농사하고 김매면 얼마나 좋겠소 하고 생각한 적이 한두 번이 아니었다. 고새도 과부가 이미 지은 죄를 텃쳐버리고는 제게 달려 있지 않을 것을 알았다.

과부는 불러오는 배를 안고 이 개천다리에서 정배살이를 하였다. 바로 유월 어느 날이다. 대감이와 대감이 할머니는 이날 더욱 맘이 좋지 않았다. 저녁이라고 노—란 조밥 오이냉국 한 사발—곤한 사람에게는—주린 사람에게는 이것도 맛있었을 것이다. 그러나 이날은 목이 타오르고 가슴이 부극거려 밥을 먹을 수 없었다.

죽은 아들 생각 도망간 며느리 생각에 늙은이는 그만 숟갈을 들었다가 눈물이 쏟아져

"야— 거정이 년석아— 야— 대감이 어미……"

말끝을 못 맺고 울었다. 목이 메어 울었다.

텃쳐버리고는 떨쳐버리고는.
정배살이 귀양살이.
부극거려 부글거려.

대감이 또— 울었다. 옆에 있던 것들이 곡절을 모르게 울음이 터졌다. 그들은 그칠 줄을 몰랐다.

"얘 그놈을 죽여야!" 원통스럽게 몽석을 피는 것은 대감이었다.

여름날 날은 흐렸다. 하늘에 검은 구름이 흩어지고 그 새로 별빛이 흘렀다. 좁다란 뜰 앞에 어둠은 들었다. 모기가 일었다. 그래도 대감의 집 좁은 뜰 안엔 찾아드는 어둠과 같이 설움이 더 어리어졌다.

대감은 갈수록 더 화가 올랐다. 드디어 일어서 작대기를 들고 고새의 집으로 달아갔다. 대감의 할머니도 일어섰다. 대감의 누이동생 둘 아우 하나 모두 일어서 대감의 뒤를 따라 울었다.

여섯 사람은 고새네 집에 들어갔다.

넓은 뜰의 방석에 모깃불이 붙었다. 대감은 작대기로 뜰을 때리며

"이놈아! 야 이놈아." 통곡이 터져 나왔다.

작대기로 고새를 하나 후려갈겼다. 고새는 일어나 작대기를 잡고 대감을 붙잡는다.

"야 이 도적놈아." 고새도 성이 올랐다.

"야 이놈아! 내……" 늙은 노친네의 통곡이다.

고새를 부데 끌어당긴다. 아이들이 더욱 울었다. 고새 마누라 어린아이들 또 고새를 부데잡고 울었다. 대감이와 고새는 서로 뭉켜 돌아간다.

"야— 이놈아…… 야 이놈아."

달아갔다 '달려갔다'의 함북 방언.
뭉켜 뭉쳐.

말을 못하고 우는 것은 대감의 할머니다. 옆집에서 앞집에서 동리 사람들이 와— 하고 모인다—넓은 뜰에 그뜩 들어섰다. 아이 어른 여편네 사내 할 것 없이 빽 둘러섰다. 고새와 대감이를 말려 떼어놓았다. 고새는 달아나버렸다. 고새의 마누라는

"글쎄 괜히 그러지 않우" 하며 어쩔지 모른다. 고새의 울던 딸들도 울음을 멈추었다. 그러나 대감이와 노친네는 죽을 듯이 땅을 치며 울었다. 아이들은 울음을 그쳐버렸다.

"여보— 노친네두 그러면 어찌하겠소" 하며 어쩌라고 이 말 하였다. 노친네는 울음 섞인 말소리로 "거정이 생각과 그년 생각과 요놈을 잡아먹고!" 하고 또 울었다. 대감이는 말도 못하였다. 그저

"이놈아! 아버지" 하며 울 뿐이었다. 밤은 깊었다. 사람도 하나둘 헤어졌다.

그러나 대감이의 인간은 갈 줄을 몰랐다.

이 자리에서 꺼지려는 듯이 움죽하지 않았다.

그들의 울음에도 믿음이 있었다. 닭이 꼬꼬 울 때에 으슬렁으슬렁 집으로 돌아왔었다.

고새도 어이없어 모든 것이 뉘우쳐 여섯 사람의 살을 떼어 먹은 것처럼 제가 사람 같지 않은 생각에 잠을 못 이루었다.

이후로는 대감이도 다시는 고새에게 행악을 하지 않았다. 고새도 기운이 죽어졌다.

5

과부는 동짓달 바로—초하룻날…… 몸을 풀었다. 고새도 알리지 않고 옆집 할멈을 곁에 두고 그는 그 죄를 텃쳐버렸다. 애기를 낳은 지 하루를 지나서야 고새를 청하여 왔다. 고새를 섭섭하게 만든 것은 이 죄를 쓰고 나온 애기가 계집애였던 것이다. 이 애기가 아들이었다면 고새는 여태 가슴을 앓던 후회도 조금 줄어질 것이 그만 더 돋아놓았다. 과부는 안고 있던 죄 뭉치를 토해놓았으나 더욱 그는 해골같이 상해 들어갔었다.

"국이나 잘 먹지." 고새는 과부에게 이 말 한마디 하였다. 고새는 사흘 동안 과부의 옆에서 지냈다. 남을 위하여 죄를 낳게 한 사람인 고새는 그 헌신짝 버리듯 떠날 수가 어려웠던 이였다.

동리에서는 고새가 개천다리로 간 것과 때가 동짓달 과부의 막달인 것을 알고 짐작하였다. 고새 마누라의 입으로 과부가 딸 낳았다는 말이 나왔다. 동리에서는 벅작 고았다.

대감이도 이 말을 못 들을 리가 없었다.

그 후 한 달이 되어 과부는 고새에게 어린 딸을 주었다. 고새도 더 과부를 데리고 있으려 하지 않았다. 고새 마누라는 좋을 리가 없었다. 제 새끼도 아닌 것을 귀찮게 시종을 서게 되었었다. 고새는 양젖으로 이 과부의 딸을 기르려 하였다.

어려웠던 이理였다 어려웠던 까닭이었다.
벅작 고았다 법석대며 떠들었다. '벅작'은 '법석'의 평북 방언, '고다'는 '떠들다'의 평북 방언.

"내 팔자에 아들이" 하고 과부를 생각하고 과부의 딸을 생각하고 상을 찌푸리곤 하였다. 이 과부의 딸 이름을 행렬에 따라 숙녜라는 아름다운 이름을 붙여주고 곱비라고 불렀다.

과부는 개천다리에서 또 알 수 없는 곳으로 가버렸다.

그 후론 동리에서 이 과부나 고새나 대감에 대한 소문을 말하는 이 없었고 듣고자 하는 이도 없었다. 곱비를 볼 적에 과부를 생각하곤 하였다.

그 후론 일 년이 지나 대감이는 이 동리에서 사십 리나 떨어져 있는 마다리에 이사를 갔었다. 과부는 도로 들어와 과부 어미가 되었다. 두루 별별 것을 다 지나본 과부는 예전 과부는 아니었다. 시어머니에게 아들에게 그는 며느리요 어미가 되었었다. 이곳은 해변이다. 농막에서 생각지 않던 으늑한 살림을 하는 그들은 지나간 옛일을 제가끔 생각하고는 마음을 언짢아하였다. 대감의 혼삿말이 일어나고 갓난이 시집 터가 생겼었다.

고새는 이런 말을 벌써 듣고

"흥!" 웃을 뿐이었다.

동리에서는 한끝만 가보고 한껏 넌중스러워

"제 에미 제 새끼 다릇습."

"다르쿠 말구. 그것도 에미라구."

"그렇게 색기가 좋대디."

"그렇게 에미 구실을 하구두 념치 있나."

"제 에미 제 새끼 무슨 일 있갔게."

"대감이두 머리가 큰 것이 그 에미 아니면 못 살겠기에 그렇게 망신을 하구두 또 같이 있나."

"그 노친네는 어드른대노."

"아이-구 말 마루 너무 도와서."

"말도 안 하던 며느릴……"

"전과는 다룻대니께네. 일을 잘해두 어방업시 잘한대. 또 대답이 없대."

"화가 복 됐군."

"별 변두 다 있다."

"그 과부 난봉날 적에야 누구례 저럴 줄 알았겠소."

"글쎄 말이지."

"고새가 들으면……"

"왜 모를꼬. 그 곱비를 보고는 한탄을 한대."

"안 그러겠소 고새두……"

"과부나 고새두 팔자지."

"그 과부 팔자두 무던해."

"그런 팔자가 또 어디 있겠게."

"이제 잘살면 또 팔자야."

"팔자구말구! 넷말하겠수다."

"과부례 곱비 생각이 나겠지 암마?"

"새끼 생각이 안 나겠소."

"데례다 기르지 그걸."

어방없이 어림없이.

"아—니 여보 그걸 어떻게 하갔소."

"노친네 대감이…… 아—니 아덜이 점직해서…… 원……"

"에미 새끼 팔자두 또 무—던해."

이렇게 동리에선 또 끊어졌던 과부의 헛소문이 터졌다. 그러나 과부와 대감의 귀에는 이런 소문이 들릴 리가 없었다.

그들은 그 후론 오직 농막에서 자고 깨고 할 뿐이었다. 과부의 헛소문도 슬슬 녹아버리고 과부나 고새나 오직 곱비—그 어린것을 새에 둔—슬픈 팔자를 서로 홀로 한숨으로 되었을 것이다.

점직해서 부끄럽거나 쑥스러워서.

해설

욕망의 서사와 소문의 활용

1930년에 발표된 백석의 첫 문학작품인 소설 「그 모와 아들」은 과부와 유부남의 성적 일탈을 다룬 작품이다. 삼 년 전 남편을 잃고 큰아들인 '대감'을 비롯해 2남 2녀의 자식을 데리고 시어머니와 함께 살고 있는 대감 엄마 앞에 딸 둘에 칠 년 연상의 아내를 둔 '양고새'란 이름의 남자가 나타나면서 사건이 전개된다. 대감 엄마는 자신과 동갑내기 유부남인 양고새에게 호감을 갖고, 양고새는 아들 생산을 핑계로 과부를 유혹한다. 둘은 점차 친밀해지고 마침내 성적 욕망을 불태운다. 그러다 대감 엄마가 임신을 하고 배가 불러오자 양고새는 동네 사람들의 눈길을 피하기 위해 그녀를 멀리 떨어진 곳에 보내 살게 한다. 홀로된 그녀는 전남편과 가족들 생각에 괴로워하고, 엄마의 행실을 창피해하던 대감의 가족은 분을 이기지 못하고 양고새에게 달려가 그를 흠씬 혼내준다. 한바탕 소란이 벌어진 후 양고새는 자신의 잘못을 뉘우치고, 혼자 지내던 대감 엄마는 딸을 낳아 양고새에게 건네준 뒤 가족의 품으로 돌아온다.

이 소설의 근저에는 남아선호라는 구시대의 가족 풍속이 깔려 있다. 양고새는 아들을 낳아주면 후한 보상을 주겠다는 미끼로 과부를 유혹하고, 양고새의 아내는 딸만 셋을 낳아 남편에 대한 통제력을 상실했으며, 과부와 양고새의 외도는 딸의 출산으로 허무하게 종결된다. 하지만 이 소설이 남아선호사상이나 이를 부추기는 사회환경에 대한 고발에 초점을 맞춘 것이라고 보긴 어렵다. 백석은 당대의 사회환경을 예리하게 드러내면서도 궁극적으로는 인간의 욕망에 초점을 맞추고 있다.

이러한 의도는 과부와 양고새 두 사람의 심리와 행동에 대한 묘사에서 잘 드러난다. 남편이 죽은 뒤로 설움에 차 공연히 화를 내곤 하던 과부가 양고새에게 점점 빠져들어 가족들을 내팽개치게 되는 심리 변화가 자세하게 그려지고, 양고새가 과부에게 조금씩 접근하다 아내의 해산을 계기로 집으로 불러들여 유혹하는 일련의 과정도 자연스럽게 전개된다. 이어서 두 사람이 성적 향락에 몰두하는 대목도 욕망의 실체와 본질을 날카롭게 들춰낸다.

그러나 그 이후에 전개되는 일련의 사건과 두 사람의 심리 변화는 그에 비해 다소 갑작스러운 면이 있다. 고새의 아이를 임신해 혼자 지내는 과부가 가족과 전남편을 그리워하는 대목이나 대감네 가족이 바람난 엄마를 미워하다 갑자기 양고새를 찾아가 분노를 터뜨리는 대목, 그리고 그들의 행동에 양고새가 갑자기 자신의 잘못을 뉘우치는 대목 등은 충분한 필연적 계기 없이 작가에 의해 일방적으로 제시된다. 그전까지 능숙한 솜씨로 전개되던 과부와 유부남의 일탈에 빠져들던 독자들은 갑작스러운 전개에 다소 어리둥절할 수밖에 없다. 백석은 이 소설을 통해 성적 욕망이라는 인간의 본능과 가족의 윤리 사이에서 흔들리는 삶의 모습을 그리면서 궁극적으로 본능을 넘어선 가족공동체의 소중함을 드러내고자 한 것으로 보인다. 하지만 실제 소설의 형상화 과정에서는 인간 본능의 표출이 훨씬 두드러지게 구현되어 있다. 백석이 추구하고자 한 가족공동체의 소중함은 그뒤에 발표된 시를 통해 실현된다.

하지만 이러한 소설적 결함은 인상적인 이야기 전달 방식을 통해 다소 만회된다. 이 작품은 시작과 끝이 소문으로 장식되어 있다. 전자는 과부의 바람난 행동, 후자의 소문은 과부가 집으로 돌아온 후의 뒷이야기에 대한 것이다. 소문은 사실이면서 허구인 이야기이고, 그 양가성이 소문을 흥미롭게 만든다. 또 소문은 개연성보다 새로움과 흥미가 중요하므로 인과관계가 불확실하다. 두리뭉실한 이야기 덩어리이면서 새롭고 흥미로운 것이 소문의 본질인 것이다. 이 작품의 서두와 말미에 배치된 소문은 이러한 소문의 특성을 소설의 형식 안에 녹임으로써 효과를 거두고 있다. 서두에 제시된 과부의 바람에 대한 소문은 호기심을 자극해 독자를 소설 속으로 끌어들이는 역할을 하고, 소설 말미의 가족 간의 화해에 대한 소문은 다소 작위적이고 불분명한 결말을 적절한 형태로 전달하는 기능을 한다. 바람이 났던 과부가 가족들과 다시 잘 지내게 된다는 이야기가 호기심을 불러일으키는 소문의 형태로 제시됨으로써 그 필연성에 대한 의문을 자아내기보다는 상상의 여지를 남기면서 소설의 결말에 여운을 주는 것이다.

또 하나 주목되는 것은 그 소문을 전하는 인물들의 대화가 평안도 방언으로 구사되고 있는 점이다.

"경세 고 깍쟁이래 제 돈을 색에" 하면

"날과 그러지. 난 안케니 산삼두 사주겠슴메."

낄낄대고 흉측한 소리 잘하는 사람의 소리였다.

"거젱이 살았을 적보다 그 에미넨 입성 잘 입습데."

"상판두 밴둥밴둥 젊어갑데."

이렇게 서로 주고받고 하였다.

마을 사람들이 바람난 대감 엄마의 행실에 대한 입소문을 주고받는 소설 서두의 한 장면이다. 평안도 특유의 어미가 살아 있어 그곳 사람들의 투박한 억양이 고스란히 전해진다. 평안도 구석진 마을의 정취를 물씬 풍기는 이러한 대화는 폐쇄적인 공간 안에서 소문이 삽시간에 유포되는 상황을 효과적으로 드러낸다. 또 날것 그대로의 토속적인 방언은 인간의 본원적인 욕망을 생생히 환기시킨다.

백석은 생애 첫 문학작품인 이 소설에서 인간의 들끓는 욕망을 정확한 소설 언어로 들추어냈으며, 소문을 활용한 이야기 전달과 방언을 활용한 대화의 구사로 우리 현대소설의 이른 시기에 개성적인 형식의 단편소설 하나를 남겨놓았다.

마을의 유화遺話

양아들네 부처는 덕항 영감과 저척 노파를 쥐나 누더기로 여겼는지 모른다. 그러기에 말만한 웃간 냉방에 이 구석에는 누더기가 꿍그리고 있고 저 구석에는 쥐들이 살림을 하는 곳에 영감과 노파를 둔 것이다. 덕항 영감과 저척 노파가 쭈그리고 앉은 것이나 꾸부러치고 누운 것을 두고는 누구나 누더기 꿍제기라고 보았으나, 그리고 사람 먹던 것을 쥐가 먹어도 질색하는 세상에서 영감과 노파는 쥐 먹던 것을 먹고도 아무 말이 없었으나, 이상한 일인지 모른다. 아무리 해도 사람은 누더기나 쥐가 되지는 않았다. 이 늙은 영감 노파가 누더기나 쥐가 되기에는 몇 해나 걸리는지 모르나 삼십 년쯤을 가지고는 사람이 누더기나 쥐가 되지 못하는 것만은 분명하였다. 영감 노파는 얼마나 구석에서 말이 없는 누더기가 되

꾸부러치고 꾸부러뜨리고.
꿍제기 '꾸러미'의 평안 방언.

고 싶었는지 모른다. 자배기 속의 쥐가 얼마나 부러웠는지 모른다.

누더기 그것은 추울 근심이 없었다. 영감 노파의 귀와 발이 어는 방 안에서도 그것은 귀와 발이 얼 줄을 몰랐다. 영감 노파는 사시나무 떨듯 떠는 때라도 그것은 언제나 사지를 편 놈은 편 채로 꾸부린 놈은 꾸부린 채로 까딱하지 않았다. 영감 노파는 종내 누더기의 신세를 지지 않으면 안 될 때가 왔다. 얼어 죽갔구나 하고 덕항 영감이 먼저 발부리에다가 누더기를 덮었다. 다음엔 저척 노파가 허리 위로 그것을 끌어당긴 것이다.

쥐 그것은 배고픈 세상을 몰랐다. 콩을 먹다가는 팥을, 싫어지면 어디선지 하이얀 입쌀을 날라다 먹었다. 두 늙은이가 끼니를 빼고 곯은 배를 잘라매는 때에도 쥐들은 잔치를 벌이는 일이 있었다. 두 늙은이의 입에서는 잊어뜨린 맛난 것을 그들은 동안이 뜨지 않게 먹고 영감 노파가 못 가는 마을의 대사집에 그들은 마음대로 출입하였다. 가난한 사람이 넉넉한 사람의 덕이나 입듯이 영감 노파는 쥐의 덕을 입을 때가 왔다. 쥐구멍가에 커다란 비웃청어 한 개가 놓인 적이 있었다. 끼를 굶은 저척 노파는 아이구 시장해 하고 청어 한 개를 집어서 두 조각에 놓은 것이다.

슬픈 일이었다. 덕항 영감과 저척 노파는 그렇게도 되고 싶은 누더기와 쥐가, 되지 않고는 못 배길 누더기와 쥐가 좀처럼 되지 않았다. 그것은 영감 노파가 누더기와 쥐보다 한층 높은 인간인 까닭인지도 모르나

잘라매는 잘록할 정도로 끈으로 단단히 동여매는.
동안이 뜨지 않게 시간적 간격이 오래지 않게.
대사집 큰일을 치르는 집.
비웃청어 청어. '비웃'은 청어를 식료품으로 이르는 말.

까닭인즉 누더기와 쥐가 어떤 인간보다는 적어도 영감 노파가 그것인 그 인간보다는 한층 위에 있는 때문이었다.

영감과 노파는 생각하였다—환생을 하여야 하느니라고. 원수의 죽음이 왜 오지 않을까고. 덕항 영감과 저척 노파가 죽지 않는 것은 이상한 일이 될 수 없었다. 그것은 목숨이 하늘에나 달려도 달렸을 것이라고 해도 좋으나 영감 노파는 인간이 아닌지 모른다고 해도 좋으나 영감 노파가 죽음을 피하는 것이 아니고 죽음이 영감 노파를 피해 살아가는 까닭이었다. 대체 죽음이란 것이 인간을 무서워 피하는 일이 있기는 한 것이었다. 세상에도 웃지 못할 일이 있다.

웃간에는 불김이 올라오지는 않았다. 쥐와 누더기에게는 불김이 소용없었다. 영감 노파의 몸 가운데 있는 물기라는 물기가 모두 얼어버리기만 하면 그만이었다. 땅만 해도 겨울이 되면 얼고 도랑과 웅두리와 시내와 바다까지도 모두 얼어붙지 않나. 그래도 바다는 살고 시내도 살고 땅도 살아 있지 않나. 겨울이 되면 영감 노파의 몸 가운데의 물기는 얼어붙을 줄 알았다. 땅이 굳어버려 푹신푹신하지 않듯이 영감 노파의 사지도 가드라들어 제대로 놀지 않으면 그만이었다. 시내가 얼듯이, 작은 바다가 얼듯이. 이러하였다. 웃간의 구들장이 차디찬 영감 노파의 몸뚱이에 닿아서 오력을 가드라치고 우들우들 떠는 것이었다. 그저 겨울이 세상에

불김 불기운.
웅두리 웅더리. '웅덩이'의 평북 방언.
가드라들어 빳빳하게 되면서 오그라들어.
오력 오륙五六. '오장육부'라는 뜻으로 '온몸'을 이르는 말.

도 괴상한 늙은데기들도 다 있다 하고 어이없는 웃음을 웃고 지나가는 것이었다.

영감 노파는 죽지는 안았다.

올겨울을 나도 영감 노파는 죽지는 않았다. 여든여덟—덕항 영감은 여든여덟이 되었다. 여든이란 고개에 오르지 않으려고 영감은 얼마나 신명께 빌었는지 모른다. 인간의 약속을 믿기도 하였다. 하나 그런 것들이 쓸데없이 영감은 고개를 넘고야 말았다. 이 고개에 몇 걸음 안 내놓고 영감은 숨발을 있는 대로 다 뽑아보려 하였다. 하나 다 뽑을 수 없는 숨발이 가슴속에 그득히 사리어 있는 줄을 영감은 알았다. 영감은 나이의 발목재기를 꺾어놓으려 하였다. 하나 그것은 영감의 마음을 읽어 안 듯이 영감의 앞장을 서서 더 빨리 달음질치는 것이었다. 여든의 고개를 오르는 길가에 얼마나 많은 인간들이 쓰러졌나. 영감은 세상의 복이 쓰렀이 누운 것이라고 하였다. 영감도 이 길가에 쓰러져 누워본 것이다. 하나 목숨은, 고된 목숨은 불측하게도 영감의 목을 추켜 일으키고야 말았다. 이렇게 해서 벌써 또 한 고개가 가까웠다. 영감이 풀없이 온 길을 돌아다보면 저척 노파가 그 높은 여든의, 죄 많은 인간만이 추어넘는 여든의 고개를 훨훨 잘도 넘어오지 않나. 영감은 잠깐 아흔의 고개로 가는 길가의 바

늙은데기 '늙은이'를 낮잡아 이르는 말.
숨발 숨을 쉬는 기세나 힘.
발목재기 '발목'의 평안, 함경 방언.
풀없이 기운 없이.
추어넘는 올라 넘는.

위에 밑을 붙이고 앉아서 중얼거렸다—할미나 내나 죽어디야디!

그러나 죽음이 왔다. 그것은 작은 죽음들이었다. 영감과 노파의 몸을 옹근 채로 죽이는 것이 아니라 그 몸의 한 부분씩을 죽이는 죽음이 온 것이다. 저척 노파의 눈이 죽었다. 그 눈이 아주 어두워진 것이다. 덕항 영감의 허리가 죽었다. 그 허리가 부러질 듯이 딱 꼬부라진 것이다. 영감 노파는 그래도 기뻐하지는 않았다. 작은 죽음이란 큰 죽음의 앞을 서서 오는 것이 아닌 때문이다. 그것은 우두머리 가지 몇 가지가 껌껌 죽은 나무, 그것은 채 부러지지 않고 휘어 꾸부러져버린 나무 그것과 같았다. 연륜의 몇 돌기나 돌아갈지 모를 나무, 어데 죽음이라고 할 것이 왔을까!

정말 죽음이 와서 건드리다가 싸우다가 가버린 때의 그 원심이—그것이 작은 죽음인지도 모른다. 그것은 또 정말 죽음이 와서 귀여워하다가 사랑하다가 마지못해 떠난 때의 그 애틋한 정이 그것이 작은 죽음인지도 모른다. 그것이 영감 노파에게 온 것이었다.

작은 죽음도 죽음이기는 하였다. 그런 까닭이었을 것이다—영감 노파는 그들의 염원인 누더기와 쥐가 되려 든 것이다. 그것은 분명히 앞으로 어느 날엔 쥐와 누더기가 될 인간이었다. 아직도 사람의 테를 쓴 누더기와 쥐였다.

그래 누더기가 무엇을 보나? 그것은 눈이 없다. 아— 저척 노파가 무엇을 보나? 앞 못 보는 노파라 누더기였다. 그것은 이제는 육신을 놀릴 수

옹근 손상되거나 축나지 않고 본래대로 있는.
원심怨心 원망하는 마음.

는 없는 누더기였다. 덕항 영감이 손이 없어진 것이다. 허리 꼬부라진 영감의 두 손은 그것은 두 발이었다. 쥐도 허리를 펴면 그 발은 손이 아닌가? 영감에겐 네 발이 있다. 쥐는 서서 다니지는 않았다. 영감도 서서 다닌다고 할 수 없었다. 영감은 내일이라도 꼬리를 뻗칠 쥐였다.

이것은 즐거울 일이 아닐 수 없었다. 영감 노파의 하늘이 내려온 것이 아닐 수 없었다. 그러나 영감 노파는 슬펐다.

그것은 덕항 영감과 서척 노파가 쥐와 누더기의 갓난아이인 때문이었다. 그 갓난아이가 되어서는 안 되는 쥐와 누더기의 갓난아이였다. 영감 노파는 쥐와 누더기의 어른이 되지 않아서는 안 되었다.

사람의 갓난것이 하룻밤 동안에 어른이 되지 못하듯이 그들은 하룻밤 동안에 쥐와 누더기의 어른이 되어야 할 것이었다. 갓난것이 자라서 어른이 된다—이것은 하루 동안의 일이 아니면 안 되었다. 그러나 불쌍한 영감 노파는 갓난아이가 되는 데 여든이 되었고 여든이 훨씬 지난 것이다. 어른이 된다—하룻밤 동안에 어른이 된다—그것은 안 될 이야기였다.

그것은 슬픈 일이었으나 영감 노파는 생각하였다—왜 눈은 어두웠을까,—왜 허리는 꼬부라졌을까. 그것은 물론 나이의 장난인 것이나 이런 줄이 영감 노파에게 알려진 때 그들은 또 생각한 것이다—왜 나이는 갔을까—고. 거기에는 울음소리는 없어도 울음이 있었다. 갓난아이의 갓 맞은 제 운명을 원망하는 울음이 있었다. 운명—그것은 쥐와 누더기의 갓난아이를 울리는 것이나 그것은 또 사람의 늙은이를 울리기도 하였다.

저척 노파는 바람벽을 문이라고 떠미는 것이었다. 그러나 바람벽은 비켜주려고는 하지 않았다. 그것은 웃는 얼굴을 짓지도 않았다. 노파의 손길이 오자 그것은 차디찬 발바닥을 들어 대는 것 같았다. 노파의 손이 닿는 바람벽은 차고 굳었다. 노파는 멈칫하고 물러서나 다시 하는 수 없이 그는 차디찬 무뚝뚝한 바람벽을 손으로 쓸어가는 것이었다. 그러나 세상에도 고마운 일이다. 저척 노파는 문을 여는 데 그리 애는 쓰지 않았다. 덕항 영감이 언제나 곁에 있어주었다. 문을 열라구 그르나 하고 영감은 한 손으로 문고리를 잡고 한 손으로 노파의 손목을 잡아끄는 것이었다. 문은 작았다. 그것은 영감이 늙어 꼬부라지고 작아져서 열어주기를 바라고 있는 듯하였다. 작은 문 그것은 장난꾸러기였다. 앞 못 보는 노파를 놀려대어서 울려놓고 마는 장난꾸러기였다. 그것은 속이 타서 바람벽을 어루쓰는 노파에게 들키지 않으려는 듯이 한켠 쪽에 가만히 숨을 죽이고 쪼그리고 있었다. 그것은 이 철없는 것이 노파와 숨굴막질을 하려 드는 것이었다. 그럴 때면 언제나 영감이 이 장난꾸러기의 손을 꼭 붙들고 노파의 손을 끌어다 대었다. 문은 노파의 말을 잘 듣지는 않았다. 배를 밀어보아도 잘 나가지 않았다. 허리를 차보아도 역시 집혔다. 어깨를 쳐보나 움직이지 않았다. 어떤 때 노파 혼자 죽을 애를 다 써서 이 장난꾸러기의 몸뚱이를 붙잡게 되면 그는 곧 제 손을 찾는 노파에게 제 발을 내어밀었다. 배를 어루쓰는 노파에게 가슴을 돌려대었다.

작은 문—그것은 저척 노파가 늙어서 눈이 어둡는 때를 기다리고 있는 듯하였다.

어루쓰는 어루만지고 자꾸 쓸어 문지르는.
숨굴막질 숨바꼭질.

노파는 울었다. 서럽고 원통해서 울었다.

작은 문—그것은 노파의 우는 꼴을 보려고 있는 듯하였다.

그래도 그것은 세상의 착한 일이었다. 그래도 그것은 세상의 밝은 일이었다. 그것은 아직도 따뜻한 것이 식지 않은 세상의 일이었다. 영감 노파가 작은 문을 나온 때에 그 작은 장난꾸러기의 성화를 벗어난 때에 그들은 정말로 캄캄하고 산득산득한 세상을 만나는 것이었다. 울음이 그들에게 오는 때였다. 그들은 울음을 정말로 반겨 맞았다. 울음 없이는 그들은 어둡고 차디찬 세상에 잠시라도 있을 수 없었던 것이다. 작은 문 밖에 있는 세상 그것은 영감 노파에게 장난은새로 눈 거들떠보지도 않았다. 조금만 가차이 하면 조금만 오래 있으면 그것은 그들을 뿌리쳐버리고 쫓아버리고야 말 것이었다.

섬돌—그것은 영감을 모른 척하였다. 그것까지도 영감을 모른 척하였다. 그것은 그래도 토방에서 마당으로 내려서는 영감을 안아 내려놓은 것이다. 그것은 그래도 마당에서 토방으로 올라서는 영감을 추겨올려놓은 것이다. 그렇지만 이제는 영감을 보려고도 하지 않았다. 눈을 꽉 지르터 감고 있거나 딴눈을 팔고 있거나 하였다. 그것은 분명히 영감을 나무라거나 원망하는 것이었다.

그것은 영감이 섬돌의 바람을 믿음을 저버린 듯 깨쳐버린 듯하였다.

장난은새로 장난은커녕.
가차이 가까이.
지르터 힘주어.
깨쳐버린 깨뜨려버린.

삼십 년 동안 그동안에 섬돌은 영감에게 바람을 붙여오고 믿음을 두어왔는지 모른다. 세상이 이때껏 몰랐고 시방도 모르고 앞으로도 모를 은근한 바람과 믿음을! 이것들이 어린아이들같이 영감에게 매어달려서 따라왔는지 모른다. 영감은 먼저 손쉽게 생각하였다—나야 불쌍하디불쌍한 뒤상이 아닌가?—그러하였다. 영감은 불쌍한 영감이었다. —불쌍한 놈에게 죄 돌아올 게 있나?—그러하였다. 불쌍한 것은 죄를 있게 하나 그 죄를 지지는 못하는 것이다. 그러나 죄를 지지 못할 불쌍한 영감은 죄를 지고 있었다. 남의 정성 가득한 바람과 믿음을 몰라보거나 저버리는 것은 죄가 아닐 수 없었다. 영감은 섬돌의 바람과 믿음을 저버리고 몰라보는 죄를 지었다. 그것은 사람이 돌보다 못한 데서 생긴 사람으로의 죄였다. 그 죄를 영감은 사람 가운데 가장 사람인 탓으로 받는 것이었다. 영감은 종내 이런 생각을 해내었다. 섬돌의 믿음과 바람을 알아낸 것이었다. —나이! 내가 나이를 먹었다구!

섬돌은 영감이 인생의 가져오는 늙음을 세상의 주는 나이를 받지 않고 퇴할 것을 바라고 믿었던 것이었다. 그러나 되지 않을 일이었다. 영감은 나이를 먹고 늙어 꼬부라진 것이다. 벌써 때늦은 일이었다. 영감에게는 벌이 온 것이다.

섬돌은 어느 날 종내 영감을 굴려 떨어트리고야 말았다. 영감이 불측하고 잔학한 원수에게 갚을 생각을 하였던 잔학하고 불측한 수로 섬돌은 영감을 멨다치고 말았다. 그것은 영감의 그 무덤에서 파내온 것 같은 다

뒤상 두상. '남자 늙은이'를 낮추어 부르는 말.
멨다치고 힘껏 메어치고.

리를 떠밀쳤는지 모른다. 잡아책기거나 걸어닥채었는지 모른다. 영감은 넘어지고 말았다. 영감에게 남은 것은 깰랑 하는 소리를 내며 마당에 쓰러지는 것뿐이었다. 그것은 세상의 정과 사랑과 힘과 값과 위엄 들이 영감을 잡아 멨다쳐놓고 달아나면서 입을 모아 큰 소리로 욕을 하는 소리였다. 영감은 부르르 떨었다. 날짐승이 죽을 때에 떨듯이 영감은 떨었다. 영감은 그리고 모두숨을 쉬었다. 길짐승이 죽을 때에 쉬는 숨을 영감은 쉬었다. 영감은 죽은 영감이있다. 분명히 죽으려는 영감이었다. 그러나 영감은 날짐승은 아니었다. 길짐승도 아닌 사람인 영감이었다. 영감은 죽지는 않았다.

죽는 몸떪을 떨고 죽는 긴 숨을 쉬었으나 영감은 죽지는 않았다. 영감이 죽으려면 아직도 무엇이 하나 더 남은 듯하였다. 그것은 눈을 뒤솟는 것인지 모른다. 그러나 영감은 그 짓을 하지 않았다. 모를 일이나 영감은 잘망하니 그것을 잊었는지 모른다. 어쨌든 영감은 죽지는 않았다. 영감의 입에서 나온 소리—아고고—그것은 영감이 죽지 않은 것을 소리쳤다, 하늘과 땅에. 그것은 분명히 세상에 대고는 치지 않은 소리였다.

영감에게서는 또 소리가 나왔다—아유유—그것은 영감의 입에서 나오는 소리는 아니었다. 그러나 그것은 영감의 몸뚱이에 있는 어느 한 구

잡아책기거나 잡아 제치거나.
걸어닥채었는지 걸어 당겨 채었는지.
모두숨 한 번에 크게 몰아쉬는 숨.
뒤솟는 '뒤어쓰는'의 평북 방언. 눈알이 위쪽으로 올려서 흰자위만 나타나게 뜨는.
잘망하니 하는 짓이나 모양새가 잘고 얄밉게.

멍으로 나오는 소리였다. 그러면 눈에서, 눈으로는 아니었다. 귀로도, 코로도 아니었다. 영감의 속과 맞뚫린 구멍들! 영감에게 그런 것이 있었던가? 하늘에 대고 말해도 영감에게 그런 것은 없어왔다. 그러나 하늘에 대고 말해도 어느 사이에 영감에게는 그런 것이 있게 되었다. 구멍이라기는 너무 좁은 구멍이 틈이라기는 너무 넓은 틈이 영감의 광대뼈 위에 생긴 것이었다.

아유유—그것은 이 입으로 나온 소리였다. 그것은 영감을 욕해버리고 달아난 영감의 원수—세상의 사랑과 정과 힘과 위엄과 값 들의 뒤를 쫓아가는 듯하였다. 그것들을 잡아 죽일 듯이 자꾸 쫓아가는 듯하였다. 그동안 영감은 울었다. 한없이 아파서 울었다. 한없이 서러워 울었다. 그것은 지난해 마가을 바람결에 굴러떨어진 넉줄 마른 오그랑박 한 통이 한없이 아파서 울었을 듯이 한없이 서러워 울었을 듯이.

상처—그것은 한 불행한 갓난아이였다. 그것은 언제 가서 입을 다물게 될지 모르는 울음 끈질긴 아이었다. 그러나 그 아이가 이제는 도리어 영감의 울음을 멈추게 할 때는 왔음직도 하였다. 정말로 그런 때는 온 것이다. 덕항 영감의 속에 숨었던 많은 영감들이 이제는 모두 뛰어나와서 제각각 그 설움을 울게 된 것이었다. 배고픈 영감의 설움 추위에 죽다 살아난 영감의 설움 천대와 부랑을 지지리 받는 영감의 설움 새끼 없는 영

마가을 늦가을. 주로 음력 9월을 이른다.
넉줄 '넌출'의 평안, 황해 방언. 땅바닥이나 다른 물체에 의거하여 길게 뻗어나가는 식물의 가는 줄기.
오그랑박 덜 여문 박으로 만들어 오그라진 바가지.

감의 설움 늙어 꼬부라져도 죽어지지 않는 영감의 설움! 그 설움을 우는 많은 영감들의 울음. 그것은 상처의 울음을 휘파람으로 여겨도 좋을 정말로 그것은 울음이었다. 어린아이의 울음이 이 쉽고 원통한 크나큰 울음 속에서 들릴 수는 없었다. 상처—그것은 눈이 동그래져서 이제는 울음을 그치고 영감의 우는 꼴을 말끄러미 쳐다볼지도 모르나 이제는 이렇게 쉽게 우는 이 많은 영감들이 언제 울음을 그칠 것 같지는 않았다.

죄 많은 아이—영감의 상처는 영감의 많은 영감들에게 끝없는 울음을 가져온 것이다. 그러나 영감의 곁에는 이 세상이 끝날 때까지 끝나지 않을 울음을 울려는 서러운 영감들의 울음을 멈추게 할 사람이 있었다.

저척 노파가 영감의 곁에서 울음을 지키고 있었다. 그것은 서러운 길밖에 다시 다른 길로 달아나지 못하게나 하는 듯이. 저척 노파는 영감의 울음을 어느 때에 가서는 잠잘 우리로 몰아넣으려고 있는 것이었다.

그러나 큰일이 났다. 그것은 저척 노파가 울음을 멈추기는 새로 노파가 영감들과 같이 도리어 그들보다 더 쉽게 울기 시작한 것이다. 노파의 속으로는 여러 노파들이 제각각 설움을 안고 나와서는 퍼져버리고 앉아서 울음을 울기 시작한 것이다. 한없는 설움을 가진 많은 노파들이! 울음은 커졌다. 한세상, 영감 노파의 작은 한세상이 울음이기나 한 듯이. 상처도 노파도 영감도 없고 울음이 있었다. 죄도 설움도 없고 울음이 있었다. 해와 같은 울음이, 밤과 같은 울음이, 하늘과 같은 울음이, 땅과 같은 울음이!

아유유—그것은 확실히 이 틈 이 구멍으로 나오는 소리였다. 그것은 이 새빨간 누구의 입, 무슨 입인지는 모르나 입인 이 틈 이 구멍으로 나온

것이었다. 그것은 피의 입인지 모르나. 하나 영감의 뺨에 피가, 빨간 피가 한 방울이나 있을 수 있을까? 그 피의 목숨이 영감의 이 뺨에는 있었다. 새빨간 입이었다. 그것은 새빨간 피의 입이었다. 하이얀 이가 그 안으로 비죽이 보이는 것이 아닌가? 세상에서는 영감의 낯이 터져서 하이얀 뼈가 보인다고 할 것이나 그것은 새빨간 피의 입의 하이얀 이빨이었다.

한 달이 걸려서 영감의 상처는 겨우 아물었다.

땅 위에는 하늘 아래는 어디들로부터인지 새라새 세상들이 찾아와서 머물 대로 머물려 들었다. 즐거운 빛깔을 가진 세상이 어떤 무리의 사람들에게 오고 슬픈 빛깔을 가진 세상이 다른 무리의 사람들에게 온 것이다. 그것은 시절이라는 것과 같이 오고 그것은 인생의 생사라는 것과 앞서거니 뒤서거니 와서 그것은 사람들을, 행복에 대어놓고 행복 속에 깊이 몰아놓고, 사람들을 불행에 대어놓고 불행 속에 깊이 몰아넣는 것이다. 세상은 생명의 즐거움을 가지고 생명의 괴로움을 가지고 저를 찾는 사람이나 안 찾는 사람이나 매한가지로 그들을 찾아오는 것이다. 새 세상이 올 때 사람들은 경사로운 큰일을 맞는 사람들이라 그들은 웃고 이야기하고 떠들고 즐거워하는 것이다. 위안과 희열과 희망에 싸여서. 그러나 사람들은 또 상서롭지 못한 일을 당한 사람들이라 그들은 울고 푸념하고 한숨지으며 서러워하는 것이다. 근심과 비애와 절망에 싸여서.

상처가 아문 영감에게 그리고 노파에게도 어떤 새 세상이 찾아온 듯하였다. 울 힘도 한숨 쉴 맥도 없는 영감과 노파에게 생명의 괴로움을 가지

새라새 새롭고도 새로운.

고 새 세상이 찾아온 것은 분명하였다.

밀고 헤치고 넘어치고 타고 넘고 때려누이고 얼러 보내고 몰래 피해 달아나고…… 수많은 새 세상을 그것은 생명의 괴로움만을 가지고 오는 새 세상을 그들은 이렇게 떼어버리고 온 것이었다.

온 곳 모든 사람들에게는 시절을 따라온 새 세상이 찾아왔다. 그것은, 아름답고 따뜻하고 부드러운 세상은 사람들은 반겨 맞고 다정하니 껴안고 알뜰하니 잔등을 뚜들며 살뜰하니 이야기하는 것이었다.

그것은 그 부드러운 손을 들어 손질을 하고 그 온순한 눈을 가지고 눈질을 하고 그것은 맑고 고운 노래를 부르고 몸매 곱게 춤을 추고 꿈을 부르는 웃음을 웃는 것이었다. 세상의 온 곳 영감을 내놓은 모든 사람들에게 찾아온 새 세상은 이러하였다. 세상의 어느 한 귀, 모든 사람들을 내놓은 영감에게는 어느 거지를 따라가다 버리고 온 세상이, 어느 죽음한테 쫓겨 오는 세상이 찾아온 것이었다. 아니 그것은 어느 거지를 죽음까지 쫓아 보내고 오는 세상인 것이 틀림없었다.

영감 노파에게는 이제는 다시 닥치는 새 세상을 떼어버릴 힘은 없었다. 땅 위의 사람들의 구원을 부르려 하나 소리가 밎지는 않을 것이었다. 울어서 이 새 세상, 이 구신의 정을 달래보려 하나 벌써 눈물은 말라버렸다. 이러한 그들을 새로 세상은 마음껏 밸껏 골리고 볶다 차버려도 좋고

넘어치고 넘어뜨리고.
뚜들며 뚜드리며.
밎지는 미치지는.
밸껏 마음껏.

배를 밟아 죽여도 좋고 코를 꿰어 끌고 다녀도 좋았다. 그러나 그것은 그들을 죽이지는 않았다. 차버리지도 코를 꿰지도 않았다. 그것은 아침마다 영감에게 바가지 한 짝을 들리어서 삼 리가 넘는 인가 대대한 마을로 보내는 것으로 만족하였다. 그것은 저녁마다 노파에게 영감이 얻어오는 찬밥을 끓이게 하였다. 그것은 또 모진 웃음을 웃어가며 영감 노파에게 이런 말을 바꾸게 하기도 하였다—아침 영감이 바가지를 들고 일어서는 기색을 챈 노파가 에구, 그렇게 허리, 허리 아프대면서 또 어떻게 가갔노 하면 그때에는 영감이 눈은 왜 멀었노 할미 눈만 안 멀었어두 이르틴 안 칾디기리 하기도 저녁것이 되어 노파가 부뚜막을 어루쓸어 귀 나간 옹주리를 찾아 들고 물 길으러 나가는 것을 본 영감이 가만 있으라구 내 퍼오게 하고 일어서며 앞은 와 못 봐가지구 그르노 하고 옹주리를 빼틀어 들면 허리나 좀 쉬디 쉬라구 하고 노파는 돌아서서 부엌문을 찾기도 하는 것이었다.

새 세상, 그것은 덕항 영감과 저척 노파의 양아들 양며느리가 두 늙은이를 버리고 밤중에 도망을 해버린 것이었다. 새 세상, 그것은 해골 같은 영감이 비애와 절망의 지팡이를 앞세우고 시커먼 죽음의 그림자를 뒤에 끌고 밥을 얻으러 가게 한 것이었다. 새 세상, 그것은 해골 같은 노파가 비애와 절망의 지팡이를 머리맡에 세우고 시커먼 그림자를 깔고 눕게 한

대대한 다다한. 매우 많은.
바꾸게 (말이나 인사 따위를) 서로 주고받게.
옹주리 옹배기. 작은 자배기.
빼틀어 '빼앗아'의 평안 방언.

것이었다.

새 세상이 영감 노파에게 온 뒤로 이 산골의 물과 바위와 물속의 가재와 산새와 닭 개 짐승과 수풀과 나무와 낮하늘의 해와 밤하늘의 별들은 가난하고 외롭고 늙어 병신이 된 이 두 불쌍한 생령을 무서워하고 경계하는 듯하였다. 그것은 얼마 아니하여 이 두 생령이 무덤 없는 귀신이 될 것을 안 탓인지도 몰랐다.

해설

장면의 서사적 구성

백석의 두번째 소설인 「마을의 유화」는 자식에게 버림받고 생명이 거의 소진된 노부부의 거동과 심리를 다룬 작품이다. 소설 속 영감은 88세이다. 고령으로 영감은 허리가 완전히 꼬부라졌고 노파는 눈이 멀었지만 그래도 여전히 삶을 지탱하고 있다. 백석은 당대의 일반적인 기대수명을 훨씬 넘긴 이 초고령 노부부의 처지를 독특한 서사로 그려내고 있다.

소설의 줄거리를 요약하자면 다음과 같다. 시골집 허름한 웃간에서 지내는 노부부가 있다. 어느날 영감은 방문을 열고 나오다 넘어져 얼굴에 상처를 입고, 상처가 아물 무렵 양아들 내외가 그들을 버리고 도망가자 영감이 동네로 밥을 구걸하러 다닌다. 이러한 몇 가지 행동이 소설 전개의 전부이다. 대개의 소설에서는 주요 인물 사이의 갈등이 플롯을 이끌어나가지만, 이 소설은 인물 간의 갈등이 없으니 사건이랄 것도 없다. 영감과 노파는 작품 내내 서로 돕고 의지하며, 영감이 문을 열고 나오다 넘어진 것은 거동의 불편함 때문이고, 양아들 내외가 노부부를 버린 사실은 한 문장으로 짧게 제시될 뿐이다. 여기서 백석은 인물의 갈등과 화해라는 재래적 플롯 대신 새로운 방식의 구성을 시도한다. 노부부와 그들을 둘러싼 사물과 자연, 그리고 추상적 존재들을 의인화하여 이야기를 전개하는 것이다.

소설은 양아들 내외에 의해 추운 겨울 냉돌방에 방치되어 누더기와 쥐만도 못한 취급을 받는 노부부의 처지를 묘사하며 시작한다. 노부부는 자기들이 누더기와 쥐만도 못하다는 생각에 그것들을 부러워하고, 급기야는 차라리 환생하여 누더기와 쥐가 되기를 바란다. 그러면서 이 소설의 독특한 서사가 진행된다. 노부부가 기거하는 방의 '구들장'이 노부부의 차가운 육신에 우들우들 떨고, 매서운 추위에도 목숨을 부지하는 노부부를 본 '겨울'이 별종이라며 어이없는 듯 웃는다. 영감이 '나이'의 발목을 붙잡으려고 하나 나이는 더 빨리 달려서 달아난다. 마침내 '죽음'이 찾아오지만 그것은 몸의 한 부분씩만 죽이는 작은 죽음일 뿐이다. 이처럼 백석은 노부부의 상황과 심리를 대상화하여 대결 구도를 만들어냄으로써 이야기를 이끌어간다.

이러한 서사화는 그다음 장면에서 보다 적극적으로 이루어진다. 눈이 먼 노파가 벽을 더듬거리며 방문을 찾다 영감의 도움을 받아 문을 열기 위해 애쓰는 장면에서 백석은 '벽'을 냉정하고 무뚝뚝한 인물로, 잘 열리지 않는 '문'을 장난꾸러기로 의인화하여 그들이 노파를 놀리는 것으로 서술한다.

저척 노파는 바람벽을 문이라고 떠미는 것이었다. 그러나 바람벽은 비켜주려고는 하지 않았다. 그것은 웃는 얼굴을 짓지도 않았다. 노파의 손길이 오자 그것은 차디찬 발바닥을 들어 대는 것 같았다. (……) 작은 문 그것은 장난꾸러기였다. 앞 못 보는 노파를 놀려대어서 울려놓고 마는 장난꾸러기였다. 그것은 속이 타서 바람벽을 어루쓰는 노파에게 들키지 않으려는 듯이 한켠 쪽에 가만히 숨을 죽이고 쪼그리고 있었다. 그것은 이 철없는 것이 노파와 숨굴막질을 하려 드는 것이었다. 그럴 때면 언제나 영감이 이 장난꾸러기의 손을 꼭 붙들고 노파의 손을 끌어다 대었다. 문은 노파의 말을 잘 듣지는 않았다. 배를 밀어보아도 잘 나가지 않았다. 허리를 차보아도 역시 집혔다. 어깨를 쳐보나 움직이지 않았다. 어떤 때 노파 혼자 죽을 애를 다 써서 이 장난꾸러기의 몸뚱이를 붙잡게 되면 그는 곧 제 손을 찾는 노파에게 제 발을 내어 밀었다. 배를 어루쓰는 노파에게 가슴을 돌려대었다.

노부부와 주변 사물과의 관계는 그다음 장면에선 더 적대적인 관계로 나아간다. 영감이 마당으로 내려가려고 섬돌을 디디다 그만 넘어지고 마는데, 이 장면이 영감과 섬돌의 대결로 그려지는 것이다. 섬돌은 오랫동안 영감이 방을 오르내릴 때 도움을 주어왔지만 이번만은 그를 메다치고 만다. 섬돌은 영감이 더 나이를 먹지 않기를 바라고 믿었으나 영감이 그것을 저버렸기 때문에 그에게 벌을 준 것이라고 백석은 섬돌의 심리를 자세히 설명하기까지 한다. 노부부와 주변 사물과의 관계가 점점 더 적대적인 것이 됨으로써 갈등이 깊어지는 것을 일반적인 소설 플롯의 갈등 전개처럼 진행시키고 있는 것이다.

섬돌에서 넘어진 영감이 얼굴에 상처를 입고 울음을 터뜨리는 장면은 노부부의 비극적 상황이 최고로 고조되는 순간이다. 백석은 그러한 행위를 독특하게 서사화한다. 영감이 신음소리를 내자 얼굴에 난 상처가 '입'으로 의인화되어 똑같이 신음소리를 내고, 영감이 고통과 서러움에 못이겨 울음을 터뜨리자 상처도 '불행한 갓난아이'가 되어 울음을 터뜨린다. 상처의 고통이 의인화되면서 영감의 울음과 상처의 울음 둘로 나뉘는 것이다. 그러자 이번에는 울음을 터뜨린 영감이 다시 배고픈 영감, 추위에 죽다 살아난 영감, 천대와 부랑을 받는 영감, 새끼 없는 영감, 죽어지지 않는 영감 등으로 분화되고, 영감의 내면으로부터 튀어나온 그들이 각자 자신이 지닌 설움의 울음을 터뜨린다. 영감들의 서러운 울음에 묻혀 갓난아이의 울음이 안 들리게 되자 아이는 울음을 그치지만, 영감의 울음은 끊이지 않고 계속된다. 영감에게는 상처로 인한 육체적 고통보다 그동안 받아온 정신적 고통이 훨씬 크기 때문일 것이다. 백석은 이렇게 한 인물의 외양과 심리까지도 여러 인물들의 서사로 재구성하여 복합적인 정서를 극적으로 전한다.

영감의 서러운 울음에 노파도 가세하여 함께 울음을 터뜨리고, 노파 역시 여러 명의 한 많은 노파로 분화한다. 그 울음은 연로한 자기 자신을 향한 서러움이면서 동시에 영감에 대한 연민의 표출이기도 할 것이다. 영감과 노파는 자신들을 둘러싼 세상 모두와 적대적 관계를 맺고 있지만, 둘만은 서로 연민과 위무의 관계를 이어간다.

한 달이 지나 영감의 상처는 겨우 아물지만, 그들은 오히려 가장 비극적인 일과 마주하게 된다. 노부부의 양아들 내외가 그들을 버리고 도망간 것이다. 그런데 백석은 이조차 특유의 독특한 서사로 만들어낸다. 상처가 아문 후의 상황을 '새 세상'과 노부부의 대결 구도로 설정하여 그려내는 것이다. 여기서도 '새 세상'은 인격을 부여받는다. 노부부를 제외한 모든 이들에게는 아름답고 따뜻하고 부드러운 새 세상이, 노부부에게는 '어느 거지를 죽음까지 쫓아 보내고 온' 새 세상이 찾아온다. 그는 노부부를 마음껏 골리고 괴롭히면서 다만 목숨만 간신히 살려놓을 뿐이다. 새 세상이 가장 절망적인 세상이 되는 인간에게 더이상의 가망은 없을 것이다. 더구나 새롭게 닥친 세상을 밀어낼 힘이 없어 일방적으로 당해야만 하는 처지의 인간은 이 세상에서 가장 불행한 존재일 것이다. 백석은 영감의 상처가 아문 것과 동시에 양아들네가 도망가버린 현실을 이러한 구도로 서사화함으로써 늙고 병든 노인이 맞은 무기력과 불가항력성을 절실하게 환기한다.

이제 모든 세상이 노부부를 외면한 가운데서도 영감과 노파는 서로를 위하면서 목숨을 이어나간다. 허리 아픈 영감과 눈먼 노파는 상대를 걱정하며 물 긷는 옹배기를 서로 들려고 한다. 앞서 노부부가 문을 찾아주고 같이 울어줌으로써 서로를 돕고 위무한 것이 거동의 동참이자 감정의 동참이라면, 이것은 생존의 동참이라 할 수 있다. 가족들과 주변의 모든 사물들에게 버림받으면서도 노부부는 거동, 감정, 생존을 위해 서로 위하고 돕는다. 이는 노부부의 외로움을 부각시키는 동시에 마지막까지 사랑하고 의지할 상대가 결국 부부임을 일깨워준다.

백석은 거동이 불편한 노부부의 상황과 행동을 몇 가지 장면으로 나누어 인물들 간의 대결로 조성하고, 각 장면의 연쇄를 발단, 전개, 절정, 대단원으로 이어지는 하나의 플롯으로 만들어 완결된 이야기를 빚어냈다. 백석은 사물과 자연, 추상적 존재를 의인화하는 데서 시적인 묘사의 솜씨를 발휘했고, 각 장면을 하나의 플롯으로 짜내는 데서 뛰어난 이야기 제조 능력을 보여주었다. 백석은 시와 소설 양쪽에 걸쳐 있는 자신의 문학적 재능을 유감없이 드러내면서 우리의 현대소설 초창기에 매우 참신한 형식의 소설을 내놓았고, 이를 통해 초고령 노인의 삶의 내면을 예리하고 따뜻하게 파헤쳐냈다.

닭을 채인 이야기

디펑 영감장이 시생이네 닭을 때려죽이지 않았어야 할 것이었다. 시생이네 닭이 디펑 영감장네 차조밭에 나오지 않았어야 더 좋았을 것이었다. 해도 영감장에게나 닭의 새끼들에게나 운수 사나운 날이었다. 시생이네 열 배나 되는 닭의 새끼들이 영감장네 차조밭을 제 천지로들 알고 뒤덮쳤다. 디펑 영감장 같은 늙은데기는 발톱은 내놓고 주둥이 하나만으로라도 당해낸다는 듯이 닭들은 울력성당으로 밀려나왔다. 밭 기슭에서 은장도로 손톱을 깎으며 지중거리던 디펑 영감은 이 꼴을 보고 염체사니도 너무 없는 짐승이라고 닭의 떼에게 눈을 빨면서 "나이 칠십에 이런 벼락 맞아 뒈질 닭의 새끼들은 첨 보갔구나" 하고 무리돌을 든 것이다.

두 마리의 시생이네 닭이 디펑 영감장네 차조밭 고랑에서 마지막 기지

울력성당 떼를 지어 으르고 협박함.
지중거리던 한곳에서 좀 머뭇거리던.
빨면서 '흘겨보면서'의 평안 방언.

개를 틀었다.

그날 밤, 운수 사나운 날 밤 그렇지 않아야 좋았을 일이 모두 그러하였다—디퍵 영감장은 산꿩을 잡는 꿈을 꾸었다. 귀머거리 할망구는 허리를 앓느라고 밖으로 나와보지 못했다. 개는 암컷을 따라 집을 비우고 나갔고 썩어진 곱새담은 술이 취한 듯이 반쯤 나가누웠었다. 또 하나 이날 밤의 모작별은 어느 표독한 사나이의 그림자가 살기에 차서 디퍵 영감장네 담 밑까지 가 멎는 것을 보았다.

그러면 또 밤바람이 나무랄지 모른다. 너구리, 살기, 족제비들을 따라 영감장네 담 구멍을 드나든 그는 이날 밤엔 짐승 아닌 사람의 앞장을 서서 와서 영감장네 담장의 잔등을 툭툭 쳐보고 간 것이다.

시생이는 디퍵 영감장네 담 밑에서 살기같이 한번 쌕— 하고 웃었다. 닭의장이 가까운 쪽으로 가서 담을 넘석해보았다. 부러 나지막이 발자국 소리를 내고 귀를 기울였다. 담 안에서는 아무 기척도 없었다. 그 무서운 더벙수캐의 눈이 번쩍하지는 않았다. 시생이는 일이 되었다고 마음을 놓았다. '이노무 가이새끼래 나가긴 나갔구나.' 허리춤에 싸가지고 온 찬밥덩이가 울 밤이다. 시생이는 돌에 맞아 죽은 닭의 넋이 도왔다고 생각하였다. 그는 담을 추어넘어서 뜰 안에 내려섰다.

시생이는 닭의장 아래까지 벌렁벌렁 기어왔다. 그것은 두수없이 한 놈

넘석해보았다 넘성해보았다. 한번 넘어다보았다.
더벙수캐 털이 길고 많은 수캐.
가이새끼 '강아지'의 경기, 평안 방언.
두수없이 여지없이.

의 살기다. 아니면 족제비다. 아닌 게 아니라 마을에서는 시생이를 족제비라고 하였다. 시생이는 쌱— 하고 이번에는 정말 족제비가 되어서 사특스러운 숨을 쉬었다. 살기의 숨소리와 웃음 치는 소리를 디펑 영감장네 닭들이 모를 까닭이 없다. 닭들은 말하는 것 같았다.

"왔다, 왔다."

"정말 왔구나 왔어" 하고

"깨라, 깨라." 이번에는 조금 큰 소리로 또 말하였다. 꾸둑꾸둑, 씽씽, 꼭꼭, 꼬이꼬이 닭들은 변이 나서 큰 소리도 못 치고 야단을 한다.

이것을 살기라고 생각한 것은 햇닭들이다. 묵은닭들은 그렇게 사날없는 살기가 아닌 줄은 알고 있었다. 한잠을 자고 깨어서 장의 살창으로 서켠 하늘에 넘어가는 모작별을 바라보고 있노라니 두 발 가진 물건의 발자국 소리가 들려왔다. '사람의 발소리로구나' 하고 묵은닭이 곧 생각하였다. 그래서 묵은 수탉이 먼저 아노라고 하였던 것이다. "흥, 오늘밤엔 또 제사가 있구나." 그러나 영감장은 닭 울 때가 거의 되어서 장문을 연 제사는 지내지 않았다고 지나간 일을 잊어버리지 않은 늙은 암탉이 혼자 속으로 생각을 하였다.

'수상한 일이다!' 옆에서 누가 한숨을 지으며 꼬르륵 하고 말했다.

게서 꾀바르고 경우 밝고 안 사정 잘 아는 늙은 노랑 암탉의 말이

햇닭 그해에 나서 자란 닭.
묵은닭 한 해 이상 자란 닭.
살창 가는 나무나 쇠로 살을 대어 만든 창.
장문 닭장 따위에 달린 문.

"내일 새벽 영감대기래 당(장)에 갈라구 그르누만!" 그래도 밝는 날이 백 리 안에서는 장날 아닌 줄을 이 늙은 짐승이 모르는 것이었다. 그럴듯한 사정이다—영감은 날 밝기를 기다려 장으로 가는 때면 닭이 울어 귀신이 깨어나기 전에 광솔불을 들고 나와서 닭들의 눈이 시우리게 장 안을 휘둘러보는 것이었다.

그러나 이번이란 발소리는 분명히 났으나 어디 훤—한 불빛이란 보이지 않았다.

늦지는 않았다. 암탉은 얼른 불빛이 보이지 않는 데서 눈치를 채었다. 그래서 얼른 발에 힘을 주면서 일어섰다. 숨찬 소리로 "암만해두 수상하다 일이 나는가부다"고 그는 꼭꼭, 꼭꼭꼭 한 것이다.

그러고 보니 잘 알 일이 생각났다—언제인가 옆에서 잠꼬대까지 하면서 자던 어린것 하나가 어느 보지 않던 시꺼먼 손에게 붙들려 갈 때도 수상하기가 이러하였다. 혼잣말같이 그는 "그때에도 떴다 고았건만 소용이 없었는데" 하고 꿀꾸룩 하며 도로 주저앉았다. 이러자 병아리들까지 깨어서 삥 삐양 하며 선잠 투정을 하고 늙은 닭들은 "이거 어디카노 이거" 하고 걱정을 하였다.

꼭꼭, 꼬루루, 꾹꾹…… 잘 끓는 닭들은 이제라도 모두 한꺼번에 목을 빼고 울어댈 것만 같았다. 그럴 때가 와서 디펑 영감장이 웃통을 벗고 문을 열어제친다면— ……일은 심상치 않았다. 그러나 족제비가 된 시생

광솔불 관솔불. 송진이 많이 엉긴 소나무의 옹이나 가지에 붙인 불.
눈이 시우리게 눈이 부시게. '시우리다'는 '부시다'의 평북 방언.

이에게는 궁리가 났다. '이놈의 닭의 새끼들을 얼러서 잠을 들게 해야.' 시생이는 닭의장 아래 납작 엎데었다. 숨을 죽이고 기다리는 것은 어서 장 안의 닭들이 잠을 드는 것이다. 바람이 불어서 들매나무를 떠들어대게 하는 것이다. 손에 집히는 마른 닭의똥 진 닭의똥을 발진발진 쥐밀면서 시생이는 머리맡에 뚫린 개구멍을 말끄러미 내다보았다.

그때 닭들 가운데서 더러는 생각하였다.

'사람의 발자국이 아니라 떡갈나무의 마른잎이 굴러왔구나.'

조금 더 사리에 밝은 듯한 영리한 군이 짐작하였다. '아! 영감대기가 밤에 잠이 아니 와서 뜨락에 나왔대구나.'

시생이가 닭의장 아래서 잘못하다가는 잠이 들어버리고 말 동안에 닭들은 마음을 탁 놓았다. 그들은 씩—쌕— 하고 좁은 콧구멍으로 긴 숨을 쉬기 시작하였다. 닭들이 잠이 들었다.

시생이는 때마침 장 아래서 일어섰다. 그는 속으로 '잠도 빨리도 드는 즘생이라니' 하고 그제는 닭과 같이 마음 놓는 숨을 쌕— 하고 살기같이 쉬었다.

시생이는 살그머니 장문의 빗장을 뽑아놓았다. 그러고는 바른손을 허리춤에다 쑥 넣었다. 시생이의 손이 허리춤 안에서 따끈따끈하도록 더웠다.

장문을 째꿍 소리도 없이 살근히 열었다. 닭이란 얼마나 의심 많고 버

엎데었다 '엎드렸다'의 평안 방언.
쥐밀면서 '쥐미리면서'의 준말. '쥐미리면서'는 '주무르면서'의 평북 방언.
째꿍 찌꿍. 문 따위가 겻이 힘들게 열리는 소리.
살근히 은근하고 가볍게.

릇없고 익살맞은 짐승인가! 홰를 탄 그들이란 문 난 쪽으로 머리 둔 놈, 꼬리 둔 놈. 남의 밑구멍에 제 주둥이를 댄 놈 남의 주둥이에 제 밑구멍을 댄 놈. 시생이는 손을 장 안으로 넣었다. 문 가까이 꼬리를 둔 놈의 죽지 위에 시생이의 손이 갔다. 남의 살품을 질리는 닭의 짐승은 이 뜨스한 손길이 오는 것을 곁에서 자는 젊은 암탉의 살이 닿는다고 생각하였는지 모른다. 보매는 선골로 생긴 이 짐승이 얼마나 살품을 좋아하나! 시생이의 손은 숙지에서 점점 내려가서 앞가슴으로 갔다. 닭에게는 따스한 살품이! 이 짐승의 하나가 그렇게도 좋은 남의 살품 속에서 아주 자버릴 때가 왔다. 시생이 손이 더 올라간 것이다. 닭의 목을 비틀었다. 어둠과 보라는 듯이 시생이의 눈이 부릅떠졌다. 짹소리도 안 나게 살짝 목을 비틀어놓을 제는 시생이의 윗니가 아랫입술을 깨물었다. 시생이는 아랫도리만 푸득거리는 짐승을 사뿐히 쳐들어 내었다. 시생이의 손에는 맏배 암탉 한 마리가 목이 늘어져서 땅을 향하고 드리워졌다.

장 안에서는 잠들이 깬 모양이었다. 아무 소리도 없이 잠자다가 없어진 군을 수상하다고 눈이 올롱해서 걱정한 것은 곁에서 자던 젊은 암탉이다. 아니 껍지 벗긴 개바주장 같은 것이 쑥 들어와서 잡아 내가는 것을 본 군도 있었으나 이 군은 무서운 생각에 입을 열 힘도 없었다. 맨 구석

살품 옷과 가슴 사이의 빈틈.
선골 신선의 골격이라는 뜻으로, 비범한 골상骨相을 이르는 말.
맏배 짐승이 첫번째로 낳은 새끼.
올롱해서 유별나게 회동그래서.
껍지 '껍질'의 함북, 강원 방언.

에서 자던 군들이야 장난꾸러기들이기 쉽다. 그래서 이 패들은 장 복판에서들 수선거리는 것을 알은체도 아니하고 '내일 아침이면 다 알 일을 가지고…… 안달뱅이들은 할 수가 없다니' 하고 눈을 뜨려다가 말고 잠을 내 자려 들었다. 일이 어떻게 된 것을 다 알아차린 묵은 수탉이 철없는 어린것들을 보고 어서 부스대지 말고 잠이나 자라고 께엑 하고 한마디 하였다. 빠뚜룩한 수염 뻗친 입이 와서만 물고 가지 않은 일이 큰일이라고 그는 목을 쑥 빼고 눈이 둥그레서 다리를 드놓으며 열린 문으로 컴컴한 밖을 내어다보았다. '이놈의 영감대기까지 잡혀갔는가부와' 하고 생각하니 도리어 무서운 마음이 들어가고 빼고 있는 목줄이 다리어서 움츠러뜨리고 말았다. 눈이 어느 사이에 스르르 감겼다. 꼬리를 걷어 올리고 있을 까닭도 없다는 듯이 장털이 스스로 내려 처졌다.

별일 없이 닭의장 안은 고요해졌다. 게서 시생이는 손에 쥐었던 닭을 땅에 놓고 한 발로 닭의 목을 꺽 지려밟았다. 시생이의 손이 또 닭의장 안으로 들어간 것은 두말할 것도 없다. 이번에는 문 켠으로 머리를 두고 자는 놈의 앞가슴으로 갔다. 앞가슴에서 모가지까지는 멀지 않다. 손은 모가지의 고개턱까지 아무 일 없이 올라갔다. 그래서 시생이의 손이 둘째 닭의 모가지를 이번에는 꽉 비틀어놓는 데 그리 동안이 오래 걸리지

안달뱅이 걸핏하면 안달하는 사람.
빠뚜룩한 빧두룩한. 굳고 꼿꼿한.
드놓으며 들었다 놓으며.
다리어서 당겨서.
장털 수탉의 꼬리털.
지려밟았다 지르밟았다. 내리눌러 밟았다.

는 않았다. 시생이의 윗니가 아랫입술을 물 것까지도 없었다.

닭의장의 좁은 문으로는 컴컴한 밤에 희끄무레한 덩어리가 하나 조심조심히 밖으로 나왔다. 흰닭—살이 쪘는지 무쭐한 흰닭이다. 시생이의 손에 잡힌 그 멘들미는 암탉의 것이 분명하였다. 기를 펴느라고 뻗치는 발목재기가 꽛꽛한 것이 묵은닭이기까지 하였다. 시생이는 흐뭇해서 한숨을 쉬었다. 그러면서 속으로 '이놈의 닭의 새끼덜 오늘은 좀 베찬 살기래 왔다 간다잉' 하고 닭의장에 눈을 할끗 빤 것은 시생이의 기쁜 노릇이었다. 하나 일이 났다. 닭의장 안이 이번만은 가만있지 않았다. 맨 먼저 묵은 수탉이 궁근 소리로 께―득 하고 소리쳤다. 꼭꼬댁 하고 나 많은 암탉이 동따랐다. 꼴꼴 꼴꼴 하는 것은 병아리를 떨어치고 자던 어미 닭들의 소리 꼬댁 꼴 하고 마는 것은 병든 어느 암탉의 소리…… 꼑꼑 꼑꼑 하고 힘깨나 쓴다고 뽐내던 젊은 수탉들이 어쩔 줄을 모르고 뒤떠든다. 먼저 나이 많은 것들이 홰를 내렸다. 누군지 한번 담대하니 홰를 친다. 그리고 꾹꾸 하고 "모도들 구석으로 가 박혀"라고 소리를 친다. 구석에 박혀서 경우 무딘 누구 하나가 "우리 영감대긴 아닌가" 하고 묻는 걸 삼

무쭐한 '묵직한'의 함남 방언.
멘들미 멘둥이. 멘두라미. 멘두. '볏'의 평북 방언.
꽛꽛한 거칠고 단단한.
베찬 '벅찬'의 평안 방언.
궁근 소리가 웅숭깊은.
나 많은 나이 많은.
동따랐다 뒤따랐다.
뒤떠든다 왁자하게 마구 떠든다.

한 겐가도리의 사촌이 "이건 혼나갔나" 하고 빽 다질렀다. 죽어도 아깝지 않은 나이라고 문 가까이 목숨을 내대고 엉거주춤하고 섰던 늙은 수탉이 쭈그리고 앉으며 "이놈의 영감댁이래 죽었나?" 하고 아직도 바깥세상의 일을 모르고 나오지 않는 디펑 영감장을 두고 글탄하였다. 어느 울기 잘하는 암컷이 새삼스럽게 "에구 이걸 어디카노" 하며 꾸꾸 꾸꼬댁 울었다. 그러자 모두들 꿱꿱 꾸룩룩, 꾹꾹 쌍쌍, 삐양삐양 울고불고 소리를 지르고 웅얼거리고들 하기 시작하였다. 횃대에서 발을 구르는 군, 바람벽을 받는 군, 수수깡 바닥을 쪼는 군, 깃을 내두르는 군, 가슴패기에다가 모가지를 파묻고 비비는 군…… 닭의장 안은 법석이 일어났다. 아마 옆에 있는 고방의 쥐들도 잠을 깨었는지 모른다. 도적쥐들은 빈 자루를 메고 혼나 도망을 했을 것이다.

시생이는 한 손에 두 마리 닭의 모가지를 껴쥐고 담을 넘었다. 닭은 죽은 지가 오래다. 개는 날이 새어야 돌아올 것이다. 디펑 영감장은 돌아오는 개보다도 늦게야 잠을 깰 것이다. 밤의 꼭대기 같은 때라 시생이는 조급히 굴 것은 없었다. 죽은 닭을 드리워보았다 꽁무니에 껴보았다 하며 담 비탈을 돌아 새판으로 올라가는 길에 나왔다. 길가 묵은 샛더미에 벋어올라간 호박 넝쿨에서 반딧불이 반긋 하고 날아가는 것이 시생이에게

삼한 어린아이의 성질이 사나운.
겐가도리 '싸움닭'의 일본어.
글탄 '끌탕'의 평북 방언. 속을 태우는 걱정.
새판 새 풀이 돋은 땅.
샛더미 땔감 더미. '새'는 '땔나무'의 평북 방언.

는 맞아 죽은 제 닭의, 그 닭도 병아리의 넋이 와보다가 돌아가는 것이었다. 북두칠성을 향하고 떨어지는 별띠가 또 구신과 말하게 된 시생이의 눈에 띄었다. 그것은 맞아 죽은 제 닭의 그 닭도 묵은 암탉의 넋이 담 밑까지 못 오고 하늘의 지붕 말랭이에서 시생이를 내려다보고 있다가 돌아가는 것이었다.

길에 나선 시생이는 닭을 가지고 집으로 갈까 하고 생각하다가 가서는 안 된다고 생각을 돌쳤다. 디평 영감장만 해도 죽인 닭을 버리고 갔다. 시생이는 피도 뽑지 못하고 죽은 닭의 피 서린 붉은 고기를 먹으며 피 서린 마음도 같이 먹었던 것이다. 시생이도 디평 영감장에게 제 닭의 피 서린 고기를 먹이자고 하였다.

그래서 시생이는 먼저 햇병아리 한 마리를 산 밑에 버리기로 하였다. 영감이 없어진 닭의 터럭이라도 찾아 산으로 왔다가 죽은 닭을 들고 돌아가게 하고 싶었다. 영감장은 산짐승을 의심할 것이다. 물고 가던 밥을 놓고 달아났다고 영감장은 어느 산 옆에서 해바라기나 할 산짐승을 턱없이 비웃을지도 모른다. 버린 닭을 날이 밝기 전에 여우나 살기 짐승이 영감보다 먼저 주워갈지 모르나 그것은 안개가 끼지 않을 날의 일이고 안개는 이 산짐승들의 운에 달린 것이다. 시생이는 이렇게 생각하면서 한 마리 닭을 힘없이 산 밑에 버리고 돌아섰다.

디평 영감장의 눈이 둥그레지게 할 것이다. 살찐 암탉을 시생이는 이

별띠 '별똥'의 평안, 함북 방언.
말랭이 '마루'의 평안, 강원 방언. 지붕이나 산 따위의 꼭대기.

번에는 영감장네 샛더미 아래 틀어넣었다. 아침이면 닭이 없어진 것을 알게 될 영감장은 복샛더미 밑에 사는 족제비가 미안하다고 그는 작시밋대로 샛더미 밑을 들쑤시다가 아니나 다를까 죽은 닭을 얻어 들 것이다. 내 닭이 이렇게 되었구나 하고 죽은 닭을 보고 눈에 횃불이 나서 영감장은 그만 들었던 닭을 팽개치며 욕을 할 것이다.

"이놈의 즘생을 이거 어디카노! 무슨 변괴디 변괴야!" 하다가도 욕하고 나는 영감장은 일이 수상하다고 눈을 껌벅거릴 것이다.

"이놈의 즘생이 배래 부른가부디 닭을 물어다만 놓고 먹디 않다니!"

족제비는 사냥으로 돌아오는 길에 제집 앞에 시생이가 섰는 것을 보고 놀라 달아났을지 모른다. 영감은 욕을 할 때에 족제비는 어느 낯선 조짚가리 아래서 깎다 놓고 온 다람쥐의 뼈다귀를 생각하며 안이 달아할 것인지 모른다.

시생이가 이렇게 디평 영감장네 샛더미 밑에 한 마리 닭을 묻듯이 해버리고 잔솔밭 등성이를 넘어설 때 안팎 마을에서 울어대는 닭의 소리를 들었다.

검은 밤이 갔다. 희연한 새벽이 왔을 때에야 디평 영감장은 닭이 두 마리나 없어진 것을 알았다. 당치않은 개잠을 자고 난 영감장이 토방을 내려설 때 닭의장은 문이 열려 있었다. 분명히 어젯날 해가 채 떨어지기도

작시밋대 작시미. 세워놓은 지게를 받치는 데 쓰는 작대기.
조짚가리 조짚(낟알을 떨어낸 조나 피 따위의 줄기)을 단으로 묶어 쌓은 더미.
희연한 '희번한'의 함경 방언. 허연 빛살이 약간 비쳐 조금 훤한.
개잠 깊이 자지 못하고 설치는 잠.

전에 닭을 다 올리고 빗장 잠가 닫았던 문이다. 안 그렇다고 했다가는 지금 영감의 엉덩이 위에서 아무 죄가 없노라는 듯이 뿌득뿌득한 매딥 굵은 손이 무어라고 말할 것이다. 또 그 닫긴 문을 토방에서 사나운 수캐가 어제라고 안 보았을 까닭이 없다. 영감장은 잘 이런 말을 개에게 하였다.

"담 밖에 다니는 사람까지 짖을 건 머이유." 담 밖에 나는 인적기를 짖지 않으면 짖을 일이 없는 개에게 이런 말을 한 것은 영감장에게는 얼마나 이 개가 든든하니 미더운 깃인지 모른다. 그리기에 개가 간밤에 한 번도 짖은 일이 없다는 것은 알다가도 모를 일이다. 그리고 또 개 소리에는 온몸이 전부 귀가 되어버리는 영감장이다. 개가 짖었건만 듣지 못했다는 건 그건 되다가도 안 될 말이다.

영감장은 조무거리를 뿌려주면서 장 안에서 나오는 닭들을 물 마시러 갈 사이도 없게 불러 모으면서 이런 생각을 하였다. 영감장은 싸물싸물한 닭을 헤었다. 네 번 다섯 번 부르곤 헤곤 하였으나 닭은 두 마리가 모자랐다. 입을 오므라치고 눈곱이 끼어서 방문을 나오는 할미를 보고 영감장은 잿더미로 볼일 보러 갈 짬도 없게

"할미 닭 좀 헤보샹" 하며 행여나 하였으나 할미는 말했다. "두 마리 축이 갑메다레."

뿌득뿌득한 세게 기지개를 켠.
매딥 '매듭'(마디)의 평북 방언.
인적기 인기척.
조무거리 조를 빻아 가루를 내고 남은 찌꺼기.
싸물싸물한 아른거리는.

디펑 영감장네 닭이 두 마리가 없어졌다. 영감장은 하늘과 땅과 새벽 빛이 모두 인정이 없는 것을 나무라려는 듯이 휘임하니 뿌연 눈을 들어 살폈다. 영감장의 눈이 머물 곳을 찾은 때가 이때다. 토방굽에서 맥이 신신이 빠진 몸을 늘씬하니 하고 전에라 없이 아침잠을 자면 말면 하는 개를 보았다.

영감장의 손에 싸리비가 들리고 그 비가 곤한 눈을 끔벅거리는 개에게 달아간 것은 그 뒤 얼마 아니해서다. 영감장에게는 허물도 죄도 다 드러났다. 닭은 잃어지고 개는 매를 맞았다. 하나 영감의 속에는 누가 이런 말을 하였다.

"아무려나 닭의 넋이 작간인데야." 그러하였다. 산짐승이건 시생이건 날짐승의 구신이 시킨 노릇인데야! 디펑 영감장은 대답 비슷이 속으로 말했다.

"산즘생인지 몰라, 산즘생이기 쉽디 시생이 놈이야 쫄딸이 때문에……"

잡혀 먹힌 닭을 분명히 어느 산짐승이나 물고 제 굴이나 구멍까지 안 갔다면 뒷산 옆은댕이에 닭의 지처구가 남아도 남았을 것이라고 디펑 영감장은 산으로 갔다. 아침 햇살이 구름 뒤로 올려 뻗는데 산으로 와도 닭

달아간 달려간.
작간 간악한 꾀를 부림. 또는 그런 짓.
쫄딸이 쫄보. 좀스럽고 못난 짓을 하는 사람.
옆은댕이 옆댕이. 옆.
지처구 '깃'의 평북 방언.

우는 소리는 들리었다. 저 솔포기 밑에 저 떡갈나무 아래서 저 찔광나무 위에서 꼭꼬— 하고 피피— 하고 없어진 자기의 닭들도 울 것만 같이 영감장의 애는 끊겼다.

산이 부르기나 한 듯이 달아온 영감장은 예서도 닭들이 어느 모진 입으로 들어간 것만 알았다면 눈물을 핑 머금었을지도 몰랐다. 해도 피 묻은 죽지가 보이지는 않았다. 단지 영감장의 눈이 반짝 뜨이게 하이얀 닭의 배털 하나가 이슬 먹은 어느 이름 없는 풀꽃같이 풀대 위에 고조곤히 붙어 있었다. 시생이의 손에서 닭의 몸뚱이는 그 풀떨기 위로 떨어졌던 것이다. 잠자는 풀들은 눈을 뜰 사이도 없이 고개를 눌리고 허리를 지질리고 발을 밟히었다. 이 아닌 밤중의 침해물을 해본다고 어느 영악스러운 풀 하나가 손으로 글치고 입으로 물어뜯어서 겨우 배털 하나를 뽑아 놓고 만 것이다.

어둔 밤이 몰라보는 이 희끄무레한 덩어리를 하늘의 별들이 수상하니 내려다보았다. 먼 길들을 가는 한밤 바람들이 가슴에 선듯한 불길한 예감을 느끼면서 얼른얼른 이 희끄무레한 덩어리 위를 눈 감고 지나갔다. 나무들은 아는 길이 없이 한잠이 들었었다. 오직 늙은 자작나무 하나가 잠이 깨어서 눈을 그느슥히 뜨고 이 수상한 밤의 일을 살피고 있었다. 거

솔포기 가지가 다보록하게 퍼진 작은 소나무.
찔광나무 산사나무.
고조곤히 '고요히'의 평북 방언.
지질리고 내리눌리고.
선듯한 선득한.

기에 뒷녘 큰 산의 암여우가 오늘밤도 건넌산의 무덤 파기로부터 돌아오는 길에 이리를 지나다가 이 희끄무레한 덩어리를 보았다. 암여우란 놈, 떡을 본 것은 어디다 조상의 무덤을 쓰고 얻는 복인지 모른다. 어인 호박이 뚝 떨어졌는지 모른다. 그리고 이 여우굴 위에 살다가 쌈을 하고 건너편 바위로 가버린 애꾸눈이 독수리가 이 일을 안다면 얼마나 배가 아파할지 모른다. 이 밤도 여우는 배가 비어서 어느 인가 근처로 내려가서 닭의 사냥이나 할까 하다가 산으로 돌아오는 길이었다. 여우는 한번 쿨─하고 코를 들어 그어보더니 벌써 다 알아챈 듯이 그 빠장한 상이 벙그러졌다. 하늘에 입을 솟고 이틀을 드러내놓고 한바탕 웃었다. 그러면서 이제껏 오래된 무덤가에서 속이 타서 캥캥하고 운 것이 멋없이 점직해서 오래 더 지랄을 부리지 못하고 입에 듬뿍 닭을 감쳐물고 제 굴로 길 향작을 잡았다. 하턱이 빨고 입이 뾰족하면 복이 없다고 늘 제 관상을 흉만 보는 개울 골짜기의 구새먹은 밤나무에 살고 있는 부엉이를 날이 밝기 전에 찾아가서 그놈이 무색하게 냉소를 하리라 하고 생각하니 여우는 기뻐서 깡충깡충 산을 올라갔다.

아침이 무서워서 그러는지 자작나무도 풀잎도 풀대도 누구 하나 디평

그느슥히 '그늑히'의 변형으로 짐작된다. '그늑하다'는 '끄느름하다'(희미하고 어두침침하다)의 평북 방언.

빠장한 가느다랗고 뾰족한.

벙그러졌다 꽃봉오리처럼 툭 터지며 활짝 열렸다.

이틀 잇몸.

향작向作 방향을 잡음.

구새먹은 속이 썩어서 구멍이 뚫린.

영감장에게 이런 말을 해서 들려주지 않았다. 영감장은 산을 비었다 하고 시름없이 내려왔다. 이번에는 집오래를 두루 찾기로 하고 방앗간 뒤 뜸새와 조짚가리를 들추어보았으나 닭의 뼈다귀나 털이 보이지는 않았다. 게서 영감장은 생각하였다.

'족제비란 놈은 아늑한 묵은 샛더미 아래 제집에서 아귀아귀 닭을 먹었을지도 모르지.' 그러나 영감장의 생각이 헛생각이 된 것이다. 디평 영감장은 샛너미 아래서도 죽은 닭의 터럭 한 개나마 얻지 못하였다. 이러한 영감장이기는 하나 족제비를 종작 못할 짐승이라고 나무란 것은 어리석었다. 더욱 어리석은 일은 영감장이 성마른 족제비의 집을 까닭이 닿지 않게 들추어놓은 것이다.

족제비는 간밤에 제가 한 농간이 있으면 그날 새벽에는 디평 영감장의 작시밋대가 제 집으로 들어오는 것을 보고도 아무 소리 못하고 참는다. 하나 족제비는 간밤에 동무 따라서 삼 리가 넘는 아랫마을로 갔다가 뉘 집 털릉 아래서 텃세 자랑하는 그 고장 족제비하고 한판 대판 싸움을 뜨고 온 것이었다. 일이 좀 달랐다. 족제비는 어서 밤이 오기를 기다려서 디평 영감장의 복수를 닭의장에다 대고 할 것이었다.

불쌍한 디평 영감장은 뒤 개울가의 한증에서 먹고 자고 하는 그 거지 바발 할망구의 운수를 모르는 탓이다. 바발 할망구에게는 얼마나 운수

집오래 집에서 가까운 부근.

뜸새 뜸(짚, 띠, 부들 따위로 엮어서 만든 거적)의 사이.

종작 대중으로 헤아려 잡음.

털릉 철륭. 집 뒤곁 장독대를 지키는 신. 또는 그 신을 모신 자리.

좋은 새벽이었을까?

할망구에게는 이날 새벽따라 재수도 있었다! 먼 마을로 밥을 얻으러 거지 바발 할망구는 휜—하니 날이 새자 디펑 영감장네 샛더미 곁을 지나갔다. 바발 할망구의 휘휘 살피는 눈은 샛더미 아래 삐죽이 드러나 보이는 닭의 모가지를 놓치지는 않았다. 이런 일이 더러 있곤 하였다. 할망구는 눈을 곧바로 뜨고 앞만 보고 길을 걷지 않는다. 그것은 손해인 까닭이다. 가난한 사람들은 굶주린 짐승들은 그리 길을 재빨리 걸을 필요는 없다. 또 여기저기 하 많이 눈을 파노라면 눈에 뜨이는 것들 가운데는 '재수 좋다'고 할 것이 있을지도 모르는 까닭이다. 그래서다 바발 할망구는 언제나 길을 가면서 한눈을 안 파는 법이 없다. 이리해서 재수를 잡은 일이 많았다. 이날 아침도 그러하였다.

바발 할망구는 흐린 눈에 빛이 나도록 기뻤다. 하느님이 곁에 내려오듯이 그는 몸 둘 곳을 몰라하였다. 할망구는 닭을 끌어내었다. 그것은 커다란 살진 암탉이었다. 산으로 올라온 닭을 몰래 힘들게 때려잡을 것도 없이 커다란 닭을 그저 길에서 줍는다는 말이! 그리고 닭의 국 국물의 내음새라도 맡아본 지가 까마득한 터에!

거지 바발 할망구는 밥을 얻으러 갈 것은 없었다. 닭을 삶아놓으면 그만이다. 할망구는 그래서 오던 길을 도로 한증으로 돌아간 것이다. 디펑 영감장이 꿈속에서인 듯이 잃어진 닭을 헬 때 할망구는 귀 나간 냄비에 코를 대고 문문 오르는 고기 내음새에 취하여 있었다.

하 많이 매우 많이.
문문 연기, 김, 냄새 따위가 많이 피어오르는 모양을 나타내는 말.

디평 영감장이 족제비를 나무란 것은 이리하여 어리석은 일이었다.

죄래 나렸는지 모른다. 디평 영감장의 이런 생각이 맞았는지 모른다. '닭을 채간 것이 시생이건 족제비건 살기건 여우건 간에 모두 닭의 넋의 작간인데야!'

영감장의 생각이 더욱 맞았는지 모른다. '하늘도 사정이 없다니! 내 차 조밭만 안 버린다면야……'

해설

동화적 상상력과 우연한 일들의 연쇄

백석이 세번째로 발표한 소설 「닭을 채인 이야기」는 어느 시골 마을에 사는 시생이와 디평 영감이 닭을 둘러싸고 벌이는 복수극을 그린 작품이다. 디평 영감이 자신의 차조밭을 망가뜨린 시생이네 닭 두 마리를 죽이자 시생이가 이에 대한 앙갚음으로 디평 영감네 집 닭장에 몰래 침입해 닭 두 마리를 죽인 다음 한 마리는 산 밑에 버리고 또 한 마리는 디평 영감의 집 근처 샛더미 아래에 틀어넣는데, 그것을 여우와 바발 할망구가 집어간다는 것이 이야기의 골격이다.

이 작품은 인물의 구성이 흥미롭다. 시생이와 디평 영감 부부, 그리고 바발 할망구 네 사람 외에도 닭, 족제비, 여우, 부엉이, 독수리, 개 등의 동물이 등장인물로 설정되어 있다. 동물들은 서사의 소도구가 아니라 사람과 동등한 자격으로 등장해 사건을 이끌어가며, 소설의 갈등도 인간과 동물이 혼재되어 일어난다. 더 주목되는 것은 별, 바람, 풀, 담, 별 등의 무생물도 작품의 배경에 머물지 않고 인격화되어 사건의 진행에 참여한다는 점이다.

그날 밤, 운수 사나운 날 밤 그렇지 않아야 좋았을 일이 모두 그러하였다 (……) 개는 암컷을 따라 집을 비우고 나갔고 썩어진 곱새담은 술이 취한 듯이 반쯤 나가누웠었다. 또 하나 이날 밤의 모작별은 어느 표독한 사나이의 그림자가 살기에 차서 디평 영감장네 담 밑까지 가 멎는 것을 보았다.

그러면 또 밤바람이 나무랄지 모른다. 너구리, 살기, 족제비들을 따라 영감장네 담 구멍을 드나든 그는 이날 밤엔 짐승 아닌 사람의 앞장을 서서 와서 영감장네 담장의 잔등을 툭툭 쳐보고 간 것이다.

소설 초반부에서 시생이가 몰래 디평 영감네 담을 넘으려는 장면이다. 여기서 디평 영감네 집의 곱새담은 '술이 취한 듯이 반쯤 나가누워' 외부인의 칩입을 막는 역할을 스스로 포기하여 시생이의 월담을 방조한 것으로 그려진다. 또 모작별은 시생이가 디평 영감네 담 밑까지 가서 선 것을 보았고 밤바람은 디평 영감네 담장의 잔등을 툭툭 쳐보고 간 것으로 묘사되어 있으니, 그 둘은 시생이의 월담을 목격한 것이다. 곱새담과 모작별과 밤바람 같은 무생물이 사건 진행에 가담함으로써 이 소설은 초반부터 동화적인 분위기를 풍기며 독자들을 흥미로운 상상의 세계로 이끈다.

시생이의 월담 이후에 전개되는 시생이와 디평 영감네 닭들의 대결 장면은 이 소설의 백미를 이룬다. 백석은 시생이가 닭을 해치는 과정을 둘의 행동과 심리에 대한 뛰어난 묘사로 생동감 있게 드러낸다. 이 장면에서 시생이는 살쾡이와 족제비에 비유되는데, 담을 잘 넘고 조용히 움직이는 살쾡이의 특성은 시생이의 조심스러운 위장 접근을, 공격적인 족제비의 특성은 닭을 단박에 해치우는 시생이의 행동을 실감나게 전해준다.

닭들의 행동과 심리 묘사도 날카롭다. 백석은 닭장 안의 닭들을 집단으로 뭉뚱그려 그리지 않고 개별적인 인물들로 설정하여 닭들과 시생이와의 갈등을 흥미진진한 서사로 끌어올린다. 시생이의 위장 접근에 햇닭, 묵은 수탉, 늙은 암탉, 늙은 노랑 암탉, 병아리 등이 제각기 자신의 연륜에 따라 그의 정체를 다르게 가늠하며 두려움에 떨다가 시생이의 위장 취침에 모두가 곧바로 안심하며 잠에 빠져드는 것은 닭의 지능을 감안한 흥미로운 묘사라고 할 수 있다. 시생이는 그 틈을 타 닭장 안의 닭들을 두 차례에 걸쳐 해치는데, 첫번째 급습 도살에 닭장 안의 닭들은 저마다 걱정하고 무서워하고 또 일부는 무관심하다가 결국은 모두 자포자기하지만, 두번째 급습 도살엔 묵은 수탉을 필두로 나이 많은 암탉과 어미 닭에 이어 병든 암탉과 젊은 수탉까지 차례대로 소리치며 야단법석을 떤다. 백석이 닭의 성별과 연령에 따라 다양하게 창조한 이런 반응은 작가적 상상력이 개입한 것이지만 충분한 개연성과 현실감을 지니고 있으며, 우의적인 의미도 띠고 있다. 닭들이 보이는 놀람, 당황, 걱정, 무관심, 자포자기 등의 반응은 강력한 위협에 직면한 약소 계층의 심리와 반응을 그대로 보여주는 것이기도 하다.

백석은 닭들의 성격을 묘사하는 데에 소리 이미지를 잘 활용한다. 시생이가 닭장에 접근할 때 닭들이 처음 보이는 반응은 '꾸둑뚜둑, 쌍쌍, 꺽꺽, 꼬이꼬이'라는 의성어로 표현되는데, 그 소리는 위기 상황에 큰 소리를 치지는 못하면서도 야단법석을 떠는 닭들의 모습을 적절하게 드러낸다. 이러한 의성어 구사는 시생이의 두번째 급습 도살에 대한 대응에서 절정을 이루어 묵은 수탉은 '께-득', 그에 동조하는 나이 많은 암탉은 '꼭꼬댁', 잠자던 어미 닭들은 '꼴꼴 꼴꼴', 병든 암탉은 '꼬댁 꼴', 젊은 수탉들은 '꼑꼑 꼑꼑' 하고 우는 것으로 그려진다. 소리를 자유롭게 적을 수 있는 한글의 특성을 십분 활용하며 만들어낸 이 현란한 소리 이미지들은 닭이라는 동물의 특성을 잘 드러내면서 닭들의 캐릭터에 현실감을 부여하고, 다양한 닭들의 감정을 섬세하게 드러내 상변을 너욱 생생하게 전달해준다. 백석은 이후에 쓴 여러 시에서도 소리 이미지를 중요한 기법으로 활용하고 있어, 소설이 그의 시에 영향을 미치고 있음을 확인할 수 있다.

시생이가 닭 두 마리를 죽여 손에 쥐고 달아난 이후로 소설은 장면 묘사에서 사건 위주의 서술로 급격하게 전환된다. 사건의 전개도 특이하다. 시생이는 디평 영감에게 복수하기 위해 한 마리는 산 밑에 버리고 또 한 마리는 샛더미 아래에 틀어넣는데, 그 닭들은 엉뚱하게도 여우와 바발 할망구의 차지가 된다. 그 과정은 인과적으로 전개되기보다 우연한 일들의 연속으로 진행되며, 거기에 별도의 사건들이 새롭게 개입하면서 여러 개의 소주제를 드러낸다.

우선 시생이가 디평 영감에게 복수하려고 한 행동이 다른 이들의 횡재로 이어진 것은 세상일이 뜻대로만 이루어지는 것은 아니라는 점을 보여준다. 그런가 하면 여우와 바발 할망구의 횡재에는 또다른 우연적인 사건이 개입되어 있다. 여우는 여우굴 위에 살던 독수리가 자기와 싸우고 다른 곳으로 가버린 덕분에 집으로 돌아오는 길에 닭을 발견한다. 바발 할망구는 샛더미 아래 사는 족제비가 마침 놀러 나가 집을 비운 덕분에 그곳을 지나다 닭을 차지한다. 독수리와 족제비는 둘 다 자기 자리를 떠난 탓에 행운을 차버린 셈이다.

그런데 바발 할망구가 닭을 얻은 횡재는 단지 우연히 일어난 것만은 아니다. 백석은 바발 할망구가 닭을 발견하는 정황을 다음과 같이 서술한다.

> 먼 마을로 밥을 얻으러 거지 바발 할망구는 훤―하니 날이 새자 디펑 영감장네 샛더미 곁을 지나갔다. 바발 할망구의 휘휘 살피는 눈은 샛더미 아래 삐죽이 드러나 보이는 닭의 모가지를 놓치지는 않았다. 이런 일이 더러 있곤 하였다. 할망구는 눈을 곧바로 뜨고 앞만 보고 길을 걷지 않는다. 그것은 손해인 까닭이다. 가난한 사람들은 굶주린 짐승들은 그리 길을 재빨리 걸을 필요는 없다. 또 여기저기 하 많이 눈을 파노라면 눈에 뜨이는 것들 가운데는 '재수 좋다'고 할 것이 있을지도 모르는 까닭이다.

바발 할망구가 버려진 닭을 발견한 것은 그가 가난한 까닭에 재빨리 걷지 않고 천천히 주변을 살피는 버릇이 있기 때문이다. 여우 역시 평소 부엉이에게 복이 없는 관상이라고 비웃음을 받아왔지만 제자리를 지킨 탓에 횡재를 만난 것이니, 백석은 이 이야기를 통해 운과 불운, 우연과 필연이 맞물린 세상사를 전하고 있는 것이다.

이 소설은 시생이가 닭을 해치는 전반부의 장면 묘사가 절반을 차지하고 후반부는 사건의 서술에 치중해 구성상의 안정감은 다소 떨어지는 것으로 보인다. 하지만 인물 간의 갈등을 인과적으로 연결하는 재래적인 플롯을 벗어나 우연적인 사건의 연쇄를 통해 세상사의 여러 모습을 담아낸 것은 이 소설이 거둔 적지 않은 성과라고 할 수 있다.

사생첩의 삽화

내 친구로 평양 사는 한 젊은 화가가 있는데 내가 지나간 이른 봄 그의 집으로 그를 찾아보러 갔을 때 이 소같이 부지런하고 순하고 그러면서도 속에 무서운 정열을 간직하고 있는 그는 그동안의 그의 그림 공부에 대한 소감이며 그가 자로 다니면서 정신만은 언제나 그곳 공기 속에 살고 있는 동경 화단의 새로운 동향이며를 그의 늘 하는 본대로 열심으로 이야기하고 나서 그는 나한테 조선 참지종이로 맨 사생첩 하나를 보여주었다.

그는 그 아버지의 덕으로 평양서 한 삼 리 되는 황해 바다가 그리 멀지 않은 곳에 큰 농장을 차지하고 있는 젊은 지주인데 해마다 마가을이 되

사생첩 여러 가지 그림을 그려 넣은 책.
자로 자주.
본本대로 모양대로.
참지종이 참지('한지'의 평북 방언).

면 추수를 하러 이 농장으로 가서는 추수가 끝날 때까지 한겨울내 바닷바람이 올려치는가 하면 산바람이 내리몰리고 하는 산 가깝고 바다 가까운 마을에서 지내고 오는 터라 지난해 겨울도 그는 역시 이 농장이 있는 마을에서 한겨울을 지내며 낮에는 추수를 감독하는 짬짬이 화상이 맴도는 때마다 화필을 들고 밤이면 등잔불 밑에서 그가 좋아하는 들라크루아를 읽다는 소작인들의 들고 오는 닭과 술의 대접을 받기도 한 것이다.

그가 나한테 내어놓은 사생첩은 이 지나간 겨울 한 철 동안 그 농장이 있는 마을에서 얻은 것인데 추수하는 마당귀에서나 눈 날린 논두렁길에서나 또는 뜨뜻한 작인네 집 방 안에서나 때 없이 그 눈에 뜨이고 그 마음에 들어온 소박하고 순수하고 뜨스하고 우습고 그러면서 영원한 아름다움과 한없이 높고 귀한 것을 가진 세계를 그의 뜨거운 사랑으로 그린 것인 줄을 나는 그의 설명에 앞서 짐작하였던 것이다.

사생첩을 두 손으로 드는 나는 참지종이의 부드러운 감촉과 함께 이상한 흥분과 감격도 짝하여 깨달으면서 우선 수십 장 부피의 책을 밑에서부터 쭈르륵 훑듯이 넘겨보니 사생화는 모두 수묵이나 수채로 되었는데 척 보매는 어딘 듯 어리고 못된 듯하면서도 화폭에 기운이 살아 움직이는 남화류의 이 화가의 그림이어서 나는 잃었던 내 정서의 세계나 찾은 것처럼 기쁜 생각으로 이 사생첩의 첫 장을 연 것이다.

첫 장을 들춘 나는 갑자기 소스라치며 무슨 예리한 것에 찔릴 뻔하거

올려치는가 바람이 높은 데로 올라가면서 힘 있게 부는가.
내리몰리고 위에서 아래로 몰리고.
작인 소작인.

나 잔인한 것을 보거나 할 때처럼 내 온 신경이 모두 일어서며 날이 섰다. 나는 꺼먼 금과 빨간 물감으로 된 한 폭의 수채화를 대한 것인데 그것은 그 무슨 큼직하고 하이얀 새에게서 방금 내 앞에 새빨간 피가 풍풍 쏟아지는 것처럼 너무도 진실에 방불한 피가 흘러내리는 그림이었다. 하이얗고 북신한 털과 깃에 싸여서 푹 고개를 처뜨리고 부름발을 쭉 드리우고 앞가슴과 배 바닥에 새빨간 피를 흘리며 숭엄하고 위대한 왕생을 하는 이 커다란 가금家禽을 바라보며 내 마음의 호흡이 격화하여오는 것을 안 젊은 화가는 나에게 이런 이야기를 하는 것이었다.

그가 지난겨울 농은으로 가서 두어 달쯤 지난 섣달 보름께 일이었다. 자꾸 눈이 조금 덮이고 달이 환하니 밝은 어느 날 밤 그가 늘 숙식하고 있는 소작인네 집에 제사가 있었다. 매연 지난 먼 조상의 제사인지 제관들도 별로 모이지 않고 조용하니 제사를 지내고 나서 그 집 사람들과 일가 문중 사람 몇과 근처 집 늙은이들과 손님인 나까지 모두들 안방 큰간에 모여서 제상 아래서 제삿밥들을 먹고 난 때는 첫닭이 울 녘이었다. 무이징게국에 볶은 잔디에 제삿밥들을 맛있게 먹고 난 사람들이 곧 돌아가

북신한 푸근하게 부드럽고 탄력이 있는.
처뜨리고 맥없이 늘어뜨리고.
농은 농원農園.
매연媒緣 지난 인연이 지난.
안방 큰간 안방의 크고 넓은 공간.
무이징게국 새우에 무를 썰어 넣어 끓인 국. '무이'는 '무'의 평남, 황해, 강원 방언, '징게'는 '새우'의 경기 방언.
잔디 잔대. 산야에서 흔히 자라는 높이 40~120센티미터의 여러해살이풀로 주로 뿌리를 많이 먹는다.

지들 않고 퍽삭하니들 그 자리에 앉아서 이야기를 하는 때인데 갑자기 뜨락에서 무슨 꽥 하는 외마디 소리와 짓틀치는 듯한 화드득하는 소리가 들린 것이다. 방 안에서는 깜짝들 놀라서 말을 그치고 귀를 기울이자 갑자기 게우들이 놀란 듯이 죽는 소리를 지르며 아우성을 하는 것을 듣고는 방 안에서나 부엌에서나 모두 문을 열어제치고 토방으로들 내려섰다. 새파라니 언 달이 낮같이 밝은 뜨락에는 아무것도 없고 허텅간 짚북데기에서 게우들이 목이 찢어져라 하고 소리를 치고 그 옆 닭이홰 안에서 닭들도 낮은 소리로 꾸둑꾸둑 수선거리고 부엌 모퉁이 제 궁이에서 뜻밖에 밤물을 얻어먹는 큰 수캐도 그때는 고개를 들고 으르렁으르렁하고 목만 구르는 것이었다. 무슨 산짐승이 온 모양이나 아무것도 보이지는 않고 게우들이 먼저 떠들고 야단을 하는 것을 보아 게우에게 무슨 일이 있어도 있을 터인데 이 몸집이 크고 맘보가 우둔하고 힘이 세찬 짐승을 좀 크지 않은 산짐승은 감히 건드리지 못했을 것이라고 하여 모두들 수상하니들 생각하며 안 뜨락에서 밭마당으로 나갈 때 벌써 어느 새에 갔는지 밭마당 아래 텃밭을 지나 밭최뚝을 내려서면서 이 집 젊은 맏아들이 몽둥

게우 거위.
허텅간 허텅. '헛간'의 평북 방언.
짚북데기 짚이 아무렇게나 엉킨 뭉텅이.
닭이홰 닭으홰. '닭의홰'의 평북 방언. 닭장 속에 닭이 올라앉도록 가로지른 나무.
궁이 '구유'(가축의 먹이를 담는 그릇)의 평안 방언.
맘보 마음보. 마음씨.
밭마당 바깥마당. 대문 밖에 있는 마당.
밭최뚝 밭 언저리에 있는 둑.

이를 들고 무엇을 다쫓아가며 "살기, 살기—" 하고 숨찬 소리를 질렀다. 그제야 모두들 와— 하고 우르르 밭둑 아래로 내려 달렸으나 그때는 밭둑 아래 행길 건너 논배미 옆에 있는 도랑까지 쫓아간 이 집 맏아들이 짐승을 놓쳐버린 때였다. 도랑가며 밭둑을 뒤져 짐승을 찾았으나 없는 것으로 보아 그놈이 멀리로 간 것이라고 생각하고 모두들 텃밭 위로 올라오는 때인데 밭 모도리에 무슨 커다란 하이얀 덩어리 같은 것이 놓여 있었다. 가까이 가서 본즉 그것은 게우였다. 집에서도 제일 크고 세찬 수게우였다. 게우는 목에 앞가슴에 배 바닥에 새빨간 피를 흘리며 넘어져 있었다. 사람이 가서 쳐들려고 한즉 그것은 갑자기 다리를 뻗치며 목을 들먹이며 일어나려고 애를 썼으나 그것은 점점 더 누운 자리에 길을 펴는 것이 되었다. 몸뚱이에서는 선지피가 흐르고 털 밑으로는 아직 따스한 살 기운이 있는 게우를 쳐들고 사람들은 집으로 들어오면서 눈 위에 군데군데 커다란 발자취와 게우 발자국과 또 무엇인지 줄줄 끌려간 자취와 이 자취들 위에 새빨간 핏방울이 떨어져 있는 것을 보았다. 여기서 이날 밤 일은 다 알 수 있었다. 어느 늙은 살기가 게우들이 자는 허텅간으로 와서 살근히 동정을 살피는 것을 이 수게우가 먼저 알아차리고 대담하니 선소리를 껭 하고 지르자 살기는 단댓바람에 달려들어 그 목을 문 것인데 게우는 목을 물려 소리는 못 지르고 깃만 화드득화드득 친 것이다. 살

다쫓아가며 매우 급히 뒤따라가며.
모도리 '모서리'의 평북 방언.
선소리 맨 앞에 서서 지르는 소리.
단댓바람에 단 한 번에 바로.

기는 게우를 물고 밭마당으로 텃밭으로 오기는 했으나 아무리 늙은 살기를 만났다 해도 개만한 커다란 이 수개우가 만만히 물려 가지는 않은 모양으로 물려 가면서도 게우는 발버둥이를 치고 몸부림을 하여 반항을 하였을 터인데 그때마다 살기도 죽을 애를 써가며 이 크고 무서운 미끼를 간신히 추슬러 간 모양이었다. 그러다가 이 집 맏아들한테 쫓겨서 그만 물었던 게우를 놓고 달아나버리든가 숨어버린 것인데 이것을 짐작한 이 집 맏아들은 입에 들이갔던 미끼를 중도에서 그만 놓고 온 늙은 살기의 울분과 탐욕에 찼을 마음을 생각하여 이 산짐승이 미구에 으레이 게우를 놓고 간 곳으로 오리라고 믿었다. 그래 다른 사람들을 멀리 떨어져 있게 하고 자기는 단단한 참나무 몽둥이를 하나 들고 도랑숡에 보이지 않게 엎드려 있었다. 아니나 다를까 물었던 미끼를 놓고 간 짐승은 담배 한 대 태울 때가 지나자 어데서 오는지 도랑 저편 논두렁을 끼고 미끼 놓았던 데서 가장 가까운 도랑 쪽으로 와서 도랑을 넘는 것을 대가리에 한 대를 안기고 연거푸 허도리에 또 한 대를 안기어서 때려잡은 것이다.

그것은 늙은 살기인데 길이가 거의 어른 한 빨은 되는 큰 것이었다. 새파란 달빛이 얼어붙은 하이얀 털에 새빨간 피가 묻은 게우 함께 죽어서도 눈알이 새파라니 빛나는 기다란 새까만 살기가 나가넘어져서 제사 뒤의 이날 밤은 어쩐지 침통한 슬픔과 불안스러운 울회가 저저마다의 가슴

도랑숡 도랑 가장자리. '숡'은 원래 '솔기'를 이르는 말로 백석은 '눈시울'이라는 뜻으로 '눈숡'이란 시어를 쓴 바 있다.

허도리 허리도리. 허리가 있는 부분.

빨 '발'(두 팔을 양옆으로 펴서 벌렸을 때 한쪽 손끝에서 다른 쪽 손끝까지의 길이)의 평안 방언.

에 사무쳤다. 그는 이날 밤 이상한 흥분에 싸여서 이 게우의 죽음을 바라보며 가슴속 깊이 이 한 짐승의 죽음을 아름답고 숭엄한 것으로 생각한 것이었다. 이 하이얀 털과 새빨간 피를 바라볼 때 그는 색채의 단순한 깊이라는 것에 큰 미혹을 느낀 것도 사실인데 그리하여 이날 밤 그는 이 죽은 가금을 빌리라고 하여 자기 방으로 가지고 들어가 남폿불 아래 걸고 떨리는 가슴과 손으로 사생을 한 것이다.

내 친구 화가가 대강 이러한 이야기를 다 한 다음에도 나는 한동안 이 죽은 가금의 그림에서 눈을 떼지 못하다가 겨우 이 장을 넘긴 것이다.

둘째 장은 수묵화였다. 당나귀 한 마리가 웃고 선 앞에 오리와 붕어가 눕고 앉고 한 것이다. 나는 앞 그림의 비통한 세계에서 갑자기 경묘한 웃음의 세계로 낙관의 세계로 얼른 옮아오고 말았다. 당나귀는 취한 관상이었다. 흐리멍덩하니 풀어진 눈 맥없이 비꼬인 다리, 한쪽은 내려트리고 한쪽은 쳐든 귀. 가부를 틀고 앉은 오리의 설화가 들릴 듯한 주둥이와 눈알, 비슷이 나가누운 잣붕어의 선기 있는 풍모. 나는 이 암시의 깊은 못에 임하여 차츰 아득하고 당황해올 때 친구는 나를 어느 지극히 단순한 사실로 인도할 생각이 들었던 것이다. 그는 나더러 그림을 그만 보고 그의 우습고도 슬픈 이야기를 들으라고 하며 이런 이야기를 한 것이다.

울회 울적한 회포.

그의 농장이 있는 이 작은 마을에 주막이 한 집 있었다. 상냥하고 약하고 정직하고 민감하고 겸손하고 착하고 낙천적이고 그리고 가난하고 고생하도록 태어난 이 주막의 주인을 마을에서는 당나귀라고 별명을 지어 불렀다. 그는 몸매로 보거나 성품으로 보거나 당나귀를 연상케 하는 사람이었다. 사람이 다 각각 짐승의 혼령을 하나씩 깃들이고 있다면 이 사람에게는 분명히 당나귀의 혼령이 깃들어 있었을 것이었다. 주막 주인은 이 농장 마을의 술을 좋아하는 사람들은 물론이요 앞 개포에 생선을 받으러 가는 생선 장사들이며 또 예서 그리 멀지 않은 섬들에 드나는 뭇사람들에게 술을 팔아서 생계를 꾀하는 밖에 그는 조그마한 논을 하나 얻어 부치는 것도 있었으나 이것보다도 이 주막 주인이 좋아하고 익숙한 생업으로는 여름 한 철 고기를 낚는 것과 가을봄 오리를 잡는 것이었다. 금붕어를 한 다랭이 잡아 메고 돌아오든가 오리치를 놓으러 벌로 나가든가 하는 그의 노랑 수염 난 웃는 낯을 마을의 신령은 사랑하였을 것이다. 이 주막에는 늘 붕어곰과 오리 장조림이 있어서 술상에 맛나는 안주를 떨지 않는 일도 마을의 신령은 사랑하였을 것이다. 이 화가도 가을이 되어 농장으로 가면 남의 대접을 받아서나 또는 파적거리로나 이 주막에 자로 발을 들여놓게 되는데 그럴 때마다 이 당나귀 같은 주인은 그를 반

드나는 들어오고 나가는.
다랭이 다랑치('바구니'의 평북 방언).
오리치 평북 지방의 토속적인 풍물로, 동그란 갈고리 모양으로 된 오리를 잡는 도구.
붕어곰 붕어를 오래 곤 음식.
떨지 써서 없애지.
파적거리 적적함을 면하게 하는 소일거리.

가워하면서 술상을 같이하고 앉는 것이었다. 혹 추수나 없고 한 날 주막 주인이 오리를 잡으러 나가는 때는 그도 같이 따라가서 닭이짗에 췻밀질을 한 숙마를 달아 올코를 맺은 오리치를 가지고 벌논으로 내려가거나 동비탈에 앉아서 오리가 내려멕이기를 한종일 기다리는 일도 있었다. 그런 때는 그들 둘은 서로 세상 물정이며 인간 사정이며 또 모든 자연의 대상 같은 데 대해서도 소박한 대로 이야기를 하는데 주막 주인은 언제나 세상사보다도 금수초목이며 춘하추동이며 비바람 눈서리 같은 자연계의 이야기를 하기 좋아해서 이것이 더욱 내 친구의 마음에 든 것이었다.

어떤 때는 내 친구가 삼각대와 캔버스를 가지고 가서 유화를 그리면서 주막 주인은 그 옆에서 한가로이 유심스러히 그림이 되어가는 것을 들여다보며 혼자 빙긋이 웃기도 하고 순수한 자연 관찰자의 한 사람으로써 그림에 대한 소박한 원시적인 의견도 말하는 적도 있었다.

이렇게 두 사람은 그들 인간의 맨 밑바닥에서 좋아하게 되어서 화가는 주막 주인에게 임의로 농터도 줄 수 있으니 좀더 뿌리 깊은 생활을 하도록 하라고 권고도 하고 주막 주인은 화가더러 거리에 살지 말구 이 마을에 와서 낚시질이나, 오리잡이나 하면서 지내는 것이 어떠냐고 의견

닭이짗 닭의 깃털.
췻밀질 잿물질. 천 따위를 잿물에 담갔다가 솥에 찌는 일을 뜻하는 평북 방언.
숙마熟麻 잿물에 삶아 희고 부드럽게 만든 삼 껍질.
올코 '올가미'의 평북 방언.
벌논 벌에 있는 논.
동垌비탈 동둑 비탈.
내려멕이기를 내려오기를.

도 내어보고 그리고 한번 같이 '피양' 구경을 갔으면 좋겠다는 말도 하였다. 그러던 주막 주인에게 지난겨울도 거의 다 가서 친구 화가가 농장을 떠나오려고 할 임시에 큰일이 생긴 것이다. 하루는 그 주막에 그 건너 숙섬이라는 데서 뱃사공 노릇하는 사람 거간하는 사람 주막 영업하는 사람 하여 이 주막 주인의 옛날 친구 세 사람이 와서 모두 반갑고 좋은 김에 술 먹기 내기를 한 것이다. 낮배부터 시작한 술판이 저녁때쯤 갔을 때는 이 마을 주막 주인은 술을 얼마나 먹었는지 모르나 코로 피를 뿜고 쓰러졌는데 그 뒤로 다시 그는 일어나지 못하고 만 것이다. '당나귀'가 술 먹다 죽었다는 소문이 그날로 농장 마을에 퍼졌을 때 가장 놀라고 애석히 여긴 사람은 친구 화가이었다. 온 마을에 그리고 마을을 지나가는 사람들에게 따스한 애정과 죄 없는 웃음을 주던 주막 주인이 없어진 것이 그에게는 슬픈 일이었다. 그것은 아마 하늘에 지나가는 날짐승이며 땅에 기는 길짐승들에게도 이 주막 주인은 사랑할 만한 이웃 사람이었을는지 모른다. 화가는 이 없어진 주막 주인과 진실된 마음으로 서로 이야기하고 웃고 같이 걸어 다니고 한 일들이 모두 생각나서 그는 뜨겁게 그의 손이라도 부르쥐고 싶은 생각에서 그를 생각하는 그림을 그리었으나 이러두룩새 그의 마음은 더욱 슬픈 것을 어찌할 수 없었다. 그는 이 주인이 생전에 그렇게 표일飄逸하던 그대로 죽을 적에도 좋아하는 술 실컷 먹으며 웃

임시臨時에 그 무렵에.
낮배 낮 무렵.
이러두룩새 '이럴수록'의 평안 방언.
표일飄逸하던 세상일을 마음에 두지 않고 태평하던.

고 떠들다 표일하니 죽은 그 쇄탈洒脫한 기개가 어덴지 높은 선승 같은 데가 있어서 그는 더욱이 생전에는 못 볼 친구가 좋아지고 보고 싶어졌다. 그래 그를 추도하는 그림에도 그처럼 그가 좋아할 대로 가장 쇄탈하고 표일한 서정을 한 것으로 해서 그 마음이 얼마큼이라도 위로되었다.

이렇게 나는 내 친구 화가의 사생첩에 들어 있는 소박하고 순수하고 따사하고 우습고 그러면서 영원히 아름답고 한없이 높고 귀한 것을 간직한 이야기의 셋째번 것을 우리 앞에는 향기 높은 술에 기름진 안주를 갖추어 주안상이 들어와서 사생첩은 잠시 옆으로 밀어놓지 않을 수 없었다.

쇄탈洒脫한 수수하고 털털한.

그림과 이야기의 문학적 병치

「사생첩의 삽화」는 1942년 2월 1일자 『매신사진순보』에 실린 작품으로, 「마을의 유화」 이후 칠 년 만에 발표한 소설이다. 발표 지면엔 제목 옆에 '단편소설'이라고 명기되어 있지만 소설보다는 수필적인 성격이 강하고, 그렇다고 수필이라고 하기에는 독특한 성격을 지닌 작품이다. 이 작품은 한 화가가 그린 그림에 얽힌 이야기를 작가가 전하는 형식을 취하고 있는데, 어떤 사건을 시간적 경과 속에서 서술한다는 점에서 소설의 성격을 지니고 있으나 일반적인 소설이라 하기에는 극히 압축적이고, 사적 체험이 아닌 두 개의 서사로 구성되어 있어 수필이라 하기도 어렵다. 이 작품은 장르적으로 소설과 수필의 경계에 놓여 있다고 할 수 있다.

이 작품은 먼저 그림을 소개하고 이어서 그 그림에 얽힌 이야기를 전하는 형식이라는 점에서 김동리의 「무녀도」(1936)와 유사한 구성을 지닌다. 그런데 「무녀도」는 그림 이후의 서사가 충분히 완결된 소설 형식을 띠는 데 반해 「사생첩의 삽화」는 단출한 두 개의 사건과 논평이 요약적으로 서술된다는 점에서 큰 차이가 있다.

첫번째로 소개되는 그림은 죽은 거위의 모습을 그린 수채화이다. 거위는 고개를 푹 숙이고 발을 길게 늘어뜨린 채 앞가슴과 배에서 피를 흘리고 있다. 죽은 거위의 처절한 자태에 대한 묘사에 이어 그림에 얽힌 이야기가 서술된다. 큰 농장의 지주인 화가가 소작인네 집에서 지내고 있는데, 어느 제삿날 밤 거위가 있는 헛간에 살쾡이가 침입하자 그중 제일 크고 힘센 거위가 눈치채고 대담하게 소리를 지르다 살쾡이에게 물려 간다. 이 소리를 들은 그 집 맏아들이 뒤쫓자 살쾡이는 물었던 거위를 놓고 달아나고, 잠시 후 살쾡이가 그 자리로 돌아올 것을 예상하고 기다리던 맏아들이 몽둥이로 그를 때려죽인다. 이를 본 화가는 그 죽음에 사로잡혀 거위를 빌려 와 그 모습을 화폭에 담는다.

이 삽화를 관통하는 주제는 숙명적인 죽음의 문제이다. 사건이 일어난 때는 제삿날 밤이며, 사건의 요체는 거위가 살쾡이에게 물려 죽고 살쾡이는 사람에게 맞아 죽은 것이다. 본능과 복수심에 의해 일어난 이 죽음은 자연의 근본 원리를 상기시키며 이 사건을 목격한 이들을 슬픔과 울회에 빠뜨린다.

한편 거위와 살쾡이의 죽음을 모두 목격한 화가는 그중에서도 거위의 사체만을 화폭에 담는데, 그 이유는 우선 하얀 거위와 붉은 피가 주는 강렬한 색감이 그를 사로잡았기 때문이지만 이보다 더 중요한 이유는 거위가 자신들의 영역을 침입한 살쾡이에게 저항하다 목숨을 잃었기 때문이다. 화가는 그런 거위의 죽음을 아름답고 숭엄하게 여겨 화폭에 옮긴 것이다. 이렇듯 그림과 삽화의 병치는 사건에서 그림으로의 변용이 어떻게 이루어지는지를 알려주기도 한다.

두번째 그림은 당나귀와 오리와 붕어의 모습을 담은 수묵화이다. 당나귀는 웃으며 서 있고, 그 앞에 오리와 붕어가 눕고 앉아 있다. 당나귀의 얼굴에는 취기가 돌고, 오리의 주둥이에선 설화가 들릴 듯하며, 붕어의 자태에선 선기마저 풍긴다.

이번에도 그림에 얽힌 이야기가 이어진다. 화가의 농장이 있는 마을에 주막이 하나 있는데, 마을 사람들은 몸매와 성품이 당나귀를 닮은 그 주막 주인을 당나귀라고 부른다. 그는 술을 팔고 조그만 논을 부쳐 생계를 유지하는 한편으로 여름철에 물고기를 낚고 가을봄에 오리를 잡는 일을 즐긴다. 화가는 농장에 갈 때면 그 주막에 들러서 그와 술상을 같이하고 오리잡이도 같이 나서서 서로 정담을 나누며 친밀하게 지낸다. 그러던 어느 날 주막 주인에게 옛 친구 세 명이 찾아와 반가운 마음에 술 먹기 내기를 하다 주막 주인이 그만 목숨을 잃고 만다. 갑작스러운 그의 죽음에 동네 사람들과 화가는 큰 슬픔에 빠지고, 화가는 그를 추도하는 마음으로 그림을 그린다.

이 삽화가 강조하는 것은 주막 주인의 평화롭고 낭만적이며 너그럽고 유쾌한 삶의 태도이다. 이 이야기도 결국은 죽음으로 끝을 맺지만, 그 죽음은 첫번째 삽화의 죽음과는 크게 다르다. 주막 주인은 자신을 찾아온 친구들과 실컷 술을 먹으며 웃고 떠들다 갑작스럽게 죽음을 맞이한다. 살쾡이에게 물려 고통 속에서 죽어간 거위의 죽음과는 여러모로 대조되는 이 죽음은 낭만적이고 선적인 면모마저 띠는 것으로 그려진다.

이 두번째 그림과 삽화는 백석의 다른 작품들과도 밀접한 연관을 갖는다. 당나귀와 오리와 붕어는 모두 백석이 좋아하는 동물로, 그는 그것들을 자신의 작품에서 중요한 소재로 삼아왔다. 「가재미 · 나귀」「흰 바람벽이 있어」「『호박꽃 초롱』 서시」 등이 당나귀를 제재로 한 수필과 시이고, 「오리」「오리 망아지 토끼」 등이 오리를 소재로 한 시이며, 「주막」이란 시에는 붕어곰이 등장한다. 백석은 평생을 자기희생적으로 살아가는 당나귀를 자신과 자신이 아끼는 인물의 문학적 이미지로 삼았으며, 「오리」에선 이 소설 속 주막 주인처럼 오리치를 놓고 오리가 잡히기를 기다리는 화자의 모습을 통해 어린 시절 고향에서 보낸 맑고 티 없는 삶을 표현했다. 또 「주막」에선 붕어곰의 맛을 통해 어린 시절의 해맑은 꿈과 즐거움을 그린 바 있다. 두번째 그림과 삽화는 백석 시를 관류하는 이상적인 삶의 태도와 그 저변에 깔린 유년의 체험이 변주된 것이라고 할 수 있다.

시쓰기에 집중하다 오랜만에 발표한 이 소설에서 백석은 그림과 그에 얽힌 삽화를 나란히 배치하는 독특한 형식을 선보였다. 비록 소설로서의 깊이와 밀도를 보여준 것은 아니지만, 서로 다른 장르의 본질을 보여주는 문학적 시도는 신선하고 흥미로운 것임이 틀림없다. 그는 두 가지 서로 다른 삶과 죽음의 모습을 병치해 본능적 세계와 이상적 세계의 존재를 보여주었고, 그런 가운데 숭고하고 아름다운 죽음의 모습을 돌아보게 하였다. 백석은 자기 문학이 한 정점을 지나는 일제 식민지 시기의 끝자락에 그동안 꿈꿔왔던 삶의 이상을 여러 예술 장르의 속성을 혼합한 새로운 문학 형식으로 재구해본 것이다.

원본

海濱手帖

『이심회 회보』 1호(1934. 3. 22)

개

저녁물이끝난 개들이 하나둘 기슭으로 뫃입니다. 달아레서는 개들도 뼉다귀와 새끼똥아리를 물고깍지아니합니다. 행길에서 것든 걸음걸이를 잊고 마치 밋물의 내음새를 맡는듯이 제발자국소리를 들으랴는듯이 고개를 쑥―빼고 머리를 처들이고 천천이 모래장변을 거닙니다. 그것은 멋이라없이 칠월강변의 츨게를 생각케 합니다. 해변의 개들이 이렇게 고요한 시인이되기는 하늘에 쏘구랑별들이 자리를박구고 먼 바다에 배ㅅ불이 물길을 옮는동안입니다.

산탁 방성의개들은 또 무엇에놀래어 짖어내어도 이기슭에서잇는 개들은 세상의일을 동딸이 짖으려하지아니합니다. 마치 고된업고를 떠나지못하는 족속을 어리석다는듯이 그리고 그들은 그소리에서 무엇을 찾으랴는듯이 무엇을생각하는듯이 웃둑서서 고개를들고 귀를기울입니다. 그들은 해변의 숭엄한 철인들입니다.

밤이들면 물속의고기들이 숨구막질을 하는때이니 이때이면 이기슭의개들도 든덩의 벌인배우에서 숨구막질을 시작합니다.

그들은 그들의일이 끝나도, 언제까지나 바다가에 우둑하니서서 즈츰걸이며 기슭을떠나려하지아니합니다. 저달 이제집으로 돌아간뒤에야올 조금의 들물에게 무슨이야기나잇는듯이.

가마구

바람부는아츰에는 기슭에 한불 가마구가앉습니다. 그들은 먼 촌수의 큰아바지의 제사에 쓸어몰인 가난한 일가들입니다.

겨울바다의 해가올라와도바람이 멎지않는 아츰과 고기ㅅ배들이 개포를나지못하는 비바람 설레는 저녁은 가마구들이 바다의승둥을 물려받는때이니 그들은 이리하야 바다의 당손이됩니다.

아츰이면 밤물에 떠들어온 강아지의 송장을놓고 욕심많은 제관인가마구들은 고개를 주억주억 제사를 들입니다. 마치 먼 할아부지의 성묘를하는 정성없는 자손같이.

바다사람들이 모래장변에 왕구새의자리를펴고 참치를말리는시절엔 참대끝에 가마구의 송장을매어달어 그자리가에세웁니다. 이는 죽엄의사자인 가마구들에게 죽엄의두려움을 가르치려는 어리석은 지혜입니다.

제종족의 송장아래서 가마구들은 썩은 송장파든 그쥐두미를 덩싯걸이며 무서운저주를 사특한이웃인 이바다사람들에게 뱉는것입니다. 그러다도 그

녕니한 지혜가 말하기를 바다사람들의 이러한 버릇이 그들을 두려워하고 위하는 표이리라고 그리하야 바다사람들은 그들의죽은종족을 높이받들어 참치를 제물로괴이고 졸곡제를 지내는것이라고하면 그때엔 바다가의 제사장인 가마구들은 제종족의죽엄을 우럴어받드는 이바다사람들을 까욱까욱 축복하면서 먼 소나무가지로 날어가앉습니다* 이는 제종족이죽어 제사를받는때 그제터에 가까이하지않는것으로 죽은종족의 명복을비는 그들의녜절과 풍속을 직히는 까닭입니다.

그러나 가마구들은 바다사람들과 원수질것을 까욱까욱울며 맹세하엿습니다.

어느때에 바다사람들은 대끝에 죽은 가마구대신에 마치 닭이채같이 검언 헌겊을 매어달엇습니다. 또 민지없는 낙시코에 피도같지않은 가마구의 쭉찌하나를 꿰어달기도하엿습니다.

그뒤로 가마구들은 늙은사공이 사랑하는 부둑 개가 기슭으로나오면 그모딜은 쥐두미로 개의 등어리와 엉댕이를 쿡쿡 쪼아울려놓고야맙니다. 바다사람들의 참치자리우에 묽은 횃대똥을 찔―하고 싸깔기며 씨연하다합니다.

그리하야 이노염많은 사자들이 농신의사당에 부즈러니조사를 보려나아가서는 바다사람들을 잡어오란 구신의녕을 그렇게도 감감하니 기다리는것입니다.

---

* 이곳에만 마침표가 없는데, 원본 지면에서는 이 자리에서 행이 나누어져 편집상 생략한 것으로 보인다.

어린아이들

바다에 태어난 까닭입니다.

바다의주는 옷과밥으로 잔뼈가굴른 이바다의 아이들께는 그들의어버이가 바다으로 나가지않는날이 가장행복된때입니다. 마음놓고 모래장변으로 놀러나올수잇는까닭입니다.

굴깝지우에 낡은논대를 들보로세운집을 지키며 바다를몰으고 사는사람들을 부러워하며 자라는 그들은 커서는 바다으로 나아가여야합니다.

바다에 태어난까닭입니다.

흐리고 풍랑세인날 집안에서여울의 노대를 원망하는 어버이들은 어젯날의 배ㅅ노리를 폭이되엇다거나 아니되엇다거나 그들에게는 이바다에서는 서풍끝이면 으레히 오는소낙비가와서 그들의 사랑하는모래텀과 아끼는옷을 적시지만않으면 그만입니다.

× ×

밀물이 쎄는모래장변에서 아이들은 모래성을쌓고 바다에 싸움을겁니다.

물결이 그들의 그튼튼한성을 허물지 못하는것을보고 그들은 더욱승승하니 그작은 조마구들로 바다에 모래를뿌리고 조악돌을던집니다. 바다를 씨멸식히고야 말듯이.

그러나 얼마아니하야 두던의작은노리가 그들을 부르면 그들은 그렇게도 순하게 그렇게도 헐하게 성을뷔이고 싸움을 버립니다.

해질무리에 그들이 다시 아부지를따러 기슭에 몽당불을놓으려 불가으로 나올때면 들물이 성을헐어버린뒤이나 그때는 벌서 그들이 옛성과 옛싸움을 잊은지오래입니다.

× ×

바다의 아이들은 바다에놀래이지 아니합니다.

바다가 그무서운 헤끝으로 그들의 발끝을핥어도 그들은 다소곤이 장변에 앉어서 꼬누를 둡니다.

지렁이같이 그들은 고요이 도랑츠고 밭가는 역사를합니다.

손가락으로 많은움물을 팟다가는 발뒤축으로 모다 메워버립니다.

바다물을 손으로 움켜내어서는 맛도보지않고 누가바다에소금을 두엇다고 동무를 부릅니다.

바다에 놀래이지 않는그들인탓에 크면은 바다로 나아가여야하는 바다의 작은 사람들입니다.

—南伊豆柿崎海濱—

㾗浦

自然의殿堂大京城風光*

『조광』 1권 1호(1935. 11. 1)

沙場은 물새가없이 너무 너르고 그건너 포푸라의 行列은 이개포의 돗대들보다 더 위엄이있다. 오래 머물지 못하는 돗대들이 쪼껴달어나듯이 河口를 미끄러저 도망해벌인다. 나무없는 건넌山들은 키가 돗대보다 낮다. 皮膚빛은 사공들의 잔등보다 붉다. 물속에들어간 닻이 얼마나 오래있나보자고 山들은 물우를 바라보고들 있는듯하다.

개포에는 낮닭이 욺다. 기슭 핥는 물결 소리가 닭의 소리보다 낮게들린다. 저아레 鐵橋아레 사는 모터·뽀트가 돈많은집 서방님같이 銀灰色 양복을 잡숫고 호기뺏인 노라리 걸음으로 날여오곤한다. 뷔인 매생이가 발길에 채우고 못나게 출렁걸이며 욺다.

크다란 金徽章의 帽子를 쓴 運轉手들이 뷘손들고 날여서는 동둑을 넘어서 무엇을 찾는듯이 구차한 거리로 들어간다. 구멍나간 고의를입은 사공들을

---

* 잡지 편집상의 제목.

돌아다 보지안는것이 그들의 禮儀이다. 모두 머리를모으고 몸을비비대고 들어선 배들앞에는 언제나 運送店의 빩안 트럭한대가 놔여있다. 때때로 퐁퐁퐁퐁……걸이는것은 아마 시골 손들에게 서울의 연설을 하는지모른다.

汝矣島에 비행기가 뜨는날 면시골 고당의 배가 들어서는때가있다. 돗대꼭두마리의 파랑개비를 바라보든 버릇으로 배ㅅ사람들은 비행기를 처다본다. 그리고 돗대의 힌旗ㅅ발이 말하듯이 그렇게 한울이 무서운것이 아니라고 생각한다. 이럴때에 永登浦를 떠나오는 기차가 漢江鐵橋를건넌다. 시골 運送店과 精米所에서 내이는 新年掛曆의 그림이 정말이 되는때다.

「마포는 참 좋은 곳이여!」 배ㅅ사람의 하나는 반듯이 이렇게 감탄한다.

힌수염난 늙은이가 매생이에서 낚대를 드러*우지 안는날을 누가보았나? 「요단」江의 靈智가 물우에 차있을듯한 곳이다. 江上에 흐늑이는 나루배를 보면『琵琶行』의 애끊는노래가 들리지안나 할곳이다.

떼ㅅ목이** 몬저 江을날여와서 江을 올라오는 배를 맞는일이 많다. 배가 떠난뒤에도 얼마를지나서야 떼ㅅ목이풀린다. 떼ㅅ목이 낮익은 배들을보내고 나는때에 개포의 작은 계집아이들이 빨래를 가지고나와서 그잔등에 올라앉는다. 기름발은머리 분칠한 얼굴이 예가어덴가하고 뭇고 싶어할것이 뗏목의 마음인지모른다.

배ㅅ집웅을타고*** 먼山바라기를 하는 사람들은 저山 그넘어ㅅ山 그뒤로뵈이는 하이얀山만넘으면 고향이 뵈인다고들 생각한다. 서울가면 아무데ㅅ山

---

* '리'의 오자로 보인다.

** 들여쓰기 착오로 보인다.

*** 들여쓰기 착오로 보인다.

이 뵈인다고 마을에서 말하고 떠나온 그들이 서울의 개포에있는 탓이다.

배들은 낮설은 개포에서 本과姓名을 말하기를 싫어한다. 그들은 머리에다 크라*랗게 붉은 글자로 白川, 海州, 牙山……이렇게 빼젓한本을달고 金波丸, 大洋丸, 順風丸, 이렇게 아름답고 吉祥한 이름을써부쳤다. 그들은 이 개포의 맑은 한울아레 뿔사나웁게 서서 흰구름과눈빨기를 하는 電氣工場의 식검언 굴둑이 미워서 이江에 情을 못들이겠다고 말없이 가벌인다.

---

* '다'의 오자로 보인다.

편지

『조선일보』(1936. 2. 21)

이밤 이제 조금만잇스면 닭이울어서 구신이 제집으로가고 륙보름날이 오겟습니다. 이조흔밤에 시껌언잠을자면 하이야케 눈섭이 세인다는 말은 얼마나 무서운 말입니까. 륙보름이면 녯사람의 인정가튼 고사리의 반가운맛이 나를울려도 조틋이 허연 령감구신의 호통가튼 이무서운말이 이밤에 내잠을 쪼차벌여도 나는 좃습니다. 고요하니즐거운이밤 초로초롱 맑게괴인 샘물가튼 눈으로 나는 지금 당신께서 보내주신 맑고 고흔 수선화 한폭을 들여다 봅니다. 들여다보노라니 그윽한 향기와샛파란 꿈이 안개가티 오르고 또 놀한 슬픔이 냇내가티 오릅니다. 나는 이제 이 긴긴밤을 당신께 이 놀한 슬픔의이야기나 해서 보내도 조켓습니까.

남쪽 바다ㅅ가 어떤 날근 항구의 처녀 하나를 나는 조하 하엿습니다. 머리가 깜아코 눈이 크고 코가놉고 목이패고 키가 호리낭창하엿습니다. 그가 열살이 못되여 젊디젊은 그아버지는 가슴을알어 죽고 그는 아름다운 젊은 홀어머니와 둘이 동지섯달에도 눈이오지안는 따뜻한 이 날근 항구의 크나큰

기와집에서 그늘친 풀가티 살어왓습니다. 어느해 류월이 저물게실비오는 무더운밤에 처음으로 그를알은나는 여러 아름다운것에그를 견주어보앗습니다— 당신께서 조하하시는 산새에도 해오라비에도 또 진달래에도 그리고 산호에도…. 그러나 나는 어리석어서 아름다움이 달믄것을 골라내일수업섯습니다.

총명한 내친구하나가 그를비겨서 수선이라고하엿습니다. 그제는 나도기뻐서 그를비겨 수선이라고하엿습니다. 그러한나의 수선이 시들어갑니다. 그는 수물을 넘지못하고 또가슴의병을어덧습니다. 이 이야기는 이만하고 나의 놀한 슬픔이 더떠오르지안케 나는당신의 보내주신 맑고 고흔 수선화의폭을 치여노아야하겟습니다.

밤이 아직 새일때가멀고 또 복밥을 먹을때도 아직되지안헛습니다. 이제 나는 어머니의 바느질그릇이 잇는데로가서 무새헌겁이나 어더다가 알룩달룩한 각씨나 만들면서 이남은밤을당신께서 조하하실 내시골 륙보름밤의 이야기나해서 보내도조켓습니까.

륙보름으로 넘어서는밤은 집집이 안간으로 사랑으로 우칸에도 맛우칸에도 루방에도 허텅에도 고방(광)에도 부억에도대문간에도 외양간에도 모두 쩨듯하니 불을켜노코 복을마지하는 밤입니다. 달밝은마을의 행길어데로는 복덩이가 돌아다닐것도가튼 밤입니다. 닭이 수잠을자고 개가 밤물을 먹고 도야지 깃을 들석이는밤입니다. 새악시처녀들은 새옷을입고 복물을 깃는다고 벌을 건너기도하고 고개를 넘기도하야 부잣집 우물로가서 반동이에 옹패기에 찰락찰락 물을 길어오며 별가튼 이야기를 작갈작갈하는 밤입니다. 새악시 처녀들은 또 복을가저오노라고 달을 보고 웃어가며 살기가티 여우가티 부잣집으로가서는 날새기도 하게 기와ㅅ골의 기와장을 벡겨오고 부억의 솟뚜겡을 들어오고 곱새담의 집날을 뽑아오고……이러케 허물업는 즐거움속에 끼득깨득하는 그들은 산에서날인 무슨 암즘생들이 되어벌이는 밤입니다. 그러다는 집으로들어가서 마음고요히 세매디달린 수숫대에 매디마다 콩 한알식을 박어 물독안에 넛는밤인데 밝는날 산골이라는 웃매디, 중산이라는 가운데매디 해변이라는밋매디의 그어느매디의콩이 붓는가를보고 그어느고당에 풍년이 들것을 점칠것입니다. 그러다는 닭이울어서 새날이되면 아홉가지나물에 아홉그릇밥을먹으며 먹으면 몸솔쐐기가 쏜다는 김치와 먹으면 김맬때 비가온다는 물을 작고 먹고십허하는 밤입니다. 이러케 해서 륙보름의 아츰이됩니다* 새악시처녀들은 해뜨기전에 동리국수당의수무나무가지를 쩌오래서 가시가시에 하이얀솜을피우고 그솜밧 속에 멧칠압서부터 수물이고 설흔이고 맨들어노흔 울긋불긋한 각시와 쌔하얀할미를 세워서는 굴통담에 곱새담에 장독담에꼬자놋는데 이러케하면 이해에는 하루갈이 목화바테서 천근 목화가난다고 밋는 그들이 새옷의 스적이는 소리도조케 의조흔 짝패들끼리끼리끼리 밀려단이며 담장마다 머물러서는 목화따는 할미며각시와 무슨이야기나 하는 듯이 즐거워하는것입니다.

(닭이 우나?) 아 닭이 웁니다. 나는 이만이야기를 끈치고 복밥을 기달이는 얼마아닌 동안 신선과 고사리와 수선화와 병든 내사람이나 생각 하겟습니다.

* 이곳에만 마침표가 없는데, 편집상 착오인 듯하다.

가재미 · 나귀

나의關心事*

『조선일보』(1936. 9. 3)

東海가까운 거리로와서 나는 가재미와가장친하다 광어 문어, 고등어 평메, 횃대…생선이 만치만 모두한두끼에 나를 물리게하고만다. 그저 한업시 착하고 정다운 가재미만이 흰밥과빩안 고치장과 함께 가난하고 쓸쓸한 내상에 한끼도 빠지지안코 올은다. 나는 이가재미를 처음十錢 하나에 뼘가웃식되는것 여섯마리를 바더들고왓다. 다음부터는 할머니가 두드림 마흔개에 二十五錢씩에 사오시는데 큰 가재미보다도 잔것을 내가 조하해서 모두 손길마큼한것들이다. 그동안나는 한 달포 이고을을 떠낫다와서 오랫만에 내 가재미를 차저 생선장으로 갓드니 섭섭하게도 이 물선은 뵈이지 안헛다. 음력八月초상이되어서야 이내 친한것이 온다고한다. 나는 어서 그때가와서 우리들 흰밥과 고치장과 다만나서 아츰저녁 기뻐하게되기만 기달린다. 그때엔 또二十五錢에 두어드림씩해서 나와가티 이물선을 조하하는 H한테도 보내

* 신문 편집상의 제목.

어야겟다

墓地와 牢獄과 教會堂과의 사이에서 生命과罪와神을생각하기조흔 雲興里를 떠나서五百年오래된 이 고을에서도 다못한곳 녯날이헐리지안흔 中里로 왓다. 예서는 물보다 구름이 더만히 흐르는 城川江이 가까웁고또 白帽冠峰의 씨허연 눈도바라뵈인다. 이곳의 좌우로긴 灰담들이 맛물고늘어선 좁은 골목이 나는조타. 이골목의 空氣는 하이야니 밤꼿의내음새가난다. 이골목을 나는 나귀를타고 일업시 왓다갓다하고십다. 또 예서 한 五里되는 학교까지 나귀를타고단니고십다. 나귀를 한마리사기로햇다. 그래소장마장을가보나 나귀는 나지안는다. 촌에서 단니는아이들이 잇서서 수소문해도 나귀를 팔겟다는데는업다. 얼마전엔 어늬아이가 在來種의 조선말 한필을사면 어떠냐고한다. 갑을물엇드니 한 五圓주면된다고 한다. 이좀말로할까고 머리를기우려도 보앗스나 그래도나는 그처량한당나귀가 조아서 좀더 이놈을 구해보고 잇다.

무지개뻐치듯萬歲橋
定和陵숩우에갈메기날고
納涼 르포르타쥬*

『조선일보』(1937. 8. 1)

함마千坪 넓은벌이 툭터진 곳에 東海조흔바다가 겻들이고 新興, 長津 선선한 바람이 넘나들고……咸興은 서늘업게 태여난 고장이다. 아카시아, 白楊木의 그늘이좃코 드놉픈 한울에 구름이 깨끗하고 샘물이 차고달고……咸興은 분명히 서늘업게 태여난 고장이다.

이 서늘어운 都市에 城川江 조흔물이 흘러더욱좃타. 江은 한번 마음대로 넓어보아서 北關놈의 마음씨가티시원한데山빗물불은이江에白雲山 하이얀뭉게구름이날리고 定和陵白鷗새 날리고 新興 골동바람이날이는때 咸興사람도 가티 뛰어들어 天下의 서늘어움을 엇으며 자랑우슴을웃는다. 江은해정한沙洲를어루한만지며날어 가고 푸르른동둑은江을딸어한업시벗는데 동둑을걸으면 것는 몸이 온통 푸르르고 눈을들어 처다보면 冠帽, 白雲에 힌눈이 皚皚하야 몸속에 찬기가 옷삭하는것은 咸興사람이다. 江이넓으니 다리가 길어

* 신문 편집상의 제목.

萬歲橋인데 欄干에기대이면 咸興벌 변두리가 감감 쇠리하야 太古가티 아득하고 長津山골 날여멕이 바람이 江물을스처와 희이한 仙味가 구름우헤 떳구나하고 생각케하는데 낫보다도 낫이 기울고 개밥바래기 별이떠서부터 모작별이 넘어가는 밤 동안 그우를 지중지중 거니는것은 咸興사람이 서울사람의 景福宮과도 박구지안흘것인것이다.

그러나 咸興은 江과 다리에 그冷味를 다하지안는다. 鎭山 盤龍山의 眺望과 바람에서 엇는 冷味! Y女學校의 뒤로 西洋人 宣敎師들의 집을 지나 孔子廟의 뒷담벽을대여 이山마루로 올라타면 벌서 날어날듯한바람이 휙휙 마주내밧고 눈을들면 新興長津의 컴컴하니 그늘진 체모가 咸州連山의 秀壯한 모습이며 東海의 말속하고 새틋한 樣姿가 모다 五臟六腑의 더위를 모라내이는데 이제 이山마루 어데바루 落葉松이나 赤松 그늘조흔미테 咸興燒酒盞을 기울이는冷味는 半千年 古都의 心臟이아니면 알지못할것이다.

咸興의 서늘어움은 그래도 또 東海를두고는업다. 西咸興驛에서 한二十分가면 九龍里 海水浴場이다. 東海의 맑은물에도 맑은물인데 十里에넘는 기나긴 모래사장이 테를 쭉 둘르고 아페는 눈길을 가로막는것이 업시 쪽빗가튼 바다가 뱅글뱅글 도라간다. 물결이 좀 노프나 노픈대로또 시원한맛이잇고 그리멀리 엿지못하나 그런대로 또 물은 정해서조타. 발뒷굼치로 물미츨쑤시면 대합조개 명주조개 고초조개 가튼것이 집히우고 세모래가 보드러워서 모래찜이 간지럽게 조코—.

어쩐지 엑조틱 한情緖가 海藻내음새가티 떠도는 이海濱에서 까닭업시 알착하니 가슴을 알는것은 나뿐이 아닐터이지만 지난녀름 어느날白系露人의 어여쁜 처녀들을이 해변에서 맛낫다난뒤로 나는 이九龍을 생각하는 마음이 아조 간절해젓다.

興南, 天機里의 朝窒系工場들이 가까운곳인데도 九龍은 바다에 기름이뜨지안코 더러운 쇠배가 뜨지아니하고해서 그보다조흔 西湖津이 예서멀지안으나 西湖는 제대로 행세하는탓에 咸興사람들은 가까운 이 九龍을 내것가티 녁이고 단니는것이다.

納凉이면 다시 더업슬것이나 또納凉의風流를 咸興이모른대서는 아니다. 萬歲橋를건느는 낙시질군들의 멋들어진 체모를보고는 얼만하지안흔風流가 西上里의눕(沼)에개울에 그눕에 그개울에 드리운낙시대에 그낙시대에 달려나오는 銀빗 비눌에엇는것을 알것이다. 벼푸른논가운데 적은삿갓의 그늘을 신세지고서서 낙는 손바닥가튼 눕고기 붕어 수양버들늘어진아레 자리깔고 안저낙는 개울고기 천에, 버들지,

이러케해서 천렵이 벌여지는 서늘어움을 十里計에두고사는 咸興사람들은 咸興이란데 만큼 살기조흔 고장이 업다고 좀 야무지나마 토박한 사투리로 말하는줄아십니까.

丹楓

가을의表情*

『여성』 2권 10호(1937. 10. 1)

빩안물 짙게든 얼굴이 아름답지않으뇨 빩안情 무르녹는 마음이 아름답지않으뇨. 단풍든시절은 새빩안 우슴을웃고 새빩안말을 지줄댄다.

어데 靑春을보낸 서러움이 있느뇨. 어데 老死를 앞둘 두려움이 있느뇨.

재화가 한끝 풍성하야 十月햇살이 무색하다. 사랑에 한창 익어서 살찐 따몸이 불탄다, 영화의 자랑이 한창 현란해서 청청한울이 눈부셔한다.

十月시절은 단풍이 얼굴이요, 또 마음인데 十月단풍도 높다란 낭떨어지에 두서너나무 깨웃듬이 외로히서서 한들걸이는것이 기로다.

十月단풍은 아름다우나 사랑하기를 삼갈것이니 울어서도 다하지못한 독한 원한이 빩안 자주로 지지우리지 않느뇨.

---

* 잡지 편집상의 제목.

東海

自然界와의對話集*

『동아일보』(1938. 6. 7)

東海여 — 오늘밤은이러케무더워나는 맥고모자를쓰고 삐루를마시고 거리를 거닙네. 맥고모자를 쓰고삐루를 마시고 거리거닐면 어데서 닉닉한비릿한 짠물내음새 풍겨오는데 東海여 아마 이것은 그대의 바윗등에 모래장변에날미역이 한불널린 탓인가본데 미역널린곳엔 방게가 어성기는가 또요가 씨양씨양우는가 안마을처녀가누구를기다리고 섯는가또나와같이 이밤이무더워서소주에취한 사람이 기웃듬이누웟는가. 분명히이것은날미역의 내음새인데 오늘 낮물끼가처서 물가에 미역이 만히 떠들어온 것이겠지.

이러케 맥고모자를 쓰고 삐루를 마시고 날미역 내음새 맡으면 東海여 나는 그대의조개가 되고싶읍네. 어려서는꽃조개가 자라서는 명주조개가 늙어서는 강에지조개가. 기운이 나면 혜를 빼어물고 물속十里를 단숨에 날고 싶읍네. 달이 밝은밤엔 해정한 모래장변에서 달바래기를하고싶읍네. 궂은비 부

---

* 신문 편집상의 제목.

실거리는 저녁엔물우에 떠서 애원성이나 불르고 그리고 햇살이 간지럽게 따뜻한 아침엔 인합박 같은 물바닥을 오르락 나리락하고 놀고 싶읍네.그리고 그리고 내가 정말 조개가 되고싶은 것은 잔잔한 물밑 보드러운 세모래속에 누워서 나를 쑤시려오는 어여쁜 처녀들의 발뒤굼치나 쓰다듬고 손길이나붙잡고 놀고싶은 탓입네.

東海여—이러케 맥고모자를쓰고 삐루를 마시고 조개가되고싶어하는 심사를 알을 친구란 꼭하나 잇는데 이는 밤이면그대의 적은섬— 사람없는 섬이나,또어늬 외진 바위판에떼로 몰켜 올라서는 눕고앉엇고모도들 세상이야기를 하고 짓거리고 잠이들고 하는 물개들입네. 물에 살어도 숨은 물밖에 대이고 쉬이는 양반이고 죽을때엔물밑에깔어앉어 바윗돌을 붙들고 절개잇는* 죽는 선비이고 또 때로는 갈매기를 딸흐며 노는 활량인데 나는 이 친구가 조하서 칠월이 오기바뿌게 그대한데로 가여야 하겟읍네.

이러케 맥고모자를쓰고 삐루를 마시고 친구를 생각하기는 그대의 언제나 자랑하는 털게에 청포채를 무친 맛나는 안주탓인데 나는 정말이지 그대도 잘아는 함경도 함흥만세교 다리밑에님이 오는 털게맛에 헤가우손이 를** 치고 사는 사람입네. 하기야 또 내가 친하기로야 가재미가 빠질겝네. 회국수에 들어일미이고 시케에들어 절미지. 하기야 또 버들개 통구이가 좀조흔가. 횃대생성 된장지짐이는 어떠코 명태골국 해삼탕, 도미회,은어젓이 다 그대자랑감이지. 그리고 한가지 그대나나밖에 모를것이지만 공메리는 아레주둥이가

* '게'의 오자로 보인다.

** 띄어쓰기 착오로 보인다.

길고 꽁치는웃주둥이가 길지.

이것은 크게할말 아니지만 산뜻한 청삿자리 우에서 전북회를 노코 함소주잔을 거듭하는 맛은 신선아니면모를 일이지.

이러케맥고모자를쓰고삐루를 마시고전북에 해삼을 생각하면또생각나는것이잇습네. 七八月이면 의레히 오는 노랑 바탕에 꺼먼동을 단濟州배 말입네. 濟州배만 오면 그대네물가엔 말이 만허지지. ―濟州배 아즈맹이 몸집이 절구통 같다는둥, 濟州배 아맹인 조밥에 소금만 먹는다는둥, 濟州배아즈맹이 언제 어뇌*모롱고지 이슥한바위뒤에서 혼자해삼을 따다가 무슨일이 잇었다는둥…참 말이만치. 濟州배들면 그대네마을이 반갑고 濟州배나면 서운하지. 아이들은 濟州배를 물가를 돌아따르고 나귀는 산등성에서 눈을들어따따**르지. 이번七月 그대한테로 가선濟州배에 올라濟州 색시하고살렵네. 내가이러케 맥고 모자를 쓰고 삐루를 마시고 濟州색시를 생각해도 미역내음새에 내마음이 가는 곳이 잇습네. 조개껍질이 나이금을 먹는 물살에 낱낱이 키가자라는 처녀하나가 나를 무척 생각하는 일과 그대가까이 송진내음새나는집에 안해를 일코 슬피사는 사람하나가 잇는것과 그리고 그 英語를 잘하는 聰明한 四年生 琴이가 그대네 洪原郡洪原面 東桑里에서 난것도 생각하는 것입네.

* '늬'의 오자로 보인다.

** '따'가 착오로 중복된 듯하다.

立春
詩人散文*

『조선일보』(1939. 2. 14)

이번겨울은 小大寒추위를모두 天安三巨里 마른능수버들 아래 마젓다. 일이잇서 忠淸道鎭川으로 가던날에 모두小大寒이 들엇던것이다. 나는공교로히 타관길에서 이런이름잇는날의추위를 떨어가며 절기라는것의 神妙한것을 두고두고 생각하엿다. 며칠내 마치봄날가티 땅이슬슬 녹이고 바람이 푹석하니 불다가도저녁결에나 밤사이 날새가 갑작이 차지는가하면 으레히다음날은大寒이 으등등해서왓다** 그동안만해도 제법봄비가 풋나물 내음새를 피우며 날이고 땅이눅눅하니 밈이들***고해서 이제는 분명히 봄인가고 햇는데 간밤또 갑작히 바람결이차지고 눈발이날리고 하더니 아침은 또쫑쫑하니 날새가매찬데 아니나달을까 立春이 온것이엇다. 나는 실상 해보다 달이조코 아침보다저녁이 조흔것가티 陽曆보다는 陰曆이 조흔데 생각하면 오고가는 절

* 신문 편집상의 제목.

** 이곳에만 마침표가 빠져 있다.

*** '돌'로 읽히지만 '들' 자에 잡티가 묻은 것으로 짐작된다.

기며 들고나는 밀물이 우리生活과 얼마나 神秘롭게 얼키엇는가.

절기가 뜰쩍마다 나는 故鄕의 한울과땅과 사람과눈과비와 바람과꼿들을 생각하는데 自然이 시골이 아름답듯이 歲月도 시골이 아름답고 사람의生活도 絶對로 시골이 아름다울것갓다. 이번 立春이 먼 山넘어서 江넘어서 오는때 우리 시골서는 이런이야기가 왓다. 우리 고향서 제일가는 부자가 요지음 저혼자 밤에 람포불 아래서술을 먹다가 람포가 터지면서 불이 옷에다어 그만 타죽엇다햇다. 평소 吝嗇하기로 소문난 사람인데 술을먹되 누구와가티 동무해 먹지안헛고 전등이나 켤것이지 람포를 켯다기 변을 당햇다고하는 시비가 이야기에 덧무더왓다. 또하나는 역시 우리고향에서 한때는남의셋방 사리를하며 좁쌀도되술이로 마터먹고 지나든 사람이 金鑛에 돈을모고 얼마전에는 自家用自動車를 사들엿다는이야긴데 여기에는 또 어떤 분푸리가튼 기운이 말끄테에 채이엇다.

오는 立春과가티 이런 이야기를 마즈며 나는 생각햇다. 내 시골서는 요지음 누구나 다들 입을삐치거나 솜씨를 써가며 이이야기들을할것인데 그럴때마다 돈과 목숨과 生活과境遇와 運數가튼것에대해서컴컴하니분명치못한생각들이 때로는춥게 때로는더웁게그들의 마음의 바람벽에 바람결가티 부디치고 지나가는 즈음에 立春이 마을압벌에 마을어구에 마을안에 마을의 大門간들에온것이라고.

이런 고향에서는 이번立春에도 멧번이나 「보리연자갓다가 얼어죽엇다」는 말을하며 立春이 지나도 추위는가지안는다고할것인가. 해도 立春만 넘으면 양지발은 둔덕에는머리칼풀의 속엄이 트는것이다. 그러기에 立春만들면 한겨울내친햇던 창에와 설매와 발구며 꿩 노루 토끼에멧돼지며 매 멧새 출출이들과 떠나는것이 섭섭해서 少年의마음은 흐리엇던것이다. 놉고무섭고 쓸쓸하고 슯흔겨울이나 그래도 가깝고 정답고 즐겁고 훙성훙성해서 조흔 겨울이그만 立春이와서 가벌이는것이라고 少年은 슬펏든것이다.

그런少年도 이제는 어느듯 가고 外套와 장갑과 마스크를벗기가 가까워서 서글픈마음이업듯시 겨울이가서 슬퍼하는 슬품도 가벌엿다. 立春이 오기전에 벌써 내설매도 노루도 멧새도 다 가벌인 것이다.

立春이드는날 나는 空日無休의오퓌쓰에 遲刻을 하는길에서 겨울이 가는것을 섭섭히녁이지못햇으나 봄이오는것을 즐거히 녁이지는 안헛다. 봄의 그絢爛한 浪漫과美아페 내肉體와 精神이 얼마나 弱하고 가난할것인가. 立春이 와서 봄이오면 나는어쩐지 까닭모를 敗負의 그浥鬱을 느끼어야할것을 생각하면 나는차라리立春이업는 歲月속에잇고십다.

素月과曺先生

『조선일보』(1939. 5. 1)

나는 며칠전 岸曙先生님한테로 素月이 생전 손에서 노치안턴「노트」한책을 빌려왓다. 장장이*

素月의 詩와사람이 살고잇서서 나는 이책을 뒤지면서 이상한 흥분을 금하지못한다. 대부분이 未發表의詩요 가끔 그의 述懷와祈願이 두세줄씩 散文으로 적히우고 가다가는 생각이 막혓던지 落書가 나오고 漫畵가 나오고 한다. 줄과줄 글자와글자를 분간하기 어렵게 지우고 고치고 내여박고 달어부치고한 이詩들은 全部가 故鄕, 술, 債務, 人情가튼것을 읇조린것인데 그가운데 異色으로「제이 · 엠 · 에쓰」라는 詩가잇다.

제이 · 엠 · 에쓰

平壤서 나신 人格의 그당신님 제이 · 엠 · 에쓰

---

* 이 자리에서 행이 나누어져 있고 그다음 행의 첫 구절 "소월"이라는 글자에 장식이 되어 있는데, '소월'을 강조하기 위한 편집으로 보인다.

德업는 나를 미워하시고

才操잇는 나를 사랑하섯다

五山게시든 제이, 엠, 에쓰, 四五年 봄만에 오늘아침 생각난다

近年처음 꿈업시 자고일어나며

얽은 얼골에 자그만키와 여윈몸맵씨는,

달은쇠가튼 타는듯한 눈동자만이 유난히빗낫섯다

(一行略)

素朴한風采, 仁慈하신 옛날의 그모양대로

그러나, 아—술과 계집과 利慾에 헝크러저十五年에 허주한 나를

웬일로 그당신님,

맘속으로 차즈시노? 오늘 아침,

아름답다 큰사랑은 죽는법업서 記憶되어 恒常가슴속에 숨어잇서 밋처 거츠른 내 良心을잠재우리내가 괴롭은 이 세상떠 나는때까지.

舊心 5, 26, 夜書라하엿는데 시방으로부터 六年前이다.

五山학교를 나온이들은 제이 · 엠 · 에쓰라는 「이니시얼」로된 이름이 曺晩植先生님이신것은알을것이다.

不世出의天才 素月은 五山學校에서 四年동안 이曺先生님의 薰陶를입엇는데 이詩人은 그 놉게 우럴어 존경하든 曺先生님께서 하로아침고요히 그마음속으로 차저오신때 惶恐하야 쪼그리고 안저 머리를 들지못하고 號哭하엿든것이다. 素月은 이때 그「定州郭山 배가고 차가는곳」인 고향을 떠나 山邑 龜城南市에서 돈을모흐랴고 애를쓰든 때다. 素月이 술을사랑하고 돈도 모흐랴고 햇스나 별로남의입사내에 올으도록 계집을 가지고 굴은일은 업다하되 그

러되 이미 그고요하고 맑어야할 마음이 밋처 거츠럿든 탓에 그는 이 恩師아페 업드려 이러케 號哭하는 것이다.

素月은 五山學校때에 體操 한科目을 내여노코는 무엇에나 優等을 하엿다. 曺先生님은 이러케 才操잇는 素月을 그仁慈하신 우슴을 띠우고 머리를 쓰다듬어 사랑하신 모양이 눈아페 뵈이는듯한데 五山을 단겨 나온者 누구에게나 그러틋이 이天才詩人도 그 마음이 흐리고 어두울때 역시 얽으신 얼골에쟈그만 키와 여윈봄맵씨의 曺晩植先生님을 차지오시엇든것이다.

슬품과眞實

麗水朴八陽氏詩抄讀後感

一家言*

『만선일보』(1940. 5. 9~10)

上

사람이 한일을 오래두고 일삼는것은 얼마나어려운 일입니까 더욱히 그일이 놉고 참되고 아름다운 일일때 얼마나 어려운 일이겟습니까.

일즉히 眞實로 놉고 貴한것이 무엇인지를 알고이것에 마음을 제사들오어 이것이 아니면 安心하지 못하고 立命하지못하고 이것이 아니면 즐겁지안은때에 박그로얼마나 큰艱難과 苦痛이 오는것입니까 俗된세상에서가난하고핍박을밧어凄凉한것**도 이때문입니다 우리詩壇의 尊敬하는 先輩 麗水朴八陽氏는 이러한 魂입니다 그의 말맛다나 「오래고 險한苦難의길」을 그는 걸어오는것입니다 그는 「그 누가 저시냇가에서」에서 노래합니다

---

* 신문 편집상의 제목.

** '리'로 읽히지만 다른 활자의 모양과 비교해보면 '것' 자의 받침 'ㅅ'의 일부가 지워진 것으로 짐작된다.

그누가 저 시냇가에서

저렇게 쓸쓸한 휫파람을 붐니까

그도 나와갓치근심이만어

밤하늘 우러러보며 슬프게 우나봅니다

놉은 시름이잇고 놉흔슬품이 잇는 魂은福된것이 아니겟습니까 眞實로 人生을 사랑하고生命을아끼는 마음이라면 어쩌케 슬프고 시름차지아니하겟습니까. 詩人은슬픈사람입니다. 세상의온갓슬프지 안흔것에 슬퍼할줄아는 魂입니다.「외로운것을즐기는」 마음도 세상더러운俗衆을보고「친구여」하고불으는것도「太陽을등진거리를다떨어진兵丁구두를끌고휘파람을 불며 지나가는」 마음도 다슬픈精神입니다.

이러케 眞實로 슬픈精神에게야 俗된 세상에그득찬 근심과 수고가 그무엇이겟습니까. 詩人은 眞實로 슬프고 근심스럽고 괴로운탓에 이가운데서 즐거움이 그 마음을 往來하는것입니다. 이詩人은「달밤」에서 노래합니다.

◇

은쟁반 갓튼 보름달의얼골을 바라보는 오늘밤의 나는행복스럽습니다. 나의 근심은 이제근심답지도아니하여지고 거리의 여러 수고스러운 일들이 또한하잘것업시 가벼운 웃음거리가 되고말엇습니다.

나의가슴속은 지금 씨끌 하나업시 깨끗하고 오직가벼운 즐거움이홀로서 잇는나의 마음속을 왕래하고잇습니다

이詩人의 슬픈마음에 즐거움이 往來하는까닭은 그것은그가 眞實한것에 對하고 잇는탓입니다

(筆者白石君은 前朝鮮日報記者로써 朝鮮詩壇의最尖端에서있는詩人 現在

는新京에居住하야 經濟部에勤務中)

下

우리는 이제 이詩人이얼마나崇高한 眞實아페서 울고우는가를 볼수잇습니다.

친구께서는 길을가시다가

길가의한포기 조그마한풀을

보신일이 잇스실것이외다

………

………

그대와나는 목숨을위하야

싸우에딩굴고 또딩굴것이외다.

(목숨)

이러케어린아이처럼 딩구는이詩人의눈가에는 뜨거운것이작고작고 괴여올을것을 나는생각합니다. 또

이맘때쯤 가난한지붕미테 밤새여알는

어늬 외로운홀어머니 아들의더운머리도

싸늘하게식고 비로소정신을차려 눈을뜰때다

(가을밤)

이때이詩人의 싸사한가슴에는 그무슨차디찬것이 무거이무거이갈어안저 詩人은 고요히 무릅을쑬엇슬것을나는생각한다.

이詩人은 이러한眞實을 「나즉히참으로나즉히하여 우수수하는나무닙소리에도 날어나버릴듯한 나즉한목소리로」 노래도불으고 휘ㅅ파람도불어보고 그러다는 「드릴말슴이업서」 「아모말슴도아니하」고… 하는것입니다.

이러한 놉고참되고 겸손한詩人의詩集이 詩人의年歲四十을거이바라볼째 나왓기로니 詩集을이루운詩品이겨우 마흔하고 일곱박게아니된다기로니이것무이*엇입니까 더럽고 낫고거즛되고겸손할줄모르는우리周圍에서詩人麗水와詩集『麗水詩抄』에는 尊敬을들일것빅게 업습니다.

『麗水詩抄』는 나즉하여오르기조흔山이요 맑고 정한시내요 山허리의 붉으레한 진달내요 녀롬**저녁이요 정다운 날버레입니다.

麗水는 그이름가티 물을 그중에도 시내물을 조하하는詩人입니다. 『麗水詩抄』의 第一景 「시냇물」에이르면—

시냇물은 녀름의 황혼이 즐거운듯이
춤을추며 풀향기를 물우에 실고 흐르네
냇가에는 이름모를 날버레들이 날고
냇가에는 어린 동무들이 재재걸이며 놀고
어려서는 냇가에서 밤깁흔줄을 몰랏고 자라서는 냇가에서슬픈노래를배웟네***

얼마나 좃습니까 느씨웁습니까 그윽합니까 하다못해 슬퍼지는것입니

* '이무'의 오자로 보인다.

** 백석의 다른 시와 산문에서 '녀름'이 '녀롬'으로 쓰인 예가 없는 것으로 보아 '름'의 오자로 짐작된다.

*** '자라서는'부터 행을 바꾸는 것이 적절해 보인다. 아마도 편집상의 착오가 아닌가 짐작된다.

싸—

「어려서는 냇가에서 밤깁흔줄을 몰랏고

자라서는 냇가에서 슬픈 노래를 배웟네」

우리詩壇의 맑고정한 시냇물인『麗水詩抄』로 밝아벗고 기쌔쒸며 올 녀름입니다. 그리고『麗水詩抄』는京城鐘路博文書館發行으로 定價는 三○錢의 小單行本이다

朝鮮人과饒舌
(西七馬路斷想의하나)
一家言*

『만선일보』(1940. 5. 25~26)

上

◇

그무슨 饒舌인고. 허튼 수작인고. 실업는우슴인고 그것은 코춤이요 구역이다 나는 눈을가리우고 귀를막는다. 그러하지안홀수업는것이다.

나는朝鮮人의 이말만흔것을 미워한다. 말은情熱이 아닐것인가. 叡智가 論語의이른바 經濟가아닐것인가 生産이 아닐것인가. 말은 그러해야 올을것이다. 眞實로갑잇게多辯한 個人이나民族은다 이런淵源이 잇는것이다. 이 淵源이넘치고흘러서 多辯하지 안훌수업는것이다. 啓蒙이 이곳에잇고 聰明이 이곳에잇고 批判이 예서 생기는것이다. 생각하면우리는 饒舌의文明속에도잇는것이다.

그러나 다만偶然히 이런 文明속에 잇게된것으로 해서말의眞實한淵源이업

* 신문 편집상의 제목.

시 잇는줄도 모르고 饒舌일수도 잇는것이다. 가막까치처럼 짓걸이고 출새새끼가티 조잘대일수잇는것이다. 太平洋會議의 모힌代表들도 饒舌일수잇고 慶尙道의無學한녀편네도 饒舌일수잇는것이다.

◇

朝鮮人의 무엇으로말이만흘것인가. 무엇을 그럿케饒舌하지안을수업는것인가. 무엇이 그럿케 차고 넘치는것이잇는가. 무엇이 그럿케글허울흐 는것이잇는가. 朝鮮人은 그무거운 自省과 悔悟와 贖罪의念으로 해서라도 오늘누구를 啓蒙한다할인가 무엇을闡明하고어써케批判한다 할것인가. 朝鮮人에게 眞實로 沈痛한摸索이잇다면 이饒舌이 헛된수작과 실업슨우슴이 어써케 잇을것인가. 더욱히朝鮮人이 眞實로 光明의 大道를 바라본다면이큰感激과 喜悅로해서라도어써케참으로이러케饒舌일수잇슬것인가.

朝鮮人의饒舌을 나는안다 그것은고요히생각할줄모르는것이다. 생각하기실혀하는것이다. 가슴에 무거운緊張이나 興奮이업는것이다. 쏘무엇인가 憤怒할줄모르는것이다. 쏘무엇인가 寂寞을느끼*못하는것이다. 쏘무엇인가 悲哀를가슴에지닐줄모르는것이다. 朝鮮人에게는 이러케 悲哀와寂寞이 업슬것인가. 憤怒가업슬것인가. 朝鮮人은 이러케緊張과 興奮을모르는것인가. 그리고 생각하는것까지도 일허버린것인가. 滅亡의究極을생각하면 그것은 無感한데잇슬것이다. 그것은 無感하야 나날이짓거리고밤낫으로 시시덕걸이고 언제나 어데서나 실업슨우슴을 웃고써드는데가 잇슬것이다

* '지'가 누락된 것으로 보인다.

◇

眞實한淵源이업는말이란詐術이다. 허튼수작이란 더욱 詐術이다. 朝鮮人이 허튼수작을즐기는것을생각하고 한편 남아* 朝鮮人을가르치** 詐欺的이라한것을 생각하자. 이남의말을 글타고만 할수잇슬것인가. 饒舌이란언제나實踐躬行이아니다. 이것과는멀리써러저 도는것이다. 게으른놈의 實行대신의糊塗다. 朝鮮人이 饒舌인것을생각하고 남이朝鮮人을말하야 게으르고 쇠피고 無實行하다는것을생각하사. 이님의말을 탓할수잇슬것인가. 허튼우슴이란阿諂의쟁기다. 그중에도 가장卑屈한方便이다. 朝鮮人이실업슨우슴을웃기를雪无○쏭○*** 리듯하는것을 생각하고 한편남이 朝鮮人을욕하야卑屈하야阿諂에能하다고한斷見을생각할째누가敢히正色할것인가. 正色할수잇슬것인가.

下

◇

그들이 만일家鄕에잇다면 이허튼튼**** 수작이나실업슨우슴이可愛로울것이요 그들이만일 煖衣飽食한다면 이것이 限업시 明朗할것이다. 허나 굶주린 野犬이잇서서 실업시 쏘리를저어 보는사람마다 조타하고 헛되히작고입을벌여 쯧업시 줏는다면이것은可愛롭고 明朗할것인가 不快하야 憎惡하지안을것인

* '이'의 오자로 보인다.

** '처'의 오자로 보인다.

*** 글자가 지워져 판독이 불가능하다.

**** '튼'이 착오로 중복된 듯하다.

가. 참으로 그러케안을것인가.

民族의輕重을 무엇으로달을것인가. 그魂의 深淺을나아가서 存滅의運命까지도무엇으로재이고 점칠것인가. 생각이 이곳에밋칠때 우리는놀라 두렵지안을수잇슬까 우리는 東洋과 西洋을가려본다. 그리고 西洋보다東洋이그魂이무겁고 깁픈것을禮讚하고 이것에心醉한다. 東洋은무엇을 가젓는가. 東洋에무엇이잇서 그러하는가. 朝鮮은 東洋의하나는 무엇을일어벌엿다. 일어서는 아니될것을 일코도痛歎할줄몰라한다. 무엇인가 默하는精神을일흔것이다. 일코도모르는것이다.

◇

印度의 푸른빗을 바라보며 나는이것이 무엇이고어데서 오는가를본다. 印度의 푸른빗은 恒河萬年의 흐름에젓는 生命의發光이다 이 生命의寂滅에 가까운崇嚴한沈黙이다. 나는蒙古의무게가 무엇인가를안다. 一望無際의 蒙古草原이다. 蒙古人의心中에 노인一望無際의草原이다.

잇다금* 꿩이울어깨어지는그 草原의 寂寞이다. 이것이蒙古의 무게다. 朝鮮人은 印度의빗도 蒙古의무게도 다 일허벌엿다. 本來부터 업섯는지도모른다. 슬픈일이다.

朝鮮人이 스스로 말하야 千萬가지 자랑이 잇다한들 헛된말이다. 몬저 잇슬것은 자랑과希望이 아니다. 무엇인가 謹愼과 忿怒와 悲哀다. 深刻한苦痛이다. 이것들이 朝鮮人의魂을꽉 붓잡는것이다. 朝鮮人이 苦難속에 잇다는것은 거짓말이다. 그들이 饒舌인동안 이것은거짓말이다. 朝鮮人에게는 光明이 照

* 들여쓰기 착오로 보인다.

耀하는것이다. 허나 이것에感激하고 感謝할줄모르는것인지도 모른다. 그들이 饒舌인동안 누가이것을 그것*말이라 할것인가.

◇

비록 몸에 襤褸를 걸치고 굶주려顔色이蒼白한듯한사람과 한民族에 오히려千斤의 무게가 업슬것인가. 입을 담으는데잇다. 입을담을고 생각하고 노하고 슬퍼하라. 眞摯한 摸索이잇서 더욱 그러할것이요 感激할 光明을 바라보아 더욱 그러할것이다.

* '거짓'의 오자로 보인다.

당나귀

『매신사진순보』 294호(1942. 8. 11)

날은 맑고 바람은 싸사한 어늬 아츰날 마을에는 집집이 개가 짓고 행길에는 한물컨이 아이들이 달리고 이리하야 조용하든 마을은 갑자기 흥성걸이엇다.

이 아츰 마을 어구의 다 낡은 대장간에 그마당귀 까치 짓는 마른들매나무 아래 어썬 길손이 하나 잇섯다. 긴*손은 긴 귀와 썸언 눈과 짤분 네다리를 하고 잇서서 조용하니 신을 신기우고잇섯다. 조용하니 그 발에 모양이 자못 손바닥과갓흔 검푸른 쇠자박을 대의고잇섯다.

그는 어늬 고장으로부터오는 마음이 하도 조용한 손이든가. 싸리단을 나려노코 갈기에 즉닙새를 날리는 그는 어늬 산골로부터 오는 손이든가. 그는 어늬 먼 산골 가난하나 평안한집 훤 하니 먼동이 터오는 으스스하니 추운 외양간에서 조집페 푸른콩을 삶어먹고 오는길이든가 그는 안개 어린 멀고 가

* '길'의 오자로 보인다.

짜운 산과내에 동네방네에 쌕국이소리 닭의소리를 느껴웁게 들으며 오는길이든가.

마른나무에 사지를 동여매이고 그발바닥에 아픈 못을 들여 백끼우면서도 천연하야 움지기지안코 아이들이 돌을 던지고어른들이 비웃음과 욕사설을 퍼부어도 점잔하야 어지러히하지안코 모든것을 다 가엽시 녁이며 모든것을 다 밧어들이며 모든것을 다 허믈하거나 탓하지 안흐며 다만 홀로 넓다란 비인 벌판에 잇듯시 쓸쓸하나 그러나 그마음이 무엇에 넉넉하니 차잇는 이손은 이 아츰 싸리단을 팔어 량식을 사려고 먼 장으로 가는것이엇다.

날은 맑고 바람은 짜사한 이아츰날 길손은 또 새로히 욕된 신을 신고 다시 싸리단을 질머지고 예대로 조용히 마을을 나서서 다리를 건너서 벌에서는 종달새도 일쿠고 눕에서는 오리떼도 날리며 홀로 제삶과 팔자를 즐기는듯이 또 설어하는듯이 그는 타박타박 아즈랑이낀 먼 행길에 작어저갓다

그 母와아들

『조선일보』(1930. 1. 26~2. 4)

一

동리 움물터에선 이런소문이 돌기비롯하엿다

『아—니 데집대감이엄매레좀다룻티? 바람이 낫대——』

『늣바람이구만』

『건 또누구하구』

『아—와 그전부터 그런말이 잇지안핫소. 양고새 말이야』

『젊어선 젊은갑시지만 이젠 늙은거이 무슨—원!』

『과부론 못살겟는게지』

『만날 쌈이래두만 그집에서』

『누구하구』

『아— 그로친네하구 그러지』

『그로친네두 불상하지』

『그러게 아들생각이 더난대』

『안나겟소 대감은 가만잇나』

『에미 그러는것을 엇더케하겟소』

『대감이두 야단이야 그러지말구 싀집을 탁가버리지』

『그러게 그로친네가 화가나면 싀집가라구그래두 그건안간대는데 쏘더—성이나서 해보잔대』

『그건 쌍송화로군』

『매—장(場) 장터에셋습데다그려』

『아—그러야 낫내지』

『맨 젯번 장에두 광목을반통이나 쓴허오드댑데다』

『그거돈이용쿠만 돈이 어데서 낫노』

『돈나는데 다잇지』

『나는한번못그랫지 내레민주야 아니 그런돈을 나는한번못바다봣지하……하 아이구 원』

『둥동의엄맨한번못그래봣소』

『아이구 나가튼민준 원광목이 어더케생겻는지』

동리움물에 저녁물을 길러와서는 집에갈생각도업시 팔장들을끼고 이러케 한바탕씩 벌려노콘 하엿다 이래야마음이 시원하엿다 한바탕웃고나면 물동이를 닐 긔운이업서젓다

이야기거리가 싀허저가든 동리엔새로운 이야기거리가 생겨 왁자하엿다 젊은사내들이 밤에 말도리터로모히면 쏘이야기가 버러졋다 엇던흉측한사람은

『나두엿이나 한가락사줄싸부다』하고우섯다

『좀 작히그리지안아두 건넌말경세관(경세라는사람과는)맨첫번장날(塲*日) 장길에서 조루드래두만』하고 말하는이도잇섯다

『그래 어디켓답당아』하고 궁금해서 뭇는이도잇섯다

『경세고싹쟁이레제돈을색에』 하면

『날과 그러지난 안케늬(엿커넝)산삼두 사주겟슴메』

씰씰대고 흉측한소리 잘하는사람의소리엿다

『거젱이 살앗슬적보다 그 에미넨입성잘입습데』

『상판두밴둥밴둥젊어갑데』

이러케서로주고밧고하얏다

『양고새두 안된놈이지아들이 당발한과부를 건덜가지고 그러노』 엇던사람은 점잔을빼고 이럿케 말해버렷다

『아들이야 잇건업건도왓스면 조핫스면됏지』

긴긴겨울밤을** 닭울째까지 담배ㅅ내속에서 이런이야기로 헤여질줄을몰랏다 다른엇던말보다도 이런 말감은 더욱재미잇는 말이기 째문이다

『과부아나믄(아이나면)데 거 어디까갓소』

동려첩정령감이 걱정비슷이 숭굴기리며 니야기하면

『아안낫는 법이잇관디』 하는 것은오초시엿다 이러케 동리는 이과부하나로 법석이엇다

---

* '塲'은 '場'과 같은 뜻의 한자이다.

** 들여쓰기 착오로 보인다. 이하 소설 원본에는 들여쓰기가 지켜지지 않은 곳이 많아 오탈자에 대해서만 각주에 밝혀 적는다.

나히열여덜된 썩거머리 총각키가구척이나 될듯한 투실투실한 대감이란 아들을 이과부는두엇다 그 아래로쌀둘 아들하나사남매나되엿다 대감은 이런말을들을째마다얼골이 붉어젓다 어미를때려죽이지도못하고속으로상상알엇다 농사라고 두어섬직이를어더부치는것도 근년에 와서는대감이 어린누이둘하고 다만 셋이서 부칫다 과부는김맬생각도아니하엿다 집에잇는썩 보다 업는썩이만핫다 실상은 과부가 집에잇는것보다 동리에서 이런소문을 안듯는것보다 대감의십 형편은퍽살기가 누구러워 젓다 밧갈고 재내는 긴긴해삼사월에도전에업는 덤심을 먹게되고쌀이떨*어질째가 업시그득 하니채워지곤하엿다 옷감도 각금끈허드렷다
이것도다 제어미의 덕인줄을대감도몰으는 바가안이엿다 그러나슬그먼히 알고잇는 대감의가슴은천갈래 만갈래 머저고요할줄을몰랏다

二

아비를 생각하는마음 어미에게대한미움 이것은그를 전업시파리파리 말리게하는 연유이다
다른길을취하야 쐴놀리는것을 안보자하나 늙은할머니와 어린동생이잇다 이런대감은 어미의하는짓을 가만이 모르는체할수밧게업섯다 대감의아비는 대감이 열다섯째에죽엇다 교탕부증으로 사년동안을 고생하다가죽엇다
　대감의어미는 남편이 죽은뒤로어느날하로 평안한 기색을가질적이업섯다

---

* 'ㄸ' 자가 다른 곳에선 'ㅼ'로 표기되어 있는데 이곳만 'ㄸ'로 표기되어 있다.

성이통통히 나서는공연히 늙은싀어머니 에게화푸리를 하엿다 대감의한머니는 아무소리가 업섯다 홀로남안보는곳에서 분함을 먹음고죽은아들의생각을하고는 울샏 이엿다 그샏아니라 과부ㅅ댁은 누가조금만엇더케 짤짤한말을해도샘을할듯이달려붓고하엿다

대감의한머니가참다못하야소리를놉혀

한마듸 대답만하면 과부는울며불며죽이라고 달려들엇다 이럿케 과부된설움에못된 생각을가진 대감의어미는 점점더요망스러워갓다 엇던때는가장 정절이나잇는듯이 남편생각에 죽는다고야단을 치기도하얏다 대감의 어미는 나희설흔다섯살이니 아즉그리늙엇다고는 못할것 이다 그러나 때로는과부된정말설음이메여나왓다 개가를 쑴쑤기도하엿다 그러나이것도 아니다하고는엇더타말할수업는 원한과울분을 안고쓸어지고하엿다

대감의 어미가 양고새를알아 흉측한소문을노케된것은대감의 아비가죽은뒤잇해가지난겨울부터이다

양고새는 쌀장사하는 사람이엇다 돈냥이나잇는것을 가지고 남의집 며누리를 둘이나바려주고 이곳으로 이사온지 일년이겨우되엇다 고새는 이과부에게 눈질이 갓섯다

과부또한 사내를 실허하지안는터이다 맛나면 남날*리마조보고 얼굴이 쑤러질듯이처다보고하얏다 양고새가 집을이동리에두고오리나되는영성장에서장을 보고하얏다

이사온후로 가장 살뜰히양고새의집을 단인사람은 대감의어미엿다 고새

* '달'의 오자로 보인다.

의마누라는 고새보다칠년이나우이엇다그리하야고새를보고 그마누라를보면 어미색기가탓다 고새에게는 짤둘밧게업섯다 고새는노란수염이 난 개름한 사람이엿다 나히서른다섯 먹은것이잇는사람이라 늙어보이지안엇다

대감의 어미는 고새마누라와 조화하엿다 일도 도아주엇다고새는과부단니는것을실혀하지안엇다빨래가튼것이라도그마누라를보고

『빨래는 것넌집사람보구 좀 해달내지』할적이 만헛다 마누라를 생각하는 것보다 대감의어미가 자조단이는것이 퍽조회ㅅ다. 올적마다 이과부는 수건하나이남아 바로쓰고왓다 고새는 과부를 볼적마다 슬금슬금웃는빗을뵈엿다 과부는 다른동리사람이 맛지못하는 좁쌀을그냥마터갓다 대감의한머니는 젊은과부며느리가 낫설은집에 자조단이는것을 자미업시알엇다 그러나 품파리한다고 쇠장스럽게 대답하는 며누리를 엇더케할수 업섯다 이때부터동리에선이 과부를유심히 보앗다 과부는 이런줄도몰으고 고새의 집에자조 출입하엿다 동리엇던 령감은미리부터 고새란 간악한놈인것을알고

『젊은과부가일이날까보다』하엿다영성장은 하로엿새에 섯다 고새는 일흔아츰장에가면 의례히뒤를쌀아 간것은과부엿다 장에가면쌀을 고르는 핑계를하고 말도하고 웃기도하고 정이들대로들엇섯다 동리장군은 미리부터이런쏠을보고 수군수군 웃고 싱글거렷다

고새가이동리로 이사 올적에 그마누라는 배가불러왓섯다 이사온지 석달이되어 마누라가몸을풀게 되엇슬때 고새는의례히 과부를청햇다 산모의뒤를 몃츨좀보아달라고 부탁하엿다

고새가 부탁하지안아도 나서서일을해주고 십허하든 과부는마음이긋득하엿다

고새는 동리사람들이 자긔나 과부에게 대하야엇더케 생각하는지모든것을 잘알고 잇섯다 그러나 계집이란 마음이한곳으로 쏠리면 의례히달은곳은 돌보지안는법이다

이과부는 아직동리사람 들이수군대는눈치를 눈치도 못채엿다 언제인가싀어머니가

『굶어도 집에잇지놈들시비듯기실타』 고말하고는며누리가성내는꼴이 보기실허서 훌적나가버렷다그뒤로 대감이

『벌어야 몃닙벌겟소정참집에 좀잇수』 이러케권하얏다과부는 성이통통나서 대감을잡어 먹을 듯이악을썻다

『응――이놈아색기 너잘군다 집에잇스라구 에미밥술도 못먹게할테냐이놈아색기야』

三

대감은 미리이럴줄은 알엇다 그러나 얼골을 들수업시망신을 당하는것을 생각하면 어미를노끈으로 잡어매두고십헛다 대감은 어미가금방 불덩어리가치미는듯이 펄펄날쒸는것을 보고는 훌쩍 나가버렷다 과부는더욱분이나서 저혼자 악을썻다성난김이라 할말못할말 되는대로분을풀려하얏다

그러나 누구라 듯는사람이업섯다 근처집에서는 과부의야단치는소리에 『써데과부성이낫다』하고 서로 비웃는판이다과부는성이좀 풀린뒤에 싀어미와 대감의말을 생각해보앗다 엿태것저는 그러리라고는 생각치도 안엇든 남의 시비란 소리에 가슴이 찔렷다 그러나 이찔리운것이오찔갈수가업섯다 이소

리는 이미들은 고새의정에는 그힘이 미츨수업섯다 『어린것데리고살아 가느라면 시비들을적도잇지 내몸이나 바두*가졋스면 되지』하는것이과부의 생각이다 스스로제몸을용서하는 과부의 마음은무엇에나 조금도 눌리울것이업시뵈엇다 그러나양고새를보고서로눈짓을 하며 웃든것과 그언제인가고새가 제손목을 잡든것과제가이때ㅅ것생각하여온것과모든것이이얼골에 내돗치는텬연한그것과는맛시**안엇다 그는곳 기운이업서지는듯하얏다 그러나 량심도 시비도 다정에는 항복하고마는 것이과부엿다

과부는 더욱더욱 그행동이혼골어저갓다 이럴적마다 동리시비는 더커갓다 그러나이과부를 바로잡을 시비는 못되엇다 그런힘을 가지지 못하얏섯다 대감의할머니는 제며누리 꼴이 틀러가는것을 보고는 일절며누리와 말을하지안엇다 대감도제 어미더려 이러타니저러타니 말이업섯다 과부는그꼴이 오늘과 내일이달러젓다 녜전 대감의어미는 아니엿다 거젱이살앗슬때의 대감의어미는 아니엿다점점 남의 사내하고 막롱우을하엿다

동리에서는 『이제야 팔난봉인데 난봉이야』

『삼십과부 난봉나면 야단이지』

이런소리로 과부의 상판에춤을 배틀듯이놀렷다 흉측한 사내들은 이과부의궁둥이를짤어다니게되엿다 과부는저도 내노흔난봉인것을 알게되엿다 이럭저럭 내노흔 걸음을돌이킬 힘을엇지 못햇다 고새의마누라는 쏘딸을 나혓다 고새는마음이 조흘리업섯다 이번해산에는 한번도들어다보지안은것만해도 고새

---

* '루'의 오자로 보인다.

** '지'의 오자로 보인다.

가 좃치안엇든것을 알수잇다 고새는 슬그먼히 아들업시 죽을생각을하면 더욱히 과부를생각하엿다 짤을 셋이나본 고새는아들볼생각이와락와락낫섯다
아들볼생각에 풀어지지안는것은과부엿다 이러한 고새는드듸여마음을정하엿다 이과부를후려넘기기에는 아모힘도 들것이업슬것을알은 고새가 하지못할말을 입에내여 뜻을과부에게알리운것은 고새마누라가 몸픈지 사흘채되는날밤이엿섯다 고새는 이런일에 능숙한사람이라꼿가튼 졂은색시를홀여 넘기든고새는 이제게 맘을두고단니는 과부한아 가튼것은아모것힘들것이업섯다
고새마누라가 즌자리에서 잠든 틈을 타서 이일을 저줄더로 노앗다 물론과부는 조금도써리게는 멋이업섯다 맛당히 할짓을 하는듯이그는 태연하엿다 그들은하지못할 즛을일우어노코도텬연하엿다고새는과부에게 그의마음에잇는것은 모—다이야기해주엇다과부의마음이더고새에게 들도록 함이엇다 아들한아만나아주면논을베어준다거니 조흔집을지어준다 거니 대감의먹을것도넉넉히주고집이넉넉히살도록해준다거니여러말을다하엿다 과부는이런말을듯고나서는 텬하나어든듯이 조화하엿다 사람이란 먹고만사는동물이라면 이우에서 더조흔것이 이과부에게는 업슬것이엿다 이날밤에서로가그러한일을해노흔뒤로는본부본처그와가티그들은 사흘이멀다하고한자리에서즐겨하엿다 고새마누라가 눈치를채지못할한도에서 그들은 즘생가티작난을하엿다과부에게는그럴것이엿다 대감의아비가 죽은지 삼년이되엇슴에 그동안 닐어나는성욕의충동은 그야말로 생명을가라먹는듯이 안타가운 적이만엿다

四*

삼년동안이나 사내맛을 모르든 과부는 한번 허락한것이라남이 잇는거 업는거 가리지안코 불을본 풍덩이가티 덤버이성뎍만족을 차젓다 고새도남의졂은과부를 다리고 그러는것이얼마큼그에게는 향락을 주엇다아들보자는그생각보다도 형**락이 더큰목뎍이엇다. 고새와 이과부에게는 이런 긔회는 만엇다만은것보다 긔여낼수가 얼마든지 잇섯디고새 마누라가 이것을알면큰일이엇다 그러나 이것은 몰낫섯다고새마누라는 이런것을 알랴고할 사람이 아니엇다 안다해도그대로보고지낼사람이엇다더욱이짤을셋이나 낫코부터는 고새를볼낫이 업는듯이 그는더어숙어젓다 저도 이제는어린애날때는다된듯이 생각되어 남편의일에아모말을할사람이 아니엇다 동리에서는 이런일이 잇스리라고는 짐작햇겟지만 정말로 이런일을 알아들추어내인 사람은 업섯다 전부터이라도 동리에서는 과부를 고새의 작은마누라격으로생각안한것이 아니엇스나 고새의 마누라가 해산할적에 진자리를 츠려이과부가 닷새나 고새의집에서 자고먹고 하얏다는말을듯고는 그들은 더욱이 이과부를 달리보앗다 어드런 경험잇는사람의눈으로 본다면 이과부에게 엇던 전과다른 변화가잇섯슬는지도몰랏다

과부도 처음 고새에게그몸을 허락할때만하여도 이일을 엇더타고하고 어이할바를 몰라한적이한두번 아니엇다 그리고처음에잇서서는 퍽마음의 가책도잇섯다 남들을 생각하야문득자긔행동이 죄되는줄도 몰음이아니엇다 고새

* '四'는 사흘(1.31, 2.1, 2.3)에 나누어 실렸다.

** '향'의 오자로 보인다.

를 자긔의정절을깨틀인사내를 미웁게 생각한적도업지안엇다그러나이것도*
를거릅**함에 점점식어갓다 동리에서는이과부 하나를두고 그우수수써들음이
여간이아니엇다이러는안에서도 과부와 고새의향락을위한 그들의 모임은 끈
치지안엇다고새는 이과부를두고 생각한것이 잇섯다 이것은 벌서과부의몸에
제씨가들어갓슬것을 미리 짐작한것이엇다 그리하야 이과부를 어느남모르는
다른곳으로 보내고 먹을것을 당해주는것이다그러나 고새의 생각에는이과부
를 결코 첩으로나 살리자고는한것이아니엇다. 고새는녕리한사람이다 리되
고 해되는것을다알고잇는사람이엇다

고새와 과부와의새에 그들의 부둥켜안음이 비롯된후로 넉달이지낼째에는
과부는 과부가아닌것을 저스스로도 알었다
이때까지라도 그들은 그들의남모르는 자미를 계속하야왓든것이엇다 대감이
와 대감이의할머니도 제메누리가 제어미가벌서 집에과부어미과부며누리로
잇지 못할것을 짐작하얏다 그리고는 남이숭하다하고 그들은 한탄할뿐이엇
다 더엇더케 할재조를알수업섯다 어서하로라도 이과부가집을써나 숫재남의
종이되든 첩이되든 제아비 제아들의죽은일홈을 들추지 안키를바랏섯다 과
부는 입맛이 달라진것을남이 알가보아두려워하얏다 그박게도 제몸에 한아
식둘식 닐어나는변화를 남이알가봐 두려워하얏다

이런일은 남모르게 지나갓스면 조흐련만 세상이란그런것이아니엇다 동리
에서는 벌서눈치를밝이고 어느누가 몬저말햇는지알수도업시 만히 써도는구

---

* '회'가 누락된 것으로 보인다.

** '듭'의 오자로 보인다.

름가티

『저집과부는아희가젓다더라』 하는소문이쎠돌기시작하얏다고새도 과부도 대감이도대감의할머니도 다이말을 한번이라도들엇을것이엇다 그러나

『이놈들아 누구레어드래아가리에좇들어간다』

소리를 칠사람들이 못된것은곡절이숨엇섯다고새는 령리한 사람이다 오랜일을 쓰러가지고움즐거리는것보다 하로밧비 세상에알리는것이 나흔줄을 알엇다 이런소문이 돌*기시작한때 고새는조용한틈을타서

『이제여기잇지말구 개천다리 내집을하나 어더두엇스니거기가있게하지』

하엿다 과부는다안다는데에는 가슴이능큼 뛰엿다 과부는 혼자생각에는『세상사람들이다알겟지』 하엿으나고새의 입에서 이런말이나오고 제가하여온일을 사람압해내여놋케 된것을생각함에 놀라지 안을수업섯다 놀래는것보다도 무섭고진저리가 씨첫다 살작업서지는재간이잇섯스면하엿다 그러나 인제는 내노흔판에 할수가업섯다

『그러케합세다그려아이—구』 그는한숨을쉬엿다

『내한당거리에 쌀이나한말식 갓다주지 그러케하구』

말을못맺고 그만두엇다

과부도더할말이업섯다

이런소문은 과부와고새와 대감이와 대감이의한머니를 머리를못들게하엿다 그들**은 마치죽으러가는양모양으로 세상에고개를들고잇지못하엿다 그래

---

* '몰'로 읽히지만 '돌' 자에 잡티가 묻은 것으로 짐작된다.

** '둘'로 읽히지만 '들' 자에 잡티가 묻은 것으로 짐작된다.

도 고새만은 쌘동쌘동하니 구럿다 이런소문이 동리에퍼진지 열흘이못되야 그리고고새새*가과부다러개천다리로 가라는말을 한지 닷새가될락말락하야 과부는이동리를 써나버렷다 남하나아는 사람업시 제집인간들도 모르게 이 동리를써나버렷다

고새를내노코는몃칠동안을그가죽엇는지 살엇는지도 몰랏다 동리에서는 『과부레도망갓대』이런소문이 뒤를니엿다 대감이도 과부어미를차즐랴고 하지아**헛다. 잇는것이업는것만못하엿다 헴이들은 대감이가 제어미의 그더러운시비를듯는것보다 차라리 깨긋이 업서진것이나엇섯다

한가지는 이런소문이 돌자고새마누라의 귀에도 이말이가지안흘수업섯다

고새마누라는아모말이업섯다 계집의 마음으로는 말다톰***이라도하엿을것이다 그러나 누가이 고새마누라의 말성놉히는것을 들은사람이업섯다 동리는 흥에 겨워 시비하든말써리가 우숭숭한수수걱기가되여버렷다

과부가 달아난지 엿새가되여 동리한사람이 과부를 보앗다는 말을하엿다 이말은 동리사람의 귀를 긔울게하엿다 대감이네도 이런말을 듯게되엿다 동리사람들은 한아둘 건너가과부가개천다리에 잇다는것을 다알게되엇다 개천다리는 이동리에서이십리나가면 잇는장모임하는 족으마한 거리엿다 고새가 이곳에과부를갓다두엇섯다

그후론 동리사람들이 하나둘과부를보고와서는

『배는 압남산만합데』더러는 『아들이나낫켓나』쏘엇던사람은 『고새게아들

---

* '새'가 착오로 중복된 듯하다.

** '안'의 오자로 보인다.

*** '톰'의 오자로 보인다.

이태우나』고새를미워하는사람도잇섯다 동리 녀편네들이 무명이나장소물을 가지고개천다리 장에갓다가 와서는

『과부봣지 바로 입성두잘입엇습데』하고 자랑삼아말하엿다엇던로친네는 『드러가봣승마』하고 빙긋이물엇다『암마 동지달쯤은 막달이되겟습데다* 이러케 그들은과부의말을입에나리우지안헛다

이럴때는 녀름이엿다 전가트면 대감이잇스나업스나 한자리에서가티 밥을 먹든어미가 살아리별을햇거니하면 누구에게도리켜야될지 알수업는 원통한 것과울분한것이 치밀어 슬그먼이 눈물이 괴이곤하엿다 대감의한머니도 아들생각 그리고집생각 뒤석겨나는 생각의비애에 울어 늙은얼골이 부은적이 한두번이 아니엇다 대감이 아래로어린것들이 울고불고하엿슬것도 말할것이 업섯다 대감의아래로 누의 둘이잇서서 밥은지엿다

과부는 개천다리로 온뒤부터는늘울엇다 안나는 전남편거젱이생각이나고 집안생각이 나고 맛못본비애가복밧처그리시연한 살림을못햇다밥도혼자잠도혼자 남한테 손구락질—— 이모든것은 과부의살을나리게하엿다 이상한것은 고새가이곳온뒤로 하로밤이라도 온적이업섯다 먹을것은 주엇다 그러나 와서가티밥먹은적이업섯다.

과부는 녀름더운때에 쌈을붓다가도 집에돌아가 싀어머니하고 아들덜대리고 롱사하고 김매면 얼마나 좃겟소하고 생각한적이 한두번이안이엿다고새도과부가 이미지은죄를 텃처버리고는 제게달려잇지안흘것을알앗다

과부는 불러오는 배를안고이개천다리에서 정배사리를하엿다 바로 류월어느

---

* '』'가 착오로 누락된 것으로 보인다.

날이다 대감이와대감이한마니는 이날더욱 맘이 좇치안엇다 저녁이라고 노—란 조밥 오이냉국한사발—곤한 사람에게는—주린사람에게는이것도 맛잇섯을것이다 그러나이날은 목이타오르고 가슴이부극거려 밥을먹을수업섯다 죽은아들생각 도망간 며누리생각에 늙은이는 그만숫갈을들엇다가 눈물이쏘다저

『야—거정이년석아—야— 대감이 어미……』

말슷을 못맺고 울엇다 목이메여울엇다

대감이쏘——울엇다 엽해잇든것들이 곡절을 모르게울음이터쳤다 그들은싄칠줄을몰랏다

『애그놈을죽여야!』 원통스럽게몽석을 피는것은 대감이엿다

녀름날 날은흐렷다 한울에 검*은구름이 흐터지고 그새로별빗이흘렀다 좁다란뜰압해 어듬은 들엇다 모기가닐엇다 그래도대감의집 좁은뜰안엔 차저드는어둠과가티 설움이더 어리워졌다

대감은 갈사록더화가 올랏다 드듸어 일어서 작댁이를들고고새의집으로다라갓다 대감의한머니도 일어섯다대감의 누이동생둘 아우하나 모다일어서대감의뒤를쌀하울엇다

여섯사람은 고새네집에 들어갓다

넓은뜰의방석에모긔불이부텃다 대감은 작댁이로 뜰을 싸리며

『이놈아! 야이놈아』 동**곡이터저나왓다

* 판독이 어려우나 '검'으로 추정된다.

** '통'의 오자로 보인다.

작댁이로 고새를 하나후려갈겻다 고새는일어나 작댁이를잡고 대감을붓잡는다

『야이도적놈아』 고새도성이올랏다

『야이놈아! 내……』늙은노친네의통곡이다

고새를부데 끌어단긴다 아이들이 더욱울엇다 고새마누라어린아이들 쏘고새를부데 잡고울엇다 대감이와 고새는서로뭉켜 돌아간다

『야—이놈아…… 아이놈아』

말을못하고 우는것은 대감의한머니다 엽집에서 압집에서동리사람들이와—하고모인다——넓은뜰에 긋득들어섯다 아이어른 녀편네 사내할것업시 쌕둘러섯다 고새와 대감이를말려떼어노핫다 고새는 달아나버렷다고새의마누라는

『글세 괜이그러지안우』 하며 엇절지몰은다 고새의 울던딸들도 울음을 멈추엇다 그러나고새*와 노친네는 죽을듯이쌍을치며 울엇다 아이들은 울음을 긋처버렷다

『여보—노친네두 그러면엇지 하겟소』 하며 엇지랴고이말하얏다 노친네는 울음석긴말소리로『거정이생각과 그년생각과요놈을삼**아먹고!』하고또울엇다 대감이는 말도못하얏다 그저

『이놈아! 아버지』 하며울섄이엇다 밤은깁헛다사람도하나둘헤어졋다

그러나 대감이의인간을 갈줄을 몰낫다

이자리에서 써지랴는듯이 움즉하지안엇다

---

* 문맥상 '대감이'의 착오로 보인다.

** '잡'의 오자로 보인다.

그들의 울음에도 밋음이잇섯다 닭이 꼭꼬울때에 으슬넝으슬넝 집으로 돌아왓섯다
고새도 어이업서 모—든것이뉘웃처 여섯사람의 살을쎄여먹은것처럼 제가사람갓지안은생각에 잠을못일우엇다
이후로는 대감이도 다시는고새의게 행악을하지안엇다 고새도 기운이죽어젓다

五

과부는 동지달 바로—초하롯날…… 몸을풀엇다 고새도 알리지 안코 엽집한멈을겻테두고 그는 그죄를 텃처버렷다 애기를난지 하로를지나서야 고새를 청하여왓다 고새를섭섭하게 맨든것은 이죄를 쓰고나온애기가 계집애엇던것이다 이애기가 아들이엇더면 고새는 엽대가슴을알턴후회도조금줄어질것이그만더도다노핫다과부는안고잇던죄뭉치를 토해노왓스나더욱그는헤골가티 상해들어갓섯다
『국이나잘먹지』고새는과부에게이말한마듸하엿다고새는사흘동안 과부의엽해서지냇다 남을위하야 죄를낫케한 사람인고새는 그헌신작버리듯 써날수가어려웟든이엿다
동리에서는 고새가 개천다리로간것과 때가동지달 과부의막달인것을알고짐작하엿다 고새마누라의 입으로 과부가짤낫다는말이나왓다 동리에선 벅작고앗다
대감이도 이말을 못들을리가업섯다

그후 한달이되야 과부는고새에게 어린딸을주엇다 고새도더과부를 다리고 잇스려 하지안엇다 고새마누라는 조흘리가업섯다 제색기도아닌것을 귀찬케 시종을 서게되엿섯다 고새는양젖으로이과부의딸을길르려하엿다

『내팔자에 아들이』하고과부를생각하고 과부의딸을 생각하고 상을찝흐리군하엿다 이과부의딸일홈을 행렬에쌀아 숙네라는아른답은 이름을 부처주고 곱비라고불럿다

과부는 개천다리에서 쏘일수업는곳으로 가버렷다

그후론 동리에서 이과부나고새나 대감에대한 소문을말하는 이업섯고 듯고저하는이도 업섯다 곱비를볼적에 과부를생각하곤하엿다

그후론 일년이지나

대감이는 이동리에서 사십리나 써러저잇는 마다리에 이사를갓섯다 과부는 도로들어와 과부어미가 되엿다 두르 별별것을 다지나본 과부는 녜전 과부는 안이엿다 싀어머니에게 아들에게 그는 며누리요 어미가되엿섯다 이곳은해변이다 농막에서 생각지안튼 은익한살림을하는 그들은지나간녯일을 제각금 생각하고는 마음을언잔해하엿다 대감의혼자*말이닐어나고 갓난이 싀집터이 생겻섯다

고새는 이런말을 벌서듯고

『흥!』웃을섄이엿다

동리에서는 한섯만가보고 한섯 넌증스러워

『제에미 제색기다룻슴』

* '사'의 오자로 보인다.

『다르쿠말구그것도에마*라구』

『그러게색기가조태디』

『그러케 에미구실을하구두넘치잇나』

『제에미제색기무슨일잇갓게』

『대감이두 머리가큰것이그에미안이면 못살겟기에 그르케 망신을하구두 쏘가티잇나』

『그노친네는어드른대노』

『아이—구말마루넘우도와서』

『말도안하든며누릴……』

『전과는 다릇대니쎄네일을잘해두어방업시 잘한대 쏘대답이업대』

『화가복됏군』

『별변두다잇디』

『그과부 난봉날적에야누구례 저럴줄알앗겟소』

『글세말이지』

『고새가드르면……』

『왜모를고 그곱비를보고는한탄을한대』

『안그러겟소고새두……』

**과부나고새두팔자지』

『그과부팔자두무던해』

* '미'의 오자로 보인다.

** '『'가 착오로 누락된 것으로 보인다.

『그런팔자가 또어디잇겟게』

『이제잘살면또팔자야』

『팔자구말구! 넷말하겟수다

『과부례곱비생각이 나겟지암마?』

『색기생각이안나겟소』

『대례다기르지그걸』

『아—니여보그걸 어쩌케하깃소』

『노친네대감이…… 아—니 아덜이점직해서…… 원……』

『에미색기팔자두또무—던해』

어렇케 동리에선 또쓴어젓든 과부의헛소문이 터젓다 그러나 과부와 대감의귀에는 이런소문이들릴리가업섯다

그들은 그후론오즉 농막에서자고깨고 할쌘이엿다 과부의헛소문도 슬슬녹아버리고 과부나고새나오즉 곱비— 그어린것을새에둔— 슯흔팔자를 서로 호을로한숨으로 되엿슬것이다

(一九二九, 十二, 十)

마을의遺話

『조선일보』(1935. 7. 6~20)

一

양아들네 부처는 덕항녕감과저척로파를 쥐나 누데기로 녁엿는지 모른다. 그러기에 말만한우칸 냉방에 이구석에는 누데기가 꿍그리고 잇고 저구석에는 쥐들이 살림을하는곳에 녕감과로파를 둔것이다. 덕항녕감과 척저*로파가 쭈그리고 안즌것이나 꾸부러치고 누은것을두고는 누구나 누데기꿍제기라고 보앗스나, 그리고 사람먹든것을 쥐가먹어도 질색하는 세상에서 녕감과로파는 쥐먹든것을 먹고도 아모 말이업섯스나, 이상한 일인지 모른다, 아무리해도 사람은 누데기나 쥐가 되지는안혓다. 이 늙은 녕감로파가 누데기나 쥐가 되기에는 멧해나 걸리는지 모르나 삼십년쯤을 가지고는 사람이 누데기나쥐가되지못하는것만은 분명하엿다. 녕감로파는 얼마나 구석에서 말이업는 누

* '저척'의 오자로 보인다.

데기가 되고시펏는지 모른다. 자백이속의 쥐가얼마나 부러웟는지 모른다.

누데기 그것은 추을근심이업섯다. 녕감로파의 귀와 발이어는 방안에서도 그것은 귀와발이 얼줄을 몰랏다. 녕감로파는 사시나무떨듯 떠는때라도 그것은 언제나 사지를 놈은 편채로 꾸불인놈은꾸불인채로 깟닥하지안헛다. 녕감로파는 종래누데기의 신세를 지지안흐면 안될때가왓다. 얼어 죽갓구나 하고 덕항녕감이 몬저 발뿌리에다 누데기를 더펏다. 다음엔 저척로파가 허리 우으로 그것을 끌어당긴것이다.

쥐 그것은 배고픈세상을 몰랏다. 콩을먹나가는 팟을, 실허지면 어데선지 하이얀닙쌀을날러다 먹엇다. 두늙은이가 끼니를빼고 골은배를 잘러매는 때에도 쥐들은 잔치를 벌리는일이잇섯다. 두늙은이의 입에서는 이저또린 맛난것을 그들은 동안이트지안케 먹고 녕감로파가 못가는 마을의 대사집에 그들은 마음대로 출입하엿다. 가난한사람이 넉넉한사람의 덕이나 입듯이 녕감로파는 쥐의 덕을 입을때가왓다. 쥐구멍가에 크다란 비웃정*어한개가 뇌인적이잇섯다. 끼를굶은 저척로파는 아이구 시장해 하고 청어한개를 집어서 두조각에 논흔것이다.

슯븐일이엇다 덕항녕감과 저척로파는 그러케도 되고십흔누데기와 쥐가, 되지안코는 못백일 누데기와 쥐가 좀처럼 되지안헛다. 그것은 녕감로파가 누데기와 쥐보다 한층놉흔 인간인까닭인지도 모르나 까닭인즉 누데기와쥐가 어떤인간보다는적어도 녕감로파가 그것인 그인간보다는 한층 우헤잇는 때문이잇다.

---

* '청'의 오자로 보인다.

녕감과로파는 생각하엿다――환생을하여야하느니라 고.원수의 죽엄이 왜오지안흘까 고. 덕항녕감과 저척로파가 죽지안는것은 이상한일이될수업섯다.그것은 목숨이 한울에나달려도달렷슬것이라고해도조흐나녕감로파는 인간이아닌지 모른다고해도조흐나 녕감로파가 죽엄을 피하는것이아니고 죽엄이 녕감로파를 피해살어가는까닭이엇다. 대체 죽엄이란것이 인간을 무서워피하는일이잇기는한것이엇다. 세상에도웃지못할일이잇다.

우칸에는 불김이 올라오지는안헛다. 쥐와 누데기에게는 불김이 소용업섯다. 녕감로파의 몸가운데잇는 물ㅅ기라는 물ㅅ기가 모두얼어벌이기만하면 그만이엇다. 땅만해도 겨울이되면 얼고 도랑과 웅두리와 시내와바다까지도 모두 얼어붓지안다*.

二

그래도 바다는 살고 시내도살고 땅도 살어잇지안나. 겨울이 되면 녕감로파의 몸 가운데의 물ㅅ기는 얼어부틀줄 알엇다. 땅이 구더벌여 푹신푹신하지안틋이 녕감로파의 사지도 가들어들어제대로 놀지안흐면 그만이엇다. 시내가얼듯이, 작은바다가 얼듯이. 이러하엿다 우칸의 구들장이 차디찬 녕감로파의 몸둥이에 다어서 오력을 가들어치고 우들우들떠는것이엇다. 그저 겨울이 세상에두 괴상한 늙으댁이들두 다 잇다 하고 어이업는 우슴을웃고 지나가는 것이엇다.

* '나'의 오자로 보인다.

녕감로파는죽지는 안헛다.

올겨을을나도 녕감로파는 죽지는 안헛다. 여든여덜—덕항녕감은 여든여덜이 되엇다. 여든이란 고개에 올으지 안흐려고 녕감은 얼마나 신명께 빌엇는지모른다. 인간의 약속을 밋기도하엿다. 하나 그런것들이 쓸데업시 녕감은고개를 넘고야말엇다. 이고개에멧거름안내노코녕감은 숨발을 잇는대로다 뽑아보려하엿다. 하나 다뽑을수업는 숨발이 가슴속에 그득히살이워잇는줄을 녕감은 알엇다. 녕감은 나히의 발목잭이를 꺽거 노흐려 하엿다. 하나그것은 녕감의 마음을 읽어알은듯이 녕감의 압장을서서 더빨리 달음질 치는것이엇다. 여든이 고개를 올으는 길가에 얼마나 만흔 인간들이 쓸어젓나. 녕감은 세상의복이 쓰렷이 누흔것이라고 하엿다. 녕감도이길가에 쓸어저 누어본것이다. 하나 목숨은, 고된목숨은 불측하게도 녕감의 목을 축겨일으키고야 말엇다. 이러케 해서 벌서 또한고개가 가까웟다. 녕감이 풀업시 온길을돌아다보면 저척로파가 그노픈 여든의, 죄만흔 인간만이 추어넘는 여든의고개를 훨훨잘도넘어오지안나. 녕감은 잠간 아흔의고개로가는 길가의 바위에 미틀 부티고안저서 중얼결엿다——할미나 내나 죽어디야디!——

그러나 죽엄이왓다. 그것은작은죽엄들이엇다. 녕감과 로파의 몸을 온군채로 죽이는것이아니라 그몸의 한부분씩을 죽이는죽엄이 온것이다. 저척로파의눈이죽엇다. 그눈이 아조어두워진것이다. 덕항녕감의 허리가 죽엇다. 그허리가 불어질듯이 딱 꼬불어진 것이다. 녕감로파는 그래도기뻐하지는 안헛다. 작은죽엄이란큰죽엄의 압흘서서오는것이 아닌때문이다. 그것은 우두마리가지 멧가지가 껌껌죽은나무, 그것은 채불어지지 안코 휘여꾸불어저버린나무 그것과 가텃다. 년룬의 멧돌기나 돌아갈지모를 나무, 어데 죽엄이라고 할것이왓슬까!

정말 죽엄이와서 건드리다가 싸우다가 가벌인때의 그원심이— 그것이 작은 죽엄인지도모른다. 그것은또 정말 죽엄이와서 귀여워하다가 사랑하다가 마지못해떠난때의 그애틋한 정이그것이 작은 죽엄 인지도 모른다. 그것이 녕감로파에게 온것이엇다.

작은죽엄도 죽엄이기는하엿다. 그런까닭이엇슬것이다—녕감로파는 그들의 념원인 누데기와쥐가되려들은것이다. 그것은 분명히 압흐로 어느날엔 쥐와 누데기가될인간이엇다. 아직도 사람의테를쓴누데기와 쥐엿다.

그래 누데기가 무엇을보나?그것은 눈이업다. 아—저척로파가 무엇을보나? 압못보는 로파라 누데기엇다. 그것은 이제는 육신을 놀릴수는업는 누데기엇다. 덕항녕감이 손이업서진것이다. 허러꼬불아진 녕감의 두손은 그것은 두발이엇다. 쥐도 허리를펴면 그발은손이아닌가? 녕감에겐네발이잇다. 쥐는 서서 단기지는 안헛다. 녕감도 서서 단긴다고는 할수업섯다. 녕감은 내일이라도 꼬리를뻣칠쥐엿다.

이것은 즐거울일이아닐수업섯다. 녕감로파의 한울이 날여온것이아닐수업섯다. 그러나 녕감로파는슬펏다.

그것은 덕항녕감과 저척로파가 쥐와누데기의 갓난아이인쌔문이엇다. 그간난아이가되어서는 안되는 쥐와누데기의 간난아이엇다. 녕감로파는 쥐와 누데기의 어른이되지안허서는안되엇다.

三

사람의 갓난것이 하로밤동안에 어른이 되지못하듯이 그들은 하로밤동안에 쥐와누데기의 어른이되어야할것이엇다. 갓난것이 자라서 어른이된다—이것은 하로동안의 일이아니면안되엇다. 그러나 불상한 녕감로파는 갓난아이가되는데 여든이되엇고 여던이 훨신 지난것이다. 어른이 된다—하로밤동안에 어른이된다—그것은안될이야기엇다.

그것은슯흔일이엇스나 녕감로파는생각하엿다—왜 눈은어두엇슬까—, —왜 허리는 꼬불아젓슬까—. 그것은 물론나히의작란인것이나 이런줄이녕감로파에게알려진때 그들은 또생각한것이다—왜 나히는 갓슬까—고. 거긔에는울음소리는업서도 울음이잇섯다. 갓난아이의 갓마즌제운명을 원망하는 울음이잇섯다. 운명—그것은 쥐와 누데기의 갓난아이를 울리는것이나 그것은 또 사람의 늙은이를 울리기도하엿다.

저척로파는 바람벽을 문이라고떠미는것이엇다. 그러나 바람벽은 빗겨주려고는하지안헛다. 그것은 웃는얼골을짓지도안헛다. 로파의 손길이오자 그것은 차듸찬발바당*을들어 대이는것가텃다. 로파의손이닷는 바람벽은 차고구덧다. 로파는 멈츳하고 물러서나 다시하는수업시 그는차듸찬 무뚝뚝한 바람벽을 손으로 쓸어가는것이엇다. 그러나 세상에도고마운일이다. 저척로파는 문을여는데 그리애는쓰지안헛다. 덕항녕감이 언제나 겨테잇서주엇다. 문을 열라구 그르나하고 녕감은 한손으루 문고리를잡고 한손으로 로파의손목을잡

* '닥'의 오자로 보인다.

어끄는것이엇다. 문은작엇다. 그것은 녕감이 늙어 꼬불아지고 작어저서 열어주기를바라고 잇는듯하엿다. 작은문 그것은 작난구럭이엇다. 압못보는 로파를 놀려대어서 울려노코마는 작난구럭이엇다. 그것은 속이타서 바람벽을 어리쓰는로파에게 들키지안흐려는듯이 한켠쪽에 가만이 숨을죽이고 쪼구리고잇섯다. 그것은 이철업는것이 로파와숨굴막질을하려드는것이엇다. 그럴때면 언제나 녕감이 이작난구럭이의 손을꼭붓들고 로파의손을끌어다대엇다. 문은 로파의말을 잘듯지는안헛다. 배를밀어보아도 잘나가지안헛다. 허리를차보아도 역시지피엇다. 억개를처보나 움즉이지안헛다. 어떤때 로파혼자 죽을애를 다써서 이 작난구럭이의몸둥이를 붓잡게되면 그는곳 제손을찻는로파에게 제발을내어미럿다. 배를 어리쓰는 로파에게 가슴을돌려대엇다.

작은 문——그것은 저척로파가 늙어서 눈이어둡는때를 기달이고 잇슨듯하엿다.

로파는 울엇다. 설겁고 원통해서 울엇다.

작은 문——그것은 로파의 우는 꼴을 보려고 잇는듯하엿다.

그래도 그것은 세상의 착한일이엇다. 그래도 그것은 세상의 밝은 일이엇다. 그것은 아직도 따뜻한것이 식지안흔세상의 일이엇다. 녕감로파가 작은문을 나온때에 그작은 작난구럭이의 성화를 버서난때에 그들은 정말로 캄캄하고 산득산득한 세상을 맛나는것이엇다. 울음이그들에게 오는때엿다. 그들은 울음을 정말로 반겨마젓다. 울움업시는 그들은 어둡고 차디찬 세상에 잠시라도 잇을수업섯든것이다. 작은문 박게잇는 세상 그것은 녕감로파에게 작난은새로 눈거들떠보지도 안헛다. 조금만가차이하면 조금만 오래잇스면 그것은 그들을 뿌리처버리고 쪼차 버리고야말것이엇다.

섬돌——그것은 녕감을 모른척하엿다. 그것까지도 녕감을 모른척하엿다. 그것은 그래도 토방에서 마당으로 날여서는 녕감을 안어날여노흔것이다. 그것은 그래도 마당에서 토방으로 올라서는녕감을 축겨올려노흔것이다. 그렇치만 이제는 녕감을 보려고도 하지안헛다. 눈을 꺽지르터감고잇거나 딴눈을 팔고잇거나 하엿다. 그것은 분명히 녕감을 나물하거나 원망하는것이엇다.

四

그것은 녕감이 섬돌의바람을 미덤을 저벌인듯 깨처벌인듯하엿다. 삼십년동안 그동안에 섬돌은 녕감에게 바람을 부터오고 미덤을두어왓는지모른다.세상이이때것몰랏고 시방도 모르고 압흐로도 모를 은근한 바람과 미덤을!이것들이 어린아이들가티 녕감에게 매여달려서딸어왓는지모른다. 녕감은 몬저 손쉽게 생각하엿다—나야 불상하디불상한 뒤상이 아닌가?—그러하엿다. 녕감은 불상한 녕감이엇다. —불상한 놈에게 죄돌아올게잇나?—그러하엿다. 불상한것은 죄를 잇게하나 그죄를 지지는못하는것이다. 그러나 죄를지지못할불상한 녕감은 죄를 지고 잇섯다. 남의 정성가득한 바람과 미덤을 몰라보거나 저벌이는것은 죄가아닐수업섯다. 녕감은 섬돌의 바람과 미덤을 저벌이고 몰라보는죄를 지엇다. 그것은 사람이 돌보다 못한데서 생긴 사람으로의 죄엿다. 그죄를 녕감은 사람가운데 가장사람인탓으로 밧는것이엇다. 녕감은 종내 이런생각을 해내엇다. 섬돌의 미덤과 바람을 알어내인것이엇다. —나히! 내가 나히를먹엇다구!—

섬돌은 녕감이 인생의가저오는늙음을 세상의 주는나히를밧지안코 퇴할것을 바라고미덧든것이엇다. 그러나 되지안흘일이엇다. 녕감은 나히를먹고 늙어꼬불아진것이다. 벌서 때느진 일이엇다. 녕감에게는 벌이온것이다.

섬돌은 어느날 종내녕감을굴려떨어틀이고야 말엇다. 녕감이 불칙하고 잔학한 원수에게 갑흘생각을하엿든 잔학하고 불측한수로 섬돌은 녕감을 멧다치고 말엇다. 그것은 녕감의 그무덤에서 파내 온것가튼 다리를 떠밀칫는지 모른다. 잡아책기거나 걸어닥채엇는지모른다.녕감은 넘어지고말엇다. 녕감에게남은것은 깰랑하는 소리를 내며 마당에쓸어지는것뿐이엇다. 그것은 세상의정과 사랑과 힘과 갑과 위엄들이 녕감을 잡어멧다처노코달어나면서 입을모아큰소리로 욕을하는소리엇다. 녕감은 부르르떨엇다. 날즘생이 죽을때에떨듯이 녕감은 떨었다. 녕감은 그리고 모두숨을쉬었다.겔즘생이 죽을때에 쉬는 숨을녕감은 쉬엇다. 녕감은 죽은녕감이엇다. 분명히 죽을려는 녕감이엇다. 그러나 녕감은 날즘생은아니엇다. 겔즘생도아닌사람인 녕감이엇다. 녕감은 죽지는안헛다.

죽는몸떨믈 떨고 죽는긴숨을 쉬엇스나 녕감은 죽지는안헛다. 녕감이 죽으려면 아직도 무엇이한아더 남은듯 하엿다. 그것은 눈을 뒤솟는것인지모른다. 그러나 녕감은 그즛을하지안헛다. 모를일이나 녕감은 잘망하니 그것을 이젓는지 모른다. 어쨌든 녕감은 죽지는 안헛다. 녕감의 입에서나온 소리——아고고——그것은 녕감이 죽지안흔것을 소리첫다,한울과 땅에. 그것은 분명히 세상에대고는 치지안흔 소리엇다.

녕감에게서는 또 소리가나왓다——아유유——그것은 녕감의 입에서 나오는소리는 아니엇다. 그러나 그것은 녕감의몸둥이에 잇는 어늬 한구멍으로 나오는소리엇다. 그러면 눈에서, 눈으로는아니엇다. 귀로도, 코로도아니엇다. 녕감의속과 맛뚤린구멍들!녕감에게 그런것이 잇섯든가? 한울에대고말해도 녕감에게 그런것은 업서왓다. 그러나 한울에대고말해도 어느사이에 녕감에게는그런것이 잇게되엇다. 구멍이라기는 너무좁은 구멍이 틈이라기는 너무넓은틈이 녕감의광대뼈우에 생긴것이엇다.

五

아유유—그것은 이입으로 나온 소리엇다. 그것은 녕감을 욕해버리고 달어난녕감의 원수—— 세상의 사랑과 정과 힘과 위엄과 갑들의뒤를 쫏차가는듯하엿다. 그것들을 잡어죽일듯이작고 쫏차가는듯하엿다. 그동안 녕감은 울엇다. 한업시 압허서 울엇다. 한업시설거워 울엇다. 그것은 지난해마가을 바람결에 굴어떨어진 넉줄마른 오구랑박 한통이 한업시 압허서울엇슬듯이. 한업시 설거워 울엇슬듯이.

상처—그것은 한불행한 갓난아이엇다. 그것은 언제가서 입을 담을게될지모르는 울음끗질린아이엇다. 그러나 그아이가 이제는 도리여 녕감의 울음을 멈추게할때는 왓슴즉도하엿다. 정말로 그런때는 온것이다. 덕항녕감의속에 숨엇든 만흔녕감들이 이제는 모두뛰어나와서 제각각 그서름을 울게된것이엇다. 배골픈녕감의설음 추위에죽다살어난 녕감의설음 천대와 부랑을 즈즈리밧는녕감의설음 색기업는녕감의설음 늙어꼬불어저도 죽어지지안는 녕감의 설음!그설음을우는 만흔녕감들의 울음. 그것은 상처의울음을 휘파람으로녁여도조흘 정말로 그것은울음이엇다. 어린아이의울음이 이설고원통한크나큰울음속에서 들릴수는업섯다. 상처—그것은 눈이 동굴해저서 이제는 울음을 끈치고 녕감의 우는꼴을 말구름이처다볼지도모르나 이제는 이러케 설게 우는 이 만흔녕감들이 언제 울음을 끈칠것갓지는 안헛다.

죄만흔아이—녕감의상처는 녕감의만흔녕감들에게 끗업는울음을가저온것이다. 그러나녕감의겨테는 이세상이 끗날때까지 끗나지안흘울음을 울려는설거운녕감들의 울음을 멈추게할사람이 잇섯다.

저척로파가 녕감의겨테서 울음을 지키고잇섯다. 그것은 설거운길박에 다시 다른길로 달어나지못하게나하는듯이. 저척로파는녕감의울음을 어느때에 가서는 잠잘우리로 몰아너흐려고잇는것이엇다.

그러나 큰일이낫다. 그것은저척로파가 울음을 멈추기는새로 로파가 녕감들과가티 도리혀그들보다 더 설게 울기시작한것이다. 로파의속으로는 여러로파들이제각각 서름을안고 나와서는 퍼더벌이고안저서 울음을 울기 시작한것이다. 한업는설음을가진 만흔로파들이! 울음은커젓다. 한세상, 녕감로파의 작은한세상이울음이기나한듯이. 상처도 로파도 녕감도 업고 울음이잇섯다. 죄도설음도업고 울음이잇섯다. 해와가튼울음이, 밤과가튼울음이, 한울과가튼울음이, 땅과 가튼 울음이!

아유유——그것은 확실히 이틈 이구멍으로 나오는소리엇다. 그것은 이 샛빩안 누구의입, 무슨입인지는 모르나 입인 이틈 이구멍으로 나온것이엇다. 그것은 피의입인지모르나. 하나 녕감의 뺨에 피가, 빩안피가 한방울이나 잇슬수잇슬까? 그피의 목숨이 녕감의 이 뺨에는 잇섯다. 샛빩안입이 엇다. 그것은 샛빩안피의 입이엇다. 하이얀 이가 그안으로 비죽이 뵈이는것이아닌가?세상에서는 녕감의나치터저서 하이얀뼈가 뵈인다고 할것이나 그것은 샛빩안 피의입의 하이얀 잇빨이엇다.

六

한달이 걸려서 녕감의 상처는 겨우아물엇다.

땅우에는 한울알에는 어데들로부터인지 새라새세상들이 차저와서 머물대로 머물려들엇다. 즐거운 빗갈을가진 세상이 어떤 무리의 사람들에게오고 슯흔빗갈을가진세상이 다른무리의 사람 들에게 온것이다. 그것은 시절이라는것과 가티오고 그깃은 인생의 생사라는것과 압서거니 뒤서거니와서 그것은 사람들을 행복에대어노코 행복속에 깁히모라노코, 사람들을 불행에대어노코 불행속에 깁히몰아넛는것이다. 세상은생명의즐거움을 가지고생명의 괴로움을가지고저를찻는사람이나안찻는사람이나 매한가지로 그들을 차저오는것이다. 새세상이올때 사람들은 경사로운 큰일을맛는사람들이타 그들은웃고 이야기하고 떠들고 즐거워하는것이다 위안과 히열과 히망에싸혀서. 그러나 사람들은 또 상서롭지못한 일을 당한사람들이라 그들은울고 푸념하고 한숨지우며 설거워하는것이다 근심과 비애와 절망에싸혀서.

상처가 아물은 녕감에게 그리고 로파에게도 어떤 새세상이 차저온듯하엿다. 울힘도 한숨쉬일맥도 업는 녕감과 로파에게 생명의괴로움을가지고 새세상이 차저온것은 분명하엿다.

밀고 헤치고 넘어치고 타고넘고 따려뉘이고 얼려보내고몰래 피해달어나고……수만흔 새세상을 그것은 생명의 괴로움만을 가지고오는 새세상을 그들은 이러케 떼여벌이고 온것이엇다.

온곳 모든사람들에게는 시절을따러온새세상이 차저왓다. 그것은, 아름답고 따뜻하고 부드러운세상은 사람들을 반겨맛고 다정하니 껴안고 알들하니 잔등을뛰들며 살틀하니 이야기하는것이엇다.

그것은 그부드러운손을들어손질을하고 그온순한 눈을가지고 눈질을하고 그것은 맑고 고은 노래를부르고 몸매곱게춤을추고 꿈을불으는 우슴을 웃는것이엇다. 세상의온곳 녕감을 내노흔 모든사람들에게 차저온새세상은 이러하엿다. 세상의 어느한귀, 모든사람들을 내노흔 녕감에게는 어늬 거지를 딸어가다 벌이고온 세상이, 어늬 죽엄한데 쫒겨오는 세상이 차저온것이엇*. 아니그것은 어늬 거지를죽엄까지 쫒차보내고 오는세상인 것이 틀림업섯다.

녕감로파에게는 이제는 다시 닥치는 새세상을 떼여벌일 힘은업섯다. 땅우의 사람들의 구원을 불으려 하나 소리가 밋지는안흘것이엇다. 울어서 이새세상, 이구신의정을 달래보려하나 벌서 눈물은말라벌엿다. 이러한 그들을 새로세상은 마음것 밸것 골리고복구다 차벌여도 조코 배를 밟어죽여도조코 코를께어 끌고단녀도 조핫다. 그러나 그것은 그들을죽이지는 안헛다 차벌이지도 코를께지도 안헛다. 그것은 아츰마다녕감에게 박아지 한짝을들리워서 삼리가넘는 인가대대한 마을로보내는것으로만족하엿다. 그것은저녁마다 로파에게녕감이 어더오는찬밥을끌이게하엿다. 그것은또 모진웃음을웃어가며녕감로파에게 이런말을 박구게하기도 하엿다—아츰녕감이 박아지를들고 일어서는기색을 채인로파가 에구, 그러케 허리, 허리 압흐대면서 또어떠케 가갓노하면 그때에는 녕감이 눈은왜 멀었노 할미눈만안멀어서두 이르틴안캇디기리하기도 저녁것이되어 로파가 붓두막을 어리쓸어귀나간 옹주리를 차저들고 물길러 나가는것을본 녕감이 가만잇스라구내펴오게 하고 일어서

---

* '다'가 누락된 것으로 보인다.

며 압흔 와못봐가지구그르노 하고 옹주리를 빼틀어들면 허리나 좀 쉬디 쉬라구하고 로파는 돌아서서 부엌문을 찾기도하는것이엇다.

새세상, 그것은 덕항녕감과저척로파의 양아들 양며누리가두늙은이를 벌이고 밤중에 도망을 해벌인것이엇다. 새세상, 그것은 해골가튼 녕감이 비애와 절망의 집팽이를 압세우고 식컴언죽엄의 그림자를 뒤에끌고 밥을어드러가게한것이엇다. 새세상, 그것은 해골가튼로파가 비애와 절망의집팽이를 머리마테 세우고 식컴언그림자를깔고 눕게한것이엇다.

새세상이 녕감로파에게 온뒤로 이산골의물과 바위와 물속의 가제와 산새와 닭개즘생과 숩풀과 나무와 낫한울의 해와 밤한울의별들은 가난하고 외롭고 늙어병신이된 이두불상한생령을 무서워하고 경계하는듯하엿다. 그것은 얼마아니하야 이두생령이 무덤업는 귀신이될것을 알은탓인지도 몰랏다. 了

닭을채인이야기

『조선일보』(1935. 8. 11~25)

一

디평령감장이 시생이네 닭을 딸여죽이지안헛서야할것이엇다. 시생이네 닭이 지*평 령감장네 차조바테 나오지 안엇서야 더 조앗슬것이었다. 해도 령감장에게나 닭이색기들에게나 운수 사나운날이엇다. 시생이네 열배나 되는 닭이색기들이 령감장네차조바틀 제천지로들알고 뒤덥첫다. 디평령감장 가튼 늙은댁이는발톱은 내노코 주둥이 한아만으로라도 당해낸다는듯이 닭들은 울력성당으로 밀려나왓다. 밧기슭에서 은장두로 손톱을깍그며 지중걸이든 디평령감은 이꼴을 보고 렴체산이도 너무업는 즘생이라고 닭의떼에게 눈을 빨면서 『나이 칠십에 이런 벼락마자 뒈질(죽을)닭이 색기들은 첨보갓구나』하고 무리돌을든것이다.

* '디'의 오자로 보인다.

두머리의 시생이네닭이 디평령감장네 차조밧고랑에서 마즈막 기지게를 틀엇다.

그날밤, 운수사나운날밤 그러치안허야 조앗슬일이 모두 그러하엿다——디평령감장은 산꿩을 잡는 꿈을 꾸엇다. 귀먹어리 할망구는 허리를 알노라고 박그로 나와보지못햇다. 개는 암컷을 딸어 집을 뷔이고 나갓고 썩어진 곱새담은 술이 취한듯이 반쯤 나가누엇섯다. 또한아 이날밤의 모작별은 어느 표독한 사나히의 그림자가 살기에 차서 디평령감장네 담 밋까지 가 멋는것을 보앗다.

그러면 또 밤바람이 나물할지 모른다.너구리, 살기, 쪽재비들을 딸어 령감장네 담구멍을 드나들은 그는 이날밤엔 즘생아닌 사람의 압장을 서서와서 령감장네 담장의 잔등을 툭툭 처보고간것이다.

시생이는 디평령감장네 담미테서 살기가티 한번 쌕—하고 우섯다. 닭의장이 가까운 쪽으로 가서 담을 넘석해보앗다. 부러 나즈막히 발자국소리를 내고 귀를 기울엿다. 담안에서는 아모기척도 업섯다. 그무서운더벙수캐의 눈이 번쩍 하지는안헛다. 시삼*이는 일이 되엿다고 마음을 노핫다——이노무 가이색기레 나가긴 나갓구나—. 허리춤에 싸가지고온 찬밥덩이가 울을 밤이다. 시생이는 돌에 마저죽은 닭의 넉시 도왓다고 생각하엿다. 그는 담을 추어넘어서 뜰안에 날여섯다.

시생이는 닭의장 아레까지 벌렁벌렁 기여왓다. 그것은 두수업시 한놈의

---

* '생'의 오자로 보인다.

살기다. 아니면 쪽재비다. 아닌게아니라 마을에서는 시생이를 쪽재비라고 하엿다. 시생이는 쌱—하고 이번에는 정말 쪽재비가 되어서 샤특스러운 숨을 쉬엇다. 살기의 숨소리와 우슴치는 소리를 디평령감장네닭들이 모를까닭이업다. 닭들은 말하는것 가텃다

『왓다, 왓다』

『정말 왓구나 왓서』하고

『깨라, 깨라』 이번에는 조곰큰 소리로 또 말하엿다. 꾸둑꾸둑 쌍쌍, 꼭꼭, 꼬이꼬이 닭들은변이나서 큰소리도못치고 야단을 한다.

이것을 살기라고 생각한것은 햇닭들이다. 묵은닭들은 그러케 사날업는 살기가 아닌줄은 알고잇섯다. 한잠을 자고깨여서 장의살창으로 서켠한울에 넘어가는 모작별을 바라보고잇노라니 두발가진 물건의 발자국소리가 들려왓다. ——사람의 발소리로구나——하고 묵은닭이 곳 생각하엿다. 그래서 묵은 숫닭이 몬저 아노라고 하엿든것이다. ——흥, 오늘밤엔 또 제사가 잇구나——. 그러나 령감장은 닭울때가 거이되어서 장문을 열은 제사는 지나지 안헛다고 지나간 일을 이저버리지 안흔 늙은암닭이 혼자 속으로 생각을 하엿다.

——수상한 일이다!——녑헤서 누가 한숨을 지흐며꼬르륵 하고 말햇다.

게서 꾀발으고 경우밝고 안사정 잘아는 늙은 노랑암닭의 말이

——내일 새벽 령감댁이레 당(장)에갈라구 그르 누만!—— 그래도 밝는날이 백리안에서는 장날 아닌줄을 이 늙은 즘생이 모르는것이엇다. 그럴듯한 사정이다——령감은 날발기를기달여 장으로 가는때이면 닭이 울어 귀신이 깨여나기전에 광솔불을 들고 나와서 닭들의눈이 시우리게 장안을 휘둘러

보는것이엇다.

그러나 이번이란 발소리는분명히 낫스나 어데 훤—한불비치란 뵈이지안헛다.

二

늣지는안헛다 암닭은 얼른불비치 뵈이지안는데서 눈치를채엇다. 그래서 얼른발에 힘을주면서 일어섯다. 숨찬 소리로—암만해두 수상하다 일이 나는가부다—고그는 꼭꼭, 꼭꼭꼭 한 것이다.

그러고보니 잘 알일이 생각낫다—언제인가 엽헤서 잠고대까지하면서자든 어린것한아가 어늬보지안튼 식검언 손에게 붓들려갈때도 수상하기가이러하엿다. 혼잣말가티 그는——그때에도 떳다고앗건만 소용이 업섯는데——하고 꿀꾸룩하며 도로 주저안젓다. 이러자 병아리들까지 깨어서 삥 삐양하며 선잠투정을하고 늙은닭들은—이거어듸카노이거—하고걱정을 하엿다.

꼭꼭, 꼬루루, 꾹꾹……잘끌른 닭들은 이제라도 모두 한꺼번에 목을빼고 울어댈것만 가텃다. 그럴때가와서 디펑*령감장이 웃동을벗고 문을열어제친다면—……일은 심상치 안헛다. 그러나 쪽재비가된 시생이**게는 궁리가 낫다—이놈의 닭의색기들을 얼려서 잠을들게하야—. 시생이는 닭의장아래 납작 업데엿다. 숨을죽이고 기달이는것은 어서 장안의 닭들이 잠을드는것이

* '디평'의 오자로 보인다. 이 작품의 주인공은 '디평영감'인데 몇 군데서 '디펑영감'으로 잘못 표기되어 있고, 한 군데선 '지평 령감'으로 잘못 표기되어 있다.

** '에'가 누락된 것으로 보인다.

다. 바람이 불어서 들매남글 떠들어대게하는것이다. 손에집히는마른닭의똥 즈닭의똥을 발진발진 쥐밀면서 시생이는 머리마테뚤린 개무*멍을 말구럼히 내다보앗다.

그때 닭들가운데서 더러는생각하얏다.

──사람의 발자국이 아니라 떡갈나무의 마른닙히 굴어왓구나──

조곰 더 사리에발근듯한 령리한 군이 짐작하엿다──아! 령감댁이가 밤에 잠이 아니와서 뜰악에나왓대구나──

시생이가 닭이장아레서 잘못하다가는 잠이들어버이고 말을 동안에 닭들은 마음을 탁노핫다. 그들은 씩─쌕─하고 좁은 코구멍으로 긴숨을 쉬기시작하엿다. 닭들이 잠이들엇다.

시생이는 때마츰 장아레서일어섯다. 그는 속으로──잠도빨리도 드는즘생이라니──하고 그제는 닭과가티 마음놋는 숨을 쌕─하고 살기가티쉬엇다.

시생이는 살그먼히 장문의빗장을 뽑아노앗다. 그리고는 발은손을 허리춤에다 쑥 너헛다. 시생이의손이 허리춤안에서 따끈따끈하도록더웟다.

장문을 째꿍소리도업시 살근히열엇다. 닭이란 얼마나 의심 만코 버릇업고 익살마즌 즘생인가! 홰를탄 그들이란 문난쪽으로 머리둔놈, 꼬리둔놈. 남의미꾸멍에 제주둥이를 대인놈 남의쥐둥이에 제미꾸멍을 대인놈. 시생이는 손을 장안으로너헛다. 문가까이 꼬리를 둔놈의 쭉지우에 시생이의손이갓다. 남의살품을 질리는 닭이즘생은 이 뜨수한손길이 오는것을 겨테서 자는 젊은 암닭의 살이닷는다고 생각하엿는지 모른다. 보매는선골로 생긴 이즘생이 얼

* '구'의 오자로 보인다.

마나살품을 조아하나!시생이의 손은 쭉지에서 점점날여가서 압가슴으로갓다. 닭에게는 따스한살품이!이즘생의 한아가 그러케도 조흔 남의 살품속에서 아조자벌일때가왓다. 시생이손이 더올라간것이다. 닭의목을비틀엇다. 어둠과 보라는듯이 시생이의눈이 부릅떠젓다. 꽥소리도 안나게 살작 목을 비틀어노흘제는 시생이의 웃니가 아렛입술을깨물엇다. 시생이는 아렛두리만 푯둑걸이는 즘생을 삿분히 처들어내엇다. 시생이의손에는맛배 암닭한머리가 목이늘어저서 땅을 향하고 들이워 젓다.

장안에서는 잠들이 깬모양이엇다. 아무소리도업시 잠자다가 업서진군을 수상하다고 눈이올롱해서 걱정한것은 겨테서자든 젊은 암닭이다. 아니 껍지벗긴 개바주장가튼것이 쑥들어와서잡어내가는것을 본군도 잇섯스나 이군은 무서운생각에 입을열힘도업섯다. 맨구석에서 자든군들이야 작난구러기들이기 쉽다. 그래서 이패들은 장복판에서들 수선걸이는것을 아른체도아니하고—내일아츰이면 다알일을가지고……안달뱅이들은 할수가업다니——하고 눈을 뜨랴다가 말고잠을 내자려 들엇다. 일이어떠케 된것을 다 알어차린 묵은숫닭이 철업는 어린것들을보고 어서 부스대지말고 잠이나 자라고 께엑하고 한마디하엿다. 빼뚜룩한 수염빼친 입이 와서만 물고가지안흔일이큰일이라고 그는 목을 쑥 빼고 눈이 둥글해서 다리를 드노으며 열린문으로 컴컴한 박글 내여다보앗다. —이놈의 령감댁이까지 잽혀갓는가붕와——하고 생각하니 도리혀 무서운마음이 들어가고 빼고잇는 목줄이 다리여서 옴추러트리고 마럿다. 눈이 어느 사이에 스르르 감겻다. 꼬리를 거더 올리고 잇슬까닭도 업다는듯이 장털이 스스로 날여처젓다.

三

별일업시 닭의장안은 고요해젓다. 게서 시생이는 손에쥐엇든 닭을 땅에노코 한발로 닭의목을 꺽 질어발벗다. 시생이의손이 또닭의장안으로 들어간것은 두말할것도업다. 이번에는 문켠으로 머리를 두고자는놈의 압가슴으로갓다. 압가슴에서 목아지까지는 멀지안타. 손은 목아지의 고개탁까지 아모일업시 올라갓다. 그래서 시생이의손이 둘채닭의 목아지를 이번에는꽉 비틀어놋는데 그리 동안이 오래걸리지는안헛다. 시생이의 웃니가 아렛입술을 물것까지도업섯다.

닭의장의 좁은문으로는 컴컴한밤에 히그무레한 덩어리가하나 조심조심히 박그로 나왓다. 힌닭—살이쪗는지 뭇줄한 힌닭이다. 시생이의손에 집힌그멘들미는 암닭의것이 분명하엿다. 길을펴노라고 빼치는 발목잭이가 꽛꽛한것이 묵은닭이기까지 하엿다. 시생이는 흐뭇해서 한숨을 쉬엇다. 그리면서 속으로——이놈의 닭이색기덜 오늘은 좀 베찬살기레왓다간다 잉——하고 닭이장에눈을 할끗 빨은것은 시생이의 기쁜노릇이엇다. 하나 일이낫다. 닭이장안이 이번만은 가만잇지 안헛다. 맨몬저 묵은 숫닭이 궁글은 소리로 께—득 하고 소리첫다 꼭꼬댁 하고 나만흔 암닭이 동딸엇다. 꼴꼴 꼴꼴하는 것은 병아리를 떨어치고자든 어미닭들의 소리 꼬댁 꼴 하고 마는것은 병들은 어늬 암닭의 소리…… 꼑꼑 꼑꼑하고 힘개나 쓴다고 뽐내든 젊은 숫닭들이 어쩔줄을 모르고 뒤떠든다. 몬저 나만흔것들이 홰를 날엇다. 누군지 한번 담대하니 홰를 친다 그리고 꾹꾸하고 —모도들 구석으로 가 박혀—라고 소리를 친다. 구석에 박혀서 경우 무진 누구한아가—우리 령감댁인 아닌가—

하고 뭇는걸 삼한 겡가도리의 사춘이—이건 혼나갓나—하고 빽 닷질럿다. 죽어도 아깝지안흔 나이라고 문가까이 목숨을 내대고 엉거주춤하고섯든 늙은 숫닭이 쭈구리고 안즈며—이놈의 령감 댁이레 죽엇나?—하고 아직도 박갓세상의일을 모르고 나오지안는 디평령감장을 두고 글탄하엿다. 어늬 울기잘하는 암컷이 새삼스럽게 —에구이걸 어디카노—하며 꼭꼭 꼭꼬댁하고 울엇다. 그러자 모두들 꼑꼑 꾸룩룩, 꾹꾹 쌍쌍, 삐양삐양 울고 불고 소리를 질르고 웅얼 거리고 둘히기 시작하였다. 횃대에서 발을 굴으는 군, 바람벽을 밧는군, 수수깡바닥을 쫏는군, 지츨 내둘우는군, 가슴팩이에다가 목아지를 파뭇고비비는군…… 닭의장안은 법석이 일어낫다. 아마 엽헤잇는 고방의 쥐들도 잠을 깨엿는지모른다. 도적쥐들은 뷔인자루를메이고 혼나도망을 햇슬것이다.

四

시생이는 한손에 두머리닭의 목아지를 껴쥐고 담을넘엇다. 닭은 죽은지가 오래다. 개는날이새어야 돌아올것이다. 디평령감장은 돌아오는개보다도 늣게야 잠을깰것이다. 밤의꼭대기가튼때라 시생이는 조급히 굴것은업섯다. 죽은닭을 들이워보앗다 꽁문이에 껴보앗다하며 담비탈을돌아 새판으로 올라가는 길에나왓다. 길가 묵은샛덤이에 버더올라간 호박넝쿨에서 반디불이 반긋하고날어가는것이 시생이*게는 마저죽은 제닭의, 그닭도병아리의 넉시 와

* '에'가 누락된 것으로 보인다.

보다가 돌아가는것이엇다. 북두칠성을 향하고 떨어지는 별띠가 또 구신과말하게된 시생이의눈에띠엿다. 그것은 마저죽은제닭의 그닭도 묵은 암닭의 넉시 담밋까지 못오고 한울의집웅말랭이에서 시생이를 날여다보고 잇다가 돌아가는것이엇다.

길에나선 시생이는 닭을가지고 집으로갈까하고 생각하다가 가서는안된다고 생각을돌첫다. 디평*령감장만해도 죽인닭을벌이고 갓다. 시생이는 피도 뽑지 못하고 죽은닭의 피설이운 붉은고기를 먹으며 피설이운 마음도 가티먹엇든것이다. 시생이도디평**령감장에게 제닭의 피설이운고기를 먹이자고 하엿다.

그래서 시생이는 몬저 햇병아리한머리를 산미테 벌이기로 하엿다. 령감이 업서진닭의 털억이라도 차저 산으로 왓다가 죽은닭을 들고 돌아가게 하고 시펏다. 령감장은 산즘생을 의심할것이다. 물고가든 밥을 노코달어낫다고 령감장은 어늬산넙헤서 해바라기나할 산즘생을 탁업시 비웃을지도 모른다. 벌인닭을 날이발기전에 여호나 살기즘생이 령감보다 몬저 주어갈지모르나 그것은 안개가 끼지안흘날의 일이고 안개는 이 산즘생들의 운에 달린것이다. 시생이는 이러케 생각하면서 한머리닭을 힘업시 산미테 벌이고 돌아섯다.

디평령감장의 눈이둥굴해지게 할것이다. 살찐암닭을 시생이는 이번에는 령감장네 새ㅅ덤이아레 틀어너헛다. 아츰이면 닭이 업서진것을 알게될 령감장은복새ㅅ덤이 미테사는 쪽재비가미안하다고 그는 작시미대로 새ㅅ덤이미틀 들쑤시다가 아니나다를까 죽은닭을 어더들을것이다. 내닭이 이러케되엇

* '디평'의 오자로 보인다.

** '디평'의 오자로 보인다.

구나하고 죽은닭을보고 눈에 홰ㅅ불이나서 령감장은 그만 들엇든닭을 팽개치며 욕을할것이다

—이놈의즘생을 이거 어디카노! 무슨 변괴디변괴야!— 하다가도 욕하고 나는령감장은 일이 수상하다고 눈을검벅걸일것이다.

五

—이놈의즘생이 배레불은가부디 닭을 물어다만 노코 먹디안타니!—

쪽재비는 사냥으로 돌아오는 길에 제집압헤 시생이가 섯는 것을보고 놀라 달어낫슬지모른다. 령감은 욕을할때에 쪽재비는 어늬 낫선 조집가리알에서 깍다노코온 다람쥐의 뼉다귀를 생각하며 안이달어할것인지모른다.

시생이가 이러케 디평령감장네 새ㅅ덤이미테 한머리닭을뭇듯이해벌이고 잔솔밧등성이를 넘어설때 안팟마을에서 울어대는 닭의소리를 들엇다.

검은 밤이 갓다. 히연한 새벽이 왓슬때에야 디평령감장은 닭이 두머리나 업서진것을 알엇다. 당치안흔 개잠을 자고난 령감장이 토방을날여설때 닭의장은 문이 열려잇섯다. 분명히 어젯날 해가 채 떨어지기도전에 닭을다 올리고 빗장잠거 다덧든문이다. 안그러타고 햇다가는 지금 령감의 엉댕이우에서 아모죄가업누라는듯이 뿌득뿌득한 매덥굴근 손이 무어라고 말할것이다. 또 그닷기운 문을 토방에서 사나운 수캐가 어제라고 안보앗슬 까닭이업다. 령감장은 잘 이란말을 개에게 하엿다

—담박게 단니는 사람까지 즈즐건 멍이유. 담박게나는 인적기를 즛지안흐면 즈즐일이업는 개에게 이런말을한것은 령감장에게는 얼마나 이개가 든든

하니 미덥은것인지모른다. 그러기에 개가 간밤에 한번도 즈즌일이업다는것은 알다가도 모를 일이다. 그리고 또 개소리에는 온몸이 전부 귀가되어 버리는 령감장이다. 개가즈젓것만 듯지 못햇다는건 그건되다가도 안될 말이다.

령감장은 조무거리를 뿌려주면서 장안에서 나오는 닭들을 물마시려 갈사이도업게 불러모으면서 이런생각을 하엿다. 령감장은 싸물 싸물한 닭을 헤이엿다. 네번 다숫번 불으곤 헤이곤 하엿스나 닭은 두머리가 모잘랏다. 입을 오무라치고 눈곱이 끼여서 방문을나오는 할미를보고 령감장은 재ㅅ덤이로 볼일보려갈짬도업게

——할미 닭좀 헤보샹——하며 행여나하엿스나 할미는 말했다 ——두 머리 축이 감메다레——

디평령감장네 닭이 두머리가 업서젓다. 령감장은 한을과땅과 새벽비치 모두 인정이업는것을 나믈하려는듯이 휘임하니 뿌연눈을들어 살폇다. 령감장의눈이 머믈곳을 차즌때가 이때다. 토방굽에서 맥이신신이 빠진몸을 늘신하니하고 전에라업시 아츰잠을 자면말면하는 개를보앗다.

六

령감장의 손에 싸리비가들리고 그뷔가 곤한눈을 꿈벅걸이는개에게 달어간것은 그뒤얼마아니해서다. 령감장에게는 허물도죄도 다들엇낫다. 닭은 일허지고 개는 매를마젓다. 하나 령감의 속에는 누가이런말을 하엿다

——아무려나 닭의넉시 작간인데야—. 그러하엿다. 산즘생이건 시생이건 날즘생의 구신이 시킨노릇인데야! 디평령감장은 대답비슷이 속으로말했다

——산즘생인지 몰라, 산즘생이기 쉽디 시생이놈이야 쫄딸이 때문에……——

잡혀메킨닭을 분명히 어늬 산즘생이나물고 제굴이나 구멍까지 안갓다면 뒤ㅅ산넙은댕이에 닭의 지처귀가 남어도 남엇슬것이라고 디평령감장은 산으로 갓다. 아츰해ㅅ살이 구름뒤로 올려뻣는데 산으로 와도 닭우는 소리는 들리엇다. 저 솔포기미테서 저 떡갈나무아레서 저 찔광나무우에서 꼭꼬— 하고 피피—하고 업서진 자기의 닭들도 울것만가티 령감장의 애는 끈켯다.

산이 불으기나 헌듯이 달어온 령감장은 예서도 닭들이 어늬모진입으로 들어간것만알엇다면 눈물을 핑 먹음엇을지도몰랏다. 해도 피무든 쭉지가 뵈이지는 안헛다. 단지 령감장의 눈이 반짝띄우게 하이얀닭의배ㅅ털한아가 이슬먹은 어늬 이름업는 풀꼿가티 풀대우에고저곤히 부터잇섯다. 시생이의 손에서 닭의몸둥이는 그풀떨기우으로 떨어젓든것이다. 잠자는풀들은 눈을뜰 사이도업시 고개를 눌리우고 허리를 지즐리우고 발을발피웟다. 이 아닌밤중의 침해물을 해본다고 어니령악스러운 풀한아가 손으로 글치고 입으로 물어뜨더서 겨우 배털한아를 뽑아노코 말은것이다.

어둔밤이 몰라보는 이 히그므레한 덩어리를 한울의별들이 수상하니 날여다보앗다. 먼길들을가는 한밤바람들이 가슴에선듯한 불길한 예감을 느끼면서 얼른얼른 이 히그므레한 덩어리 우를 눈감고 지나갓다. 나무들은 알은길이 업시 한잠이들엇섯다. 오직 늙은 자작나무하나가 잠이깨어서 눈을그느슥히뜨고이 수상한밤의 일을 살피고잇섯다. 거기에 뒤ㅅ녁 큰산의 암여우가 오늘밤도 건넌산의 무덤파기로부터 돌아오는길에 이리를 지나다가 이 히그므레한 덩어리를 보앗다. 암여우란놈, 떡을 본것은 어데다 조상의 무덤을 쓰고 엇는복인지 모른다. 어인 호박이 뚝떨어젓는지 모른다. 그리고 이여우굴

우에 살다가쌈을하고 건너편 바위로 가버린 애꾸눈이 독수리가이일을안다면 얼마나 배가아퍼할지 모른다. 이밤도 여우는 배가비여서 어늬인가근처로 날여가서 닭의사냥이나 할까하다가 산으로 도라오는길이엇다. 여우는 한번쿨—하고 코를들어그어보드니 벌서 다알어채인듯이 그빠장한상이 방그러젓다. 한울에 입을솟고 이틀을드러내노코 한바탕웃엇다. 그러면서 이자끗오래된 무덤가에서 속이타서 캥캥하고 울은것이 멋업시 점적해서 오래더 지랄을 불이지못하고 입에듬뿍 닭을 감처물고 제굴로 길향작을 잡엇다. 하탁이빨으고 입이 뾰족하면 복이업다고 늘 제관상을 흉만 보는개울골짹이의 구새먹은 밤나무에 살고잇는 부헝이를 날이밝기전에 차저가서 그놈이 무색하게 냉소를하라리*하고 생각하니 여우는 기뻐서 깡총깡총 산을 올라갓다.

아츰이 무서워서 그러는지자작나무도풀닙도풀대도 누구한아 디펑령감장에게 이런말을 해서 들려주지안헛다. 령감장은산을뷔엿다하고 시름업시 날여왓다. 이번에는 집오래를 두루찻기로하고 방아간뒤 뜸새와 조집가리를 들추어보앗스나 닭의뼥다귀나 털이 뵈이지는안헛다 게서 령감장은 생각하엿다——쪽제비란놈은 아늑한 묵은 새ㅅ덤이아레 제집에서 아귀아귀 닭을 먹엇슬지도모르지—. 그러나 령감장의 생각이 헛생각이 된것이다. 디펑 령감장은 샛덤이 아래서도 죽은닭의 털억한개나마 엇지못하엿다. 이러한 령감장이기는하나 쪽제비를 종작못할 즘생이라고 나물한것은어리석엇다. 더욱 어리석은일은 령감장이 성마른 쪽제비의 집을까닭이닷지안케 들추어 노흔것이다.

* '냉소를하리라'의 오자로 보인다.

七

쪽제비는 간밤에 제가 한롱간이 잇스면 그날새벽에는 디평령감장의 작시미대가제집으로들어오는것을 보고도 아모소리못하고 참는다.
하나 쪽재비는 간밤에 동무딸어서 삼리가 넘는 아렛마을로 갓다가 누집『털릉』아레서 터ㅅ세자랑하는 그고당 쪽재비하고 한판 대판싸음을 뜨고온것이엇다. 일이좀 달릿다. 쪽재비는 어서밤이오기를기달여서 디평령감장의 복수를 닭이장에다대고 할것이엇다.

불상한 디평령감장은 뒤ㅅ개울가의 한증에서 먹고자고하는 그 거지 바발할망구의 운수를 모르는탓이다. 바발할망구에게는 얼마나 운수조흔새벽이엇슬까?

할망구에게는 이날 새벽딸어 재수도잇섯다! 먼마로[*]밥을어드려거지바발할망구는 훤―하니 날이새자 디평[**]령감장네 새ㅅ덤이 겨틀 지나갓다. 바발할망구의 휘휘살피는 눈은 새ㅅ덤이아레 삐죽히 들어나 뵈이는 닭의목아지를 노치지는 안헛다. 이런일이 더러잇곤하엿다. 할망구는 눈을 곳바로뜨고 압만보고 길을 것지안는다. 그것은 손해인까닭이다. 가난한사람들은 굶줄인 즘생들은 그리 길을 재빨리걸을 필요는업다. 또 여기저기 하만히 눈을 파노라면 눈에띄우는 것들가운데는『재수조타』고할것이 잇슬지도 모르는까닭이다. 그래서다 바발할망구는 언제나 길을가면서 한눈을안파는 법이 업다.

---

* '마로'는 '마을로'의 오자로 보인다.

** '디평'의 오자로 보인다.

이리해서 재수를 잡은일이 만헛다.이날아츰도 그러하엿다.

바발할망구는 흐린눈에 비치 나도록 기뻣다. 한울님이 겨테 날여오듯이 그는 몸둘곳을몰라 하엿다. 할망구는 닭을 끌어내엇다. 그것은크다란살진 암닭이엇다. 산으로 올라온 닭을 몰래 힘들게 딸여잡을것도 업시 크다란닭을 그저길에서 줏는다는말이! 그리고 닭의국국물의 내음새라도 마터본지가 까마득한터에!

거지바발할망구는 밥을어드려갈것은 업섯다. 닭을 살머노으면 그만이다. 할망구는 그래서 오든길을 도로 한중으로 돌아간것이다. 디평령감장이 꿈속에서인듯이 일허진닭을 헤일때 할망구는 귀나간남비에 코를대이고 문문올으는 고기내음새에취하여잇섯다.

디평령감장이 쪽재비를 나물한것은 이리하야 어리석은일이엇다.

죄레날엿는지모른다. 디평령감장의 이런생각이 마젓는지모른다―닭을 채간것이 시생이건 쪽재비건 살기건 여우건 간에 모두닭의넉의 작간인데야!――

령감장의 생각이 더욱마젓는지모른다――한울도 사정이업다니!내 차조밧만안벌인다면야……――(끗)

寫生帖의 揷話*

短篇小說

『매신사진순보』 275호(1942. 2. 1)

내친구로 평양사는 한 젊은 화가가 잇는데 내가 지나간 일은봄 그의 집으로 그를 차저보려갓슬때 이 소가치 부즈런하고 순하고 그러면서도 속에 무서운 정열을 간직하고잇는 그는 그동안의 그의 그림공부에대한 소감이며 그가 자로 다니면서 정신만은 언제나 그곳 공기속에 살고잇는 동경화단의 새로운 동향이며를 그의 늘 하는본대로 열심으로 이야기하고나서 그는 나한테 조선참지종이로맨 사생첩하나를 뵈여주엇다.

그는 그 아버지의덕으로 평양서 한삼리되는 황해바다가 그리 멀지안흔곳에 큰 농장을 차지하고잇는 절믄 지주인데 해마다 마가을이되면 추수를 하려 이 농장으로 가서는 추수가 씃날째까지 한겨울내 바다바람이 울려치는가하면 산바람이 날려몰리고하는 산가싸웁고 바다가싸운 마을에서 지나고 오

* 이 원본은 문승묵씨가 소장하고 있는 『매신사진순보』 275호의 작품을 판독해 옮긴 것이다. 이 잡지의 원본을 보여준 선생에게 감사드린다. 이 원본은 그의 자료 제공으로 『미네르바』 2008년 가을호에 작은 크기로 영인되어 실린 바 있다.

는터이라 지난해 겨울도 그는 역시 이 농장이 잇는 마을에서 한겨울을 지나며 나제는 추수를 감독하는 짬짬이 화상이 밈도는째마다 화필을 들고 밤이면 등잔불 미테서 그가 조아하는「드라크로어」를 읽다는 소작인들의 들고오는 닭과 술의 대접을 밧*도 한것이다.

그가 나한테 내여노흔 사생첩은 이 지나간 겨을한철동안 그 농장이잇는 마을에서 어든것인데 추수하는 마당귀에서나 눈날린 논드렁길에서나 쏘는 쓰쓧한 작인네집 방안에서나 째업시 그 눈에 씌이고 그 마음에 들어온 소박하고 순수하고 쓰시**하고 우숩고 그러면서 영원한 아름다움과 한업시 놉고 귀한것을 가진 세계를 그의 쓰거운 사랑으로 그린것인줄을 나는 그의 설명에 압서 짐작하엿든것이다.

사생첩을 두손으로 드는 나는 참지종이의 부드러운 감촉과 함께 이상한 흥분과 감격도 싹하야 깨달으면서 우선 수십장 부피의 책을 미테서부터 쭈루룩 훌듯이 넘겨보니 사생화는 모두 수묵이나 수채로 되엿는데 척 보매는 어듼듯 어리고 못된듯하면서도 화폭에 기운이 살어움직이는 남화류의 이 화가의 그림이여서 나는 일헛든 내 정서의 세게나 차즌것처럼 기쁜생각으로 이 사생첩의 첫장을 열은것이다.

첫장을 들친 나는 갑자기 소스라치며 무슨 예리한것에 찔리울번하거나 잔인한 것을 보거나할째처럼 내 온 신경이 모도 일어서며 날이섯다. 나는 썸언 금과 쌜간 물감으로된 한폭의 수채화를 대한 것인데 그것은 그 무슨 큼직하

---

* 조판 과정에서 '기'가 누락된 것으로 보인다.

** '사'로 읽히지만 '시' 자에 잡티가 묻은 것으로 짐작된다.

고 하이얀 새에게서 방금 내아페 새빨간 피가 풍풍 쏘다지는것처럼 너무도 진실에 방불한 피가 흘러나리는 그림이엇다. 하이야코 북신한 털과 지테 싸여서 푹 고개를 첫들이고 부름발을 쑥 들이우고 압가슴과 배바닥에 새빨간 피를 흘리며 숭엄하고 위대한 왕생을 하는 이 크다란 가금(家禽)을 바라보며 내 마음의 호흡이 격화하여오는것을 알은 젊은 화가는 내에게 이런 이야기를 하는것이엇다.

그가 시난겨울 농은으로기서 두어달쯤지난 섯달부름께 일이엇다. 자구눈이 조곰 더피고 달이 환하니 밝은 어느날밤 그가 늘 숙식하고잇는 소작인네집에 제사가 잇섯다. 매연지난 먼 조상의 제사인지 제관들도 별로 모이지안코 조용하니 제사를 지내고 나서 그집 사람들과 일가문중사람멧과 근처집 늙은이들과 손님인 나까지 모두들 안방큰간에 모여서젯상아래서 제사밥들을 먹고난때는 첫닭이울을녁이엇다. 무이징게국에 복군잔듸에 제삿밥들을 맛잇게 먹고난 사람들이곳 돌아가지들안코 펵삭하니들 그자리에 안저서 이야기를하는때인데 갑자기 뜰악에서 무슨 꽥하는 외마디 소리와 짓틀치는듯한 화드득하는 소리가 들린것이다. 방안에서는 깜작들 놀라서 말을 끈치고 귀를 기울이자갑자기 게우들이 놀란듯이 죽는소리를 질으며아우성을 하는것을 듯고는 방안에서나 부억에서나 모두 문을 열어 제치고토방으로들 날여섯다. 샛파란이 얼은 달이 낫가치 밝은 뜰악에는 아모것도 업고 허텅간 집북데기에서 게우들이 목이 찌저저라하고 소리를치고 그엽 닭이홰안에서 닭들도 나즌소리로 꾸둑꾸둑 수선거리고 부억 모통이 제궁이에서 쯕박게 밤물을 어더먹는 큰 숫캐도 그때는 고개를 들고 으르렁 으르렁하고 목만 굴르는것이엇다. 무슨 산짐승이 온 모양이나 아모것도 뵈이지는안코 게우들이 몬저 써들고 야단을 하는것을 보아 게우에게 무슨 일이 잇서도 잇슬터인데 이 몸집이 크고 맘보가 우둔하고 힘이 세찬 짐승을 좀 크지안흔 산짐승은 감히 건들이지 못햇슬것이라고하야 모도들 수상하니들 생각하며 안뜰악에서 밧마당으로 나갈때 벌써 어느새에 갓는지 밧마당아래 텃바틀 지나 밧최ㅅ둑을 나려서면서 이집 젊은 맛아들이 몽둥이를 들고 무엇을 다쏘차가며 『살기, 살기――』하고 숨잔* 소리를 질럿다. 그제야 모도들 와―하고 우루루 밧둑아래로 나려달렷스나 그때는 밧둑아래 행길건너 논배미여페잇는 도랑까지 쏘차간 이집 맛아들이 짐승을 노처버린때엿다. 도랑가며 밧둑을 뒤타 짐승을 차젓스나 업는것으로보아 그놈이 멀리로 간것이라고 생각하고 모도들 텃밧우로 올라오는때인데 밧머드리에 무슨 커다란 하이얀 덩어리가튼것이 뇌여잇섯다. 가까이가서 본즉 그것은 게우엿다. 집에서도 제일 크고 세찬 숫게우엿다. 게우는 목에 압가슴에 배바닥에 샛빨간 피를 흘리며 넘어저 잇섯다. 사람이 가서 처들랴고한즉 그것은 갑자기 다리를 쌔치며 목을 들먹이며 일어나랴고 애를 썻스나 그것은 점점 더 누은자리에 길을 펴는 것이 되엇다. 몸둥이에서는 선지피가 흘으고 털미트로는 아직 따스한 살기운이 잇는 게우를 처들고 사람들은 집으로 들어오면서 눈우에 군대군대 크라**란 발자취와 게우발자국과 또 무엇인지 줄줄 끌려간 자취와 이 자최들우에 샛빨간 피방울이 써러저 잇는것을 보앗다. 여기서 이날밤일은 다 알수 잇섯다. 어느 늙은 살기가 게우들이 자는 허텅간으로 와서 살근히 동정을 살피는것을 이 숫

* '찬'의 오자로 보인다.

** '다'의 오자로 보인다.

게우가 몬저 알어채리고 대담하니 선소리를 찍하고 질르자 살기는 단대바람에 달려들어 그 목을 물은것인데 게우는 목을 물려 소리는 못지르고 짓만 화드득 화드득 친것이다. 살기는 게우를 물고 밧마당으로 텃밧흐로 오기는 햇스나 아모리 늙은 살기를 맛낫다해도 개만한 크다란 이 숫게우가 만만히 물려가지는 안흔모양으로 물려가면서도 게우는 발버둥이를 치고 몸부림을하야 반항을 하엿슬터인데 그째마다 살기도 죽을애를 써가며 이크고 무서운 미씨를 간신히 추술으로 간 모양이엇다. 그러다가 이집맛아들한테 쫓겨서 그만 물엇든 게우를 노코 달어나버리든가 숨어버린것인데 이것을 짐작한 이집 맛아들은 입에 들어갓든 미씨를 중도에서 그만 노코온 늙은 살기의 울분과 탐욕에 찻슬 마음을 생각하야 이산짐승이 미구에 으레히 게우를 노코간 곳으로 오리라고 미덧다. 그래 다른사람들을 멀리 써러저잇게하고 자기는 단단한 참나무 몽둥이를 하나 들고 도랑숡에 뵈이지안케 업드려 잇섯다. 아니나 다를까 물엇든 미씨를 노코간 짐승은 담배한대 태울째가 지나자 어데서 오는지 도랑저편 논드렁을 씨고 미씨 노앗든데서 가장 가까운 도랑쪽으로 와서 도랑을 넘는것을 대가리에 한대를 안기고 연거퍼 허도리에 쏘 한대를 안기어서 싸려 잡은것이다.

그것은 늙은살기인데 기리가 거이어른 한쌀은되는 큰것이엇다. 샛파란달빗이 얼어부튼 하이얀털에 샛쌁안피가뭇은 게우 함께 죽어서도 눈알이 샛팔하니 빗나는 길다란 새깜안살기가 나가넘어저서 제사 뒤의 이날밤은 어쩐지 침통한슬픔과 불안스러운 울회가 저저마다의가슴에 사뭇첫다. 그는 이날밤 이상한 흥분에싸여서 이게우의 죽엄을 바라보며 가슴속기피이한즘생의죽엄을 아름답고 숭엄한것으로생각한것이엇다. 이하이얀털과 샛쌁안 피를 바라볼때 그는 색채의 단순한기피라는것에 큰미혹을 느낀것도 사실인데 그리하야 이날밤 그는 이죽은가금을 빌리라고하야 자기방으로 가지고들어가 람푸불아래걸고 썰리는가*숨과 손으로 사생을한것이다.

내친구화가가 대강 이러한이야기를 다한다음에도 나는 한동안 이죽은가금(家禽)의그림에서 눈을 쎄지못하다가 겨우 이장을 넘긴것이다.

둘재장은 수묵화엿다. 당나귀 한마리가 웃고섯는 압헤 오리와 붕어가 눕고 안고한것이다. 나는 압그림의 비통한 세계에서 갑자기 경묘한 우슴의세계로 락관의세계로 얼른 올마오고말엇다. 당나귀는 취한 관상이엇다. 흐리멍덩하니 풀어진눈 맥업시 비꼬인 다리, 한쪽은 날여틀이고 한쪽은 처들은귀. 가부를 틀고안즌 오리의 설화가 들릴듯한 주둥이와 눈알, 비슷이 나가누운 잣붕어의 선기잇는풍모. 나는 이암시의 기픈못에림하야 차츰 아득하고 당황해올때 친구는 나를 어늬지극히 단순한사실로 인도할생각이 들엇든 것이다. 그는 나더러 그림을 그만보고 그의 우습고도슬픈 이야기를 들으라고하며 이런이야기를 한것이다.

그의농장이 잇는 이적은마을에 주막이 한집 잇섯다. 상냥하고 약하고 정직하고 민감하고 겸손하고 착하고 락천적이고 그리고 가난하고 고생하도록 태여난 이 주막의 주인을 마을에서는 당나귀라고 별명을 지어불럿다. 그는

---

* '자'로 읽히지만 '가' 자에 잡티가 묻은 것으로 짐작된다.

몸매로 보거나 성품으로 보거나 당나귀를 련상케하는사람이엇다. 사람이 다 각각 짐승의 혼령을 하나씩 깃드리고잇다면 이사람에게는 분명히 당나귀의 혼령이 깃들여잇섯슬것이엇다. 주막주인은 이농장마을의 술을 조와하는사람들은 물론이요 압개포에 생선을 바드러가는 생선장사들이며 또 예서 그리 멀지안흔 섬들에 드나는 뭇사람들에게 술을 팔어서 생게를쐬하는박게 그는 조그마한 논을하나 어더부치는것도 잇섯스나 이것보다도 이 주막주인이 조아하고 익숙한 생업으로는 녀름한철 고기를 낙는것과 가을봄 오리를 잡는것이엇다. 금붕어를 한다랭이 잡어메고 돌아오든가 오리치를 노흐려 벌로 나가든가하는 그의노랑수염난 웃는낫을 마을의신령은 사랑하엿슬것이다. 이 주막에는 늘 붕어곰과 오리장조림이 잇서서 술상에 맛나는안주를 쩔으지안는일도 마을의 신령은 사랑하엿슬것이다. 이 화가도 가을이되여 농장으로 가면 남의대접을 바더서나 쏘는파적거리로나 이 주막에 자로 발을 들여노케되는데 그럴째마다 이 당나귀가튼 주인은 그를 반가워하면서 술상을 가티하고 안는것이엇다. 혹 추수나 업고한날 주막주인이 오리를 잡으려나가는째는 그도 가치 쌀어가서 닭이짓테 췻밀칠을한숙마를달어 올코를매즌 오리치를 가지고 벌논으로 날여가거나 동비탈에 안저서 오리가 날여멕이기를한종일 기달이는일도 잇섯다. 그런째는 그들둘은 서로 세상물정이며 인간사정이며쏘 모든 자연의대상가튼데대해서도 소박한대로 이야기를하는데 주막주인은 언제나 세상사보다도 금수초목이며 춘하추동이며 비바람 눈서리가튼 자연게의이야기를 하기조와해서 이것이더욱 내친구의마음에 들은것이엇다.

어썬째는 내 친구가삼각대와「캔버스」를가지고가서 유화(油畵)를글이면서 주막주인은 그엽헤서 한가로히 유심스러히 그림이 되여가는것을 들여다보며 혼자 빙긋이 웃기도하고 순수한 자연관찰자의한사람으로써 그림에대한 소박한 원시적인 의견도 말하는적도 잇섯다

이러케 두사람은 그들인간의 맨밋다*닥에서 서로 조와하게되여서 화가는 주막주인에게 임흐로 농터도 줄수잇스니 좀더 쌔리깁흔생활을 하도록하라고 권고도하고 주막주인은 화가더러 거리에 살지말구 이마을에와서 낙시질이나, 오리잽이나하면서 지나는것이 어써냐고 의견도내여보고 그리고 한번 가티「피앙」구경을 갓스면조켓다는말도 하엿다. 그러든 주막주인에게 지난겨울도 거이 다가서 친구화가가 농장을 써나오려고할림시에 큰일이 생긴것이다. 하로는 그주막에 그건너 숙섬이라는데서 뱃사공노릇하는사람 거간하는사람 주막영업하는사람하야 이 주막주인의 넷날친구세사람이와서 모도 반갑고 조은김에 술먹기내기를한것이다. 낫배부터 시작한술판이 저녁째쯤 갓슬째는 이마을 주막주인은 술을 얼마나먹엇는지모르나 코로 피를쏨고 쓸어젓는데 그뒤로 다시 그는 일어나지못하고 말은것이다. 「당나귀」가 술먹다 죽엇다는소문이 그날로 농장마을에 퍼젓슬째 가장 놀라고 애석히 녁인사람은 친구화가이엇다. 온마을에 그리고 마을을지나가는 사람들에게 싸스한애정과 죄업는 우슴을주든 주막주인이 업서진것이 그에게는슬픈일이엇다. 그것은 아마 한울에 지나가는 날즘승이며 쌍에기는 길즘승들에게도 이주막주인은 사랑할만한 이웃사람이엇슬는지 모른다. 화가는 이업서진 주막주인과 진실된마음으로 서로 이야기하고 웃고 가티걸어단이고한일들이 모도 생각나서 그는쓰겁게 그의손이라도 부르쥐고십흔 생각에서 그를생각하는 그림

* '바'의 오자로 보인다.

을 그리엇스나 이러두룩새 그의마음은 더욱 슬픈것을 어찌할수업섯다. 그는 이주인이 생전에 그러케 표일(飄逸)하든그대로 죽을적에도 조와하는술 실컷 먹으며 웃고써들다 표일(飄逸)하니죽은 그쇠탈(洒脫)한기개가 어덴지 놉흔 선승가튼데가 잇서서 그는더욱히 이생전에는 못볼친구가 조와지고보고십퍼젓다. 그래 그를추도하는 그림에도 그처럼 그가 조와할대로 가장 쇠탈하고 표일한서정을 한것으로해서 그마음이 얼마큼이라도 위로되엇다.

이러케 나는 내친구화가의 사생첩에들어잇는 소박하고 순수하고 싸사하고 우습고 그러면서 영원히 아름다웁고 한업시놉고 귀한것을간직한 이야기의 넷*챗번것을 우리압헤는 향기놉은술에 기름진안주를 가추어 주안상이 들어와서 사생첩은 잠시 엽흐로 밀려노치 안흘수 업섯다.

* '셋'의 오자로 보인다.

■ 백석 소설 · 수필 연보(1930~1942)

발표일	제목	발표지면	비고
1930. 1. 26~2. 4(7회 분재)	그 모와 아들	조선일보	소설
1934. 3. 22	해빈수첩	『이심회 회보』 1호	수필
1935. 7. 6~20(6회 분재)	마을의 유화	조선일보	소설
1935. 8. 11~25(7회 분재)	닭을 채인 이야기	조선일보	소설
1935. 11. 1	마포	『조광』 1권 1호	수필
1936. 2. 21	편지	조선일보	수필
1936. 9. 3	가재미 · 나귀	조선일보	수필
1937. 8. 1	무지개 뻗치듯 만세교	조선일보	수필
1937. 10. 1	단풍	『여성』 2권 10호	수필
1938. 6. 7	동해	동아일보	수필
1939. 2. 14	입춘	조선일보	수필
1939. 5. 1	소월과 조선생	조선일보	수필
1940. 5. 9~10	슬픔과 진실	만선일보	수필
1940. 5. 25~26	조선인과 요설	만선일보	수필
1942. 2. 1	사생첩의 삽화	『매신사진순보』 275호	소설
1942. 8. 11	당나귀	『매신사진순보』 294호	수필

1912년(1세) 평안북도平安北道 정주군定州郡 갈산면葛山面 익성동益城洞에서 수원水原 백씨白氏 백용삼白龍三씨의 장남으로 태어남. 본명은 백기행白夔行. 그 외에 白石과 白奭이라는 이름이 있었는데, 필명으론 白石을 사용함. 아버지 백용삼씨는 조선일보의 사진반장을 지냈으며, 정주에서 하숙을 치며 가계를 경영함.

1918년(7세) 오산소학교五山小學校 입학.

1924년(13세) 오산소학교를 졸업하고 오산학교五山學校에 입학. 같은 반 급우였던 임기황任基況의 회고에 의하면 이 시절 특별히 시작을 하지는 않았지만, 같은 학교 선배인 소월을 몹시 동경했다고 함. 그는 백석이 매우 결백한 성격의 소유자였다고 전함.

1929년(18세) 오산고등보통학교五山高等普通學校(오산학교의 바뀐 교명) 졸업.

1930년(19세) 조선일보 신년현상문예에 단편소설 「그 모母와 아들」이 당선. 조선일보사가 후원하는 장학생으로 선발되어 일본의 아오야마青山학원에서 영문학을 공부함.

1934년(23세) 졸업 후 귀국하여 조선일보 출판부에서 근무. 조선일보의 계열사인 『여성』지에서 편집 일을 함.

1935년(24세) 8월 30일 조선일보에 시 「정주성定州城」을 발표하며 시단에 데뷔.

1936년(25세) 1월 20일 시집 『사슴』을 간행. 선광인쇄주식회사에서 간행한

이 시집에는 33편의 시가 실려 있는데, 겹으로 접은 한지에 인쇄하여 두툼하면서도 고급스러운 느낌을 준다. 이해에 조선일보사를 그만두고 함흥 영생고보의 영어교사로 부임.

1938년(27세) 교사직을 사임하고 서울로 돌아옴.

1939년(28세) 1월 조선일보 출판부에 재입사하고, 3월부터 다시 『여성』지의 편집 주간 일을 시작하다가, 그해 말경 사직하고 만주의 신경新京으로 떠남.

1940년(29세) 만주의 신경에서 지냄.

1942년(31세) 만주의 안동安東 세관에서 일함.

1945년(34세) 해방 후 신의주를 거쳐 고향 정주로 돌아옴. 이후 평양에서 고당 조만식 선생의 일을 도우며 지냄.

1947년(36세) 러시아 작가 시모노프의 『낮과 밤』 번역 출간. 숄로호프의 『그들은 조국을 위해 싸웠다』 번역 출간.

1949년(38세) 숄로호프의 『고요한 돈강』 번역 출간.

1955년(44세) 조쏘 출판사에서 여러 사람과 공동으로 『뿌슈킨 선집—시편』을 번역. 이 책에서 백석이 번역한 푸시킨의 작품은 「짜르쓰꼬에 마을에서의 추억」 「쓰딴스」 「작은새」 「겨울밤」 「겨울길」 「젖엄마에게」 「슬프고 가없는 이 세상 거친 들에서」 「겨울아침」 「소란한 길거리를 내 헤매일 때면」 「깝까즈」 「한귀족에게」 「보로지노 싸움의 기념일」 「순례자」 등이다.

1956년(45세) 『아동문학』 1월호에 「까치와 물까치」 「지게게네 네 형제」 등의 동화시 발표. 『아동문학』 3월호에 「막씸 고리끼」, 『조선문학』 5월호에 「동화문학의 발전을 위하여」, 9월호에 「나의 항의, 나의 제의」 등의 산문 발표.

1957년(46세) 4월 동화시집 『집게네 네 형제』 출간. 『아동문학』 4월호에

「메'돼지」「강가루」「산양」「기린」, 문학신문 9월 19일자에 「등고지」 등의 시 발표. 문학신문 3월 28일자에 「체코슬로바키야 산문 문학 소묘」, 『조선문학』 6월호에 「큰 문제, 작은 고찰」, 문학신문 6월 20일자에 「아동문학의 협소화를 반대하는 입장에서」, 『아동문학』 11월호에 「마르샤크의 생애와 문학」 등의 산문 발표.

1958년(47세) 문학신문 5월 22일자에 시 「제3인공위성」발표.

1959년(48세) 양강도 삼수군 관평리에 있는 국영협동조합으로 내려가 농사를 지음. 『조선문학』 6월호에 「이른봄」「공무려인숙」「갓나물」「공동식당」「축복」, 9월호에「하늘 아래 첫 종축기지에서」「돈사의 불」 등의 시 발표. 문학신문 5월 14일자에 산문 「관평의 양」 발표.

1960년(49세) 『조선문학』 3월호에 「눈」「전별」, 『아동문학』 5월호에 「오리들이 운다」「송아지들은 이렇게 잡니다」「앞산 꿩, 뒤'산 꿩」 등의 시 발표. 문학신문 2월 19일자에 산문 「눈 깊은 혁명의 요람에서」 발표.

1961년(50세) 『조선문학』 12월호에 「탑이 서는 거리」「손'벽을 침은」「돌아온 사람」 등의 시 발표. 문학신문 5월 12일자에 산문 「가츠리섬을 그리워하실 형에게」 발표.

1962년(51세) 문학신문 4월 10일자에 「조국의 바다여」, 『아동문학』 5월호에 「나루터」 등의 시, 6월호에 산문 「이소프와 그의 우화」발표.

1996년(85세) 사망한 것으로 알려짐.

■ 낱말 풀이 참고서지

국내논저

고려대학교 민족문화연구원 국어사전편찬실 편, 『고려대 한국어대사전』, 인터넷판, 2019.

고형진 편, 『정본 백석 시집』, 문학동네, 2007.

고형진, 『백석 시의 물명고』, 고려대학교 출판문화원, 2015.

공석주, 「시골말—평북 벽동 지방을 중심으로」, 『한글』 49호, 한글학회, 1937.

국립국어원, 『표준국어대사전』, 인터넷판, 2019.

국립민속박물관, 『한국민속신앙사전—무속신앙』, 국립민속박물관, 2009.

국립현대미술관, 『한국전통표준색명 및 색상—제2차 시안』, 국립현대미술관, 1992.

김도경, 『지혜로 지은 집, 한국 건축』, 현암사, 2011.

김문주 · 이상숙 · 최동호, 『백석 문학전집 2』, 서정시학, 2002.

김민수 외 편, 『금성판 국어대사전』, 금성출판사, 1995.

김양진 · 이현희, 「『고려대한국어대사전』의 형태분석정보」, 『민족문화연구』 51, 고려대학교 민족문화연구원, 2009. 12.

김영배, 『평안방언연구』, 태학사, 1997.

김자야, 『내 사랑 백석』, 문학동네, 1995.

김재용 편, 『증보판 백석전집』, 실천문학사, 2005.

남광우, 『고어사전』, 교학사, 2004.

남영신, 『우리말 분류사전 1』, 한강문화사, 1987.
남영신, 『우리말 분류사전 2』, 한강문화사, 1988.
남영신, 『새로운 우리말 분류사전』, 성안당, 1994.
두산동아백과사전연구소, 『두산세계대백과사전』, 두산동아, 1996.
문세영, 『조선어사전』, 조선어사전간행회, 1938.
문은배, 『한국의 전통색』, 안그라픽스, 2012.
문화공보부문화재관리국, 『한국민속종합보고서(황해, 평안남북)』, 국립문화재연구소, 1980.
문화공부부문화재관리국, 『한국민속종합보고서(향토음식)』, 국립문화재연구소, 1984.
민속학회, 『한국민속학의 이해』, 문학아카데미, 1994.
박대순 글, 김종섭 사진, 『농기구』, 대원사, 2000.
박용수, 『우리말갈래사전』, 서울대학교출판부, 2005.
박재연 주편, 『필사본 고어대사전』 1~7, 선문대학교 중한번역문헌연구소, 학고방, 2010.
방우영, 「백석 탄생 100주년 방우영 상임고문, 그를 추억하다」, 『조선일보사보』 2062호, 2012. 6. 29.
박태일, 『한국근대문학의 실증과 방법』, 소명, 2004.
박호석 편저, 『한국의 재래농기구』, 농업기계화연구소, 1990.
사회과학원 언어학연구소 편, 『조선말대사전』, 1992.
사회과학원 언어학연구소 편, 『조선말대사전(증보판)』, 2006~2007.
손경자, 『전통한복양식』, 교문사, 1992.
송준, 『백석 시 전집』, 흰당나귀, 2012.
송준, 『시인 백석』 1~3, 흰당나귀, 2012.
안도현, 「안도현의 발견」, 한겨레, 2014. 2. 26.

유종호, 『다시 읽는 한국시인』, 민음사, 2002.

유희, 『물명고』, 필사본, 1820년대.

유희경, 『한국복식사연구』, 이화여자대학교출판부, 2002.

윤서석, 『한국의 음식용어』, 민음사, 1991.

육창수, 『원색한국약용식물도감』, 아카데미서적, 1989.

이경수, 『한국현대시와 반복의 미학』, 월인, 2005.

이경자 외, 『우리 옷과 장신구』, 열화당, 2003.

이규경, 『오주서종박물고변』, 최주 주역, 학연문화사, 2008.

이동순, 『백석시전집』, 창작과비평사, 1987.

이동혁 · 제갈영, 『길과 숲에서 만나는 우리나라 나무이야기』, 이비컴, 2008.

이숭원, 『백석을 만나다』, 태학사, 2008.

이종남 · 니콜라스 윤, 『우리가 알아야 할 천연염색』, 현암사, 2004.

이종철 · 박호원, 『서낭당』, 대원사, 1994.

이준영 · 정현 편, 『한국학자료총서—국한회어』, 태학사, 1986.

이훈종, 『민족생활어사전』, 한길사, 1992.

이훈종 편저, 『국학도감』, 일조각, 1982.

전경욱, 『함경도의 민속』, 고려대학교출판부, 1999.

정주군지편찬위원회, 『정주군지 1』, 정주군지 편찬위원회, 1975.

정주군지편찬위원회, 『정주군지 2』, 정주군지 편찬위원회, 1999.

조선과학백과사전출판사 · 한국평화문제연구소 편, 『조선향토대백과』 1~18, 평화문제연구소, 2005.

조선식물지편찬위원회, 『조선식물지』 1~8, 과학출판사, 1972.

조선어학회, 『사정한 조선어표준말모음』, 조선어학회, 1936(초판); 1946(5판).

조선일보사 사보편집실, 『조선일보사보』 2062호, 2012. 6. 29.
주남철, 『한국의 문과 창호』, 대원사, 2001.
차경희, 「도문대작을 통해 본 조선중기 지역별 산출 음식과 향토음식」, 『한국식생활학회지』 18, 한국식생활문화학회, 2003.
최세진 · 최남선 편, 『훈몽자회』, 1913.
평안남도지편찬위원회, 『평안남도지』, 평안남도지편찬위원회, 1978.
평안북도지편찬위원회, 『평안북도지』, 평안북도지편찬위원회, 1973.
한국민속사전편찬위원회, 『한국민속대사전』, 민족문화사, 1991.
한국역사지명사전 편찬위원회, 『한국역사지명사전』, 여강출판사, 2008.
한국정신문화연구원 어문연구실 편, 『평북방언사전』, 정신문화연구원, 1981.
한복진, 『우리가 정말 알아야 할 우리 음식 백가지』 1~2, 현암사, 1998.
함경남도지편찬위원회, 『함경남도지』, 함경남도지편찬위원회, 1968.
함경남도지편찬위원회, 『함경남도지』 증보판, 함경남도지편찬위원회, 1988.
황대화, 『황해도 방언연구』, 한국문화사, 2007.

일어 및 중국어 서적

越智唯七編, 『新舊對照 朝鮮全道府郡面里洞名稱一覽』, 京城 : 中央市場, 1917.
李榮 主編, 尹世超 編纂, 『哈爾濱方言詞典』, 江蘇教育出版社, 1997.
諸橋轍次, 『大漢和辭典』, 東京 : 東京出版社.
朝鮮電氣事業史編纂委員會, 『朝鮮電氣事業史』, 東京 : 中央日韓協會,

1981.

中国大百科全书编辑委员会,『中国大百科全书 · 轻工』, 北京 · 上海 : 中国大百科全书出版社, 1991.

中国大百科全书编辑委员会,『中国大百科全书 · 中国地理』, 北京 · 上海 : 中国大百科全书出版社, 1992.

中國社會科學院語言研究所詞典編輯室 編,『(漢英雙語)現代漢語詞典』, 北京 : 外語教學與研究出版社, 2002.

中国风俗辞典编辑委员会 编,『中国风俗辞典』, 上海辞书出版社, 1990.

지은이 **백석**
본명 백기행(白夔行). 1912년 평안북도 정주에서 태어났다. 오산고보와 일본의 아오야마학원을 졸업하고 조선일보 출판부에서 근무했다. 1930년 조선일보 현상문예에 소설 「그 모(母)와 아들」이 당선되었고, 1935년 조선일보에 시 「정주성(定州城)」을 발표하며 시단에 나왔으며, 1936년 시집 『사슴』을 간행했다. 해방 후 고향에 머물다 1996년에 사망한 것으로 알려져 있다.

엮은이 **고형진**
고려대 국어교육과와 동대학원 국문학과를 졸업했다. UC 버클리 객원교수를 지냈고, 현재 고려대 국어교육과 교수로 재직중이다. 저서로 『시인의 샘』 『현대시의 서사지향성과 미적 구조』 『또 하나의 실재』 『백석 시 바로 읽기』 『백석 시를 읽는다는 것』 『백석 시의 물명고』 『박용래 평전』 등이, 엮은 책으로 『정본 백석 시집』 『박용래 시전집』 『박용래 산문전집』이 있다. 2001년 김달진문학상을 수상했다.

정본 백석 소설 · 수필

1판 1쇄 2019년 10월 10일
1판 3쇄 2022년 12월 14일

지은이 백석 | 엮은이 고형진
책임편집 이상술 | 편집 정은진 김내리 이성근 | 디자인 강혜림 유현아
마케팅 정민호 이숙재 박치우 한민아 이민경 안남영 왕지경 김수현 정경주
브랜딩 함유지 함근아 김희숙 고보미 박민재 박진희 정승민
제작 강신은 김동욱 임현식 | 제작처 한영문화사

펴낸곳 (주)문학동네 | 펴낸이 김소영
출판등록 1993년 10월 22일 제2003-000045호
주소 10881 경기도 파주시 회동길 210
전자우편 editor@munhak.com | 대표전화 031) 955-8888 | 팩스 031) 955-8855
문의전화 031) 955-3578(마케팅) 031) 955-8864(편집)
문학동네카페 http://cafe.naver.com/mhdn
인스타그램 @munhakdongne | 트위터 @munhakdongne
북클럽문학동네 http://bookclubmunhak.com

ISBN 978-89-546-5798-3 03810